U0093220

A MILD NOBLE'S
VACATION SUGGESTION

優雅貴族的休假指南。

3

著 岬　圖 さんど
譯 簡捷

◆ Contents ◆

A MILD NOBLE'S VACATION SUGGESTION

30

王都帕魯特達的南方，是商業國馬凱德，從馬凱德再往西南方走，就是魔礦國卡瓦納了。

魔礦國和商業國一樣，由於擁有獨立的機能而被稱為「國」，但它實際上也只是帕魯特達爾當中的一個都市。

卡瓦納周邊是國家的一大礦脈，蘊藏豐富的自然資源，從礦石到魔石都有。魔礦國不僅面向山脈，都市甚至延伸到山脈之中，是靠著開採、加工這些礦石發跡的城市。

這裡開採的大量資源不僅供應國內所需，也透過商業國流通到其他國家。

「卡瓦納看戲的人多嗎？」

「那邊可是男人的國度啊臭小子。他們除了揮汗工作就是大口喝酒，女人和小孩沒什麼娛樂，戲劇在那邊熱門得不得了咧！」

巡迴各國演出的幻象劇團「Phantasm」剛結束在王都的演出，此時正在撤除舞臺，利瑟爾跑到這裡來見他們。和搭建舞臺時一樣，劇團雇用了冒險者來幫忙，可以看見他們勤奮工作的身影。

搭建舞臺時來幫過忙的那兩個隊伍也在其中。他們用自己的雙手搭建舞臺，又親眼見證高水準的戲劇表演在這個舞臺上演出，似乎有所感慨。他們和團員相談甚歡，臉上的表情也充滿活力。

「在你們離開王都之前，來得及打個招呼真是太好了。」

「有你送行還真奢侈啊臭小子。」
「大約什麼時候出發呢？」
「收拾完之後，再稍微觀光採買一下，嗯，大約再一個禮拜吧！」
聽團長說，劇團接下來的目的地正是魔礦國。
團長大力主張，即使那裡的男人過著白天挖礦、晚上喝酒的生活，只要挑對劇碼，也會成為他們最好的下酒菜。幻象劇團明明是實力派，推銷手法卻無所不用其極，也可以說正是因為他們有實力，才有本錢推銷吧。
「我記得魔礦國距離這邊滿遠的？」
「是比商業國遠。」
「如果能咻一下就抵達那邊，那該有多好呀。」
「哪有那麼好的事啊臭小子！」
周遭紛紛投來「你怎麼會在這裡」的目光，利瑟爾露出苦笑。
「說得也是。」
這時候，他總會想起敬愛的國王。
陛下身為傳送魔術的最強使用者，舉凡到過一次的地方都能在眨眼間抵達。這魔術需要耗費龐大的魔力，對他來說卻算不上任何限制。
利瑟爾也曾經請陛下帶他到目的地好多次。順帶一提，能把國王當成交通工具使用的只有利瑟爾一個人，其他人不可能拜託陛下這種事。畢竟這是王族固有的魔術，在部分人眼中甚至是神聖的象徵。

「不過，那啥，我說啊……」

團長仍舊皺著一張臉，忽然交叉起雙臂這麼說。

「要是你說什麼都想拜託我們的話！只要來當我們的護衛，也是可以讓你免費搭我的馬車過去啦臭小子！」

「妳的好意我心領了。」

「你竟然拒絕喔！」

看見團長激動的模樣，利瑟爾笑了出來，轉而打量四周。

在這裡待太久會打擾到拆除作業吧，周遭的團員們正以「妳快來工作啦」的眼光看著團長。

「那我差不多該離開了，請妳們路上小心。」

「你也是啊臭小子。」

團長這麼說，恐怕是想到開演第一天的事吧。

利瑟爾微微一笑，向她道了謝，便邁步離開。正準備跨越廣場上圍起的繩索時，劇團團員們感謝他幫忙的聲音此起彼落地傳來，聽得利瑟爾心裡有點高興。

伊雷文凝神打量著眼前的玻璃櫃，口中發出沉吟。

這裡是位於中心街區內的巧克力專賣店，從西側進入中心街之後，稍微走一下就到了。不論富裕階層還是一般民眾，所有階級的女性都對這家店的巧克力投以憧憬的目光，它們價格不便宜，但也以相應的美味俘虜了顧客嗜甜的味蕾。

店裡自然全是女性顧客，但伊雷文一點也不介意，自顧自凝視著眼前的玻璃櫃。他右邊來了個身穿漂亮禮服的女生，左邊的女生偷偷朝他瞄了好幾眼，他全都無動於衷。

「您今天挑得特別認真呢。」

「嗯……」

伊雷文是這家店的常客。眼前的店員看著這熟悉的情景，臉上帶著滿分的營業笑容。

她心滿意足地點頭，因為伊雷文換了個打扮，看起來再也不像路邊的小混混了。顯眼歸顯眼，還是比之前好一些。

「喔，有新口味嘛，裡面放什麼？」

「這是在黑巧克力當中加入熟成白蘭地——」

「那就不用啦，反正那個人不能喝酒。」

明明是自己開口問的，伊雷文卻毫不客氣打斷她的說明。店員仍舊帶著完美的營業笑容，額頭爆出青筋，幸好她頭上的髮飾巧妙遮住了額角。她那身古典氣息的制服，和店裡的氣氛十分相稱。

「（那個人？）」

店員忽然注意到一件事。這位常客總是只挑自己愛吃的口味，想吃多少就買多少，第一次看見他猶豫這麼久。難道他終於有了對象，想把這些滋味、造型都無可挑剔的巧克力送給對方？

「請問是要送禮的嗎？」

「算是餵食吧？」

你把這頂級巧克力當成什麼了啊，店員在心裡吐槽。她一個月才買一次，當作犒賞自己的禮物。

「因為他之前說好吃嘛。」

伊雷文說著，微微瞇起眼睛笑了，看得店員意外地眨了眨眼。

在她的視野一角，一個身穿禮服、坐在店裡品嘗紅茶的少女，失手把杯子掉了下來。她和伊雷文一樣是這裡的常客，目光總是停留在這位花錢方式和打扮不一致的謎樣青年身上，店員和其他常客早就發現了。

眾人紛紛投以同情的目光。少女裝出若無其事的表情重新端起杯子，笑不出來的嘴角正微微抽搐。

「（我懂妳的哀怨。）」

但這青年長得帥歸帥，看起來卻麻煩到了極點，她怎麼會對這種人感興趣？店員完全無法理解。

「那就這個口味三十個，還有這兩排各十個，照老樣子包起來。」

伊雷文邊說，邊瞥了旁邊送禮用的巧克力一眼。五彩繽紛的薔薇狀巧克力優雅地排列在盒子裡，但他稍微看了一下，又興味索然地別開目光。

「等包裝的時候我就吃這個。」

「好的，請您稍坐一下。」

伊雷文口中的「老樣子」，指的是把巧克力一顆一顆分別包裝起來。

只要顧客有需要，店裡也會提供包裝服務，不過購買量較大的時候，店員通常是裝在盒子裡交給客人。伊雷文會把巧克力收進空間魔法當中，加上常常在外面站著食用，所以偏好個別包裝。

在店員看來，包這個真是麻煩得不得了。但伊雷文一副「干我啥事」的態度，指了指其中一個完整蛋糕，便自顧自走到位子上坐了下來。

「這是您的巧克力磅蛋糕。」

「嗯。」

沒多久，店員送來了他點的蛋糕。

伊雷文邊吃蛋糕，一邊漫不經心地望向玻璃展示櫃的方向，幾個店員正動作俐落地包著巧克力，他們早已習以為常。

店員們一邊服務其他客人，一邊包裝了五分鐘左右。伊雷文面前的蛋糕盤早就空了，這時有個店員端著大托盤來到他桌邊，巧克力整齊優美地排列在托盤上。

「讓您久等了。」

「謝啦。」

伊雷文親切地道了謝，遞給她幾枚金幣。

接著，他毫不客氣地抓起盤中擺得漂漂亮亮的巧克力，大把大把扔進空間魔法裡。店員瞥了他一眼，逕自將金幣收進圍裙口袋，收走了桌上的空盤。

即使再怎麼麻煩，這人仍然是店裡的常客，而且還是花錢不手軟的大主顧，真是感激不盡。

「下次什麼時候會有新口味啊？」

「我們還沒有確切的安排哦。」

「是喔。」

眼見他雙手撐在桌上，站起身來，店員向後退開一步，看著一縷紅髮隨著他挺起上半身的動作滑過背脊。

「新口味不要放酒喔。」

那雙眼睛盈滿笑意，不經意瞥了她一眼，看得店員忍不住眨了眨眼睛。伊雷文不以為意地走出店門，她道出送客的招呼，望著他離開的背影。

「（這嗓音跟他給人的印象差好多。）」

聽見某位禮服少女自暴自棄地喊了一聲「給我來個完整蛋糕！」店員一邊在心裡感嘆，一邊回到玻璃櫃後方。

他究竟想帶誰來呢？店員這麼想道。等到那個人真的來到店裡，各種意義上他們可會嚇一大跳，不過這時候的她還無從得知。

「麥酒。」

「……天色還亮呢。」

「下工的時候沒差吧。」

「冒險者沒有所謂的下工時間吧？」

老闆笑著這麼說。也是，劫爾聽了點點頭，喝乾了對方遞來的麥酒。

這是間氣氛宛如酒吧的酒館，由於時段的關係，現在沒什麼客人。他什麼也不必說，杯中便再次注入琥珀色的液體。劫爾看著老闆倒酒，緩緩取出一根菸叼在嘴邊。

他點了火，靜靜吸一口氣，又輕輕一吐。白色的煙霧悠悠搖曳，在店內的空氣中消散。

「你們的隊伍變熱鬧啦。」

「啊？嗯，多了一個人。」

老闆遞出菸灰缸，劫爾將手上那支菸移開嘴邊，撣落菸灰。他依舊皺著眉頭，但其實已經相當放鬆了。

「……那傢伙一開始大概不打算收他進來吧。」

「你說那個人？」

老闆想起屢次來店光顧的那張沉穩臉龐。

那個人曾經寵溺地看著一同前來光顧的兩位年輕人，回想起當時那種眼神，很難想像他會拒絕別人。不過，他偶爾給人一種刻意保持距離的印象也是事實。

他待人客氣，這點無庸置疑，但是把一個人納入「自己人」的圈子與否，對於利瑟爾而言想必具有重要的意義。

「以那傢伙的標準而言，算拒絕得滿露骨了吧，不曉得對方有沒有發現。」

「……明明拒絕得很露骨了？」

「露骨歸露骨，卻不好懂啊。」

劫爾回想起那二人成為隊友之前的互動。

伊雷文說想加入隊伍，而利瑟爾不客氣地拒絕了，以他的作風來說十分罕見。但他分明拒絕了伊雷文，卻收下他的情報；不讓他加入，卻把拷問的事交給他去辦。換個角度來看，也許會覺得利瑟爾是利用對方善意的小人吧。

「不著痕跡地甩開對方，對他來說明明輕而易舉。」

「那還真是……」

「惡劣，對吧。」

換言之，他這麼做是故意的。劫爾啣著菸，儘管知道怎麼想也是徒勞，依然兀自尋思。

假如利瑟爾打算拒絕，根本沒必要那麼拐彎抹角。所以事情很單純：他的意願正好相反。既然如此，為什麼沒有立刻接納他？是為了拖延時間，還是在等待什麼？

「那傢伙看起來想了很多，又常常什麼也沒想，說不定只是想要他而已吧。」

想到這裡，劫爾一下子覺得麻煩透頂，早早放棄了思考。

「明明想要，一開始還拒絕嗎？」

「他就是這麼任性。」

笑意揚起他的嘴角，劫爾仰頭喝下玻璃杯中的酒。冰涼的酒水流過喉頭，他感到頭腦又清醒了幾分。

儘管老闆問他怎麼大白天就喝酒，但這點程度不可能帶來一絲一毫的醉意，所以沒有問題。即使就這樣闖進迷宮和頭目交手，他也能照樣應戰。

「看起來已經擁有那麼多了，那傢伙還是想要只屬於自己的東西，要對方主動選擇自己。」

意思不是要對方捨棄除了他以外的一切，反而要對方在保有一切、擁有其他選擇的狀況下，仍舊選擇他。這是一種傲慢至極的想法。

這只是劫爾的猜測，不過想起利瑟爾在馬車裡問的問題，大概八九不離十。他把燒短的菸捻熄在菸灰缸裡，目光掃過數量眾多的酒瓶。

「真是那樣的話……」

「啊？」

老闆看著這一幕，沉默寡言的臉上浮現些許笑意。

「不就等於在說，你是屬於他的東西嗎。」

「哈，你什麼時候變得這麼多話了？」

「他很擅長聽人說話，我也常常不知不覺就開了口……可能是這個緣故吧。」

劫爾的笑裡帶著諷意，予人的印象仍然充滿不必要的威壓，但老闆一點也不畏縮。

他選了威士忌，老闆便以老練的動作拔開瓶口的軟木塞。劫爾接過盛在玻璃杯中的酒，細細品嘗了一口，這時有個小碟子忽然擺到他眼前。

他低頭看了看盛著幾種堅果的碟子，詫異地望向眼前態度冷淡的面孔。

「下酒菜。」

「強迫推銷？」

「慶祝你們多了個隊友，算我招待的。」

「謝啦。」

剛才老闆那句話，劫爾什麼也沒有回答。

但假如真要他回答，那也只有「那還用說」一句話而已。他一向獨行，甚至有人拿「一刀」這別名開玩笑，說一刀指的不只是任何敵人都能一刀兩斷，還暗指他孤傲不群。既然他如此習慣獨處，卻選擇與利瑟爾同行，這打從一開始就是不言而喻的事實了。

在時光悠悠流逝的空間當中，劫爾品嘗著美酒，一邊享受沉靜的對話。

收購魔物素材，也是冒險者公會的服務之一。

有一類委託是徵求魔物素材的物品委託，假如委託提供的報酬較為優渥，冒險者便會將素材作為委託品繳納。不過大多數冒險者取得了與委託無關的素材，還是會賣給公會。

留在身上也是佔空間，還不如早點脫手換點酒錢。大量的素材因此匯集到冒險者公會來，再透過商業公會批發到其他地方。

「這些全部都是銅幣一枚，那張毛皮三枚，隔壁那張是兩枚。」

「其他的品況太差，直接廢棄可以嗎？」

「嗯。」

這些素材全都是在冒險者公會進行鑑定。

看見賈吉點頭，史塔德一邊碎念「真是的做事隨便的冒險者真多」，一邊放下了手中的筆。有不少素材的價值會隨著各種變因波動，公會也有專門的鑑定士負責這項工作，不過鑑定進度趕不及的時候，賈吉有時候會像這樣過來幫忙。

賈吉從小時候開始，就在祖父的帶領下來到公會協助鑑定。他不僅鑑定精準，速度又快，是這裡不可或缺的重要幫手。

「同樣種類的毛皮之間金額差異也相當大呢。」

「要是剝得夠漂亮，我還能為它標個好價錢，但是……」

「這也是實力的一部分。」

史塔德叫人將依據價格分類妥當的毛皮搬走，接著又有人運來了下一種素材。大木箱當中，擺著一袋袋分裝過的魔石。最大的魔石約巴掌大，最小的大約只有拇指指甲那麼大而已。

「是魔石呀……」

賈吉聳了聳肩膀活動筋骨，望向堆得像山一樣高的鑑定素材。魔石的鑑定受到魔力含有量、屬性、大小、形狀等諸多要素影響，不僅麻煩，數量又多。對於公會來說，鑑定魔石也佔據了不少時間，因此賈吉來幫忙的時候，史塔德會趁著這個好機會把魔石全推給他鑑定。

「那就先依照屬性分類吧。」

賈吉一點也沒有嚴陣以待的樣子，正準備像往常一樣將各個屬性的魔石分類，評估它們的魔力量。他隨手拿起其中一個袋子打開，卻不禁僵在原地。

「……裡面怎麼混著很不得了的東西，火屬性、不對，炎屬性……咦，這是怎麼……」

「喔，那個啊。」

其他魔石望塵莫及的魔力量、頂級的品質，不偏不倚的正圓球狀，這是非常罕見的珍品。一般來說，魔石的屬性必須使用魔道具才能辨別，賈吉卻一眼識破，小心翼翼放下手中的袋子。

「這是不是……頭目之類的……」

「正是從『精靈庭園』的頭目身上拿到的。」

賈吉忽然看向史塔德。

他對素材的價值、冒險者戰鬥的英姿都不感興趣，卻知道這些魔石的來歷？雖然也可能是偶然聽說的就是了。

「看來取得的魔石數量不少，他留了自用的量，說『偶爾也為社會上的物流貢獻一下好了』。」

「利瑟爾大哥……！」

頂級品質的炎屬性魔石在市面上相當罕見，垂涎的人也不少，一旦流通到市場上，想必會引發一場激烈的爭奪戰。賈吉戰戰兢兢地這麼想著，但他最在意的，還是與頭目交手的利瑟爾是否平安。

他早已知道那人有一定的實力，但這並不構成不擔心的理由。

「他有沒有受傷……？」

「退一百步說，他身邊那兩個人的實力還勉強可以認同，要是他們陪在身邊還讓那個人受傷，那兩個人活著就沒有價值了。」

聽起來應該是毫髮無傷。賈吉放下心來，再次拿起魔石。

正圓球狀的魔石包藏著龐大的力量，靜靜端坐在他手中。他一個一個拿起來鑑定，數量加起來不到十顆，但考量到這東西的稀有度，已經稱得上「大量」了。

「不知道能不能把幾顆賣到我店裡……」

「這東西擺在道具店有什麼用？」

「我有客戶很想要這種素材……」

賈吉邊聊邊報出與一般魔石相差懸殊的金額，說著說著，他忽然閉上嘴巴。

「話說回來，史塔德，原來你也認同伊雷文的實力啊……感覺……有點意外。」

史塔德抄寫金額的手停了下來。

他面無表情的淡漠態度沒變，賈吉卻察覺了一點若有似無的不服氣。二人相識已久，再加上賈吉優秀的鑑定眼光，使得他勉強能掌握史塔德的情緒。

「既然那個人都把他收進隊伍了，總不能完全不認同吧。而且我說過那是以退一百步為前提了蠢材。」

「為什麼要罵我……！」

「下一個。」

「嗚……這一袋是銅幣兩枚六個，一枚十二個，四枚一個。」

賈吉將利瑟爾他們的那袋魔石和其他魔石分開放好，繼續開始鑑定大量的魔石。他幾乎看一眼就能完成鑑定，照這個速度，入夜之前就能鑑定完所有素材了吧。史塔德心想，筆尖流利地滑過紙面。

「銀幣兩枚、銀幣一枚，銅幣五枚六個。話說回來，我聽利瑟爾大哥說，最近又常常有人來糾纏他了……看起來還好嗎？」

「那個人跟那些白癡不一樣，每次都是不動聲色地打發掉他們。」

「利瑟爾大哥很成熟呢。待人溫柔，氣質又那麼優雅。看到這樣的人物，怎麼還有辦法說出那種話呢？都不覺得慚愧嗎……啊，這個魔石是空的，銀幣五枚。」

空的魔石是稀少品，雖然容量較小，不過任何屬性都可以注入其中。

「麻煩分開裝到這個袋子裡。越是狗嘴吐不出象牙的低賤鼠輩，就越無法理解真正的高貴為何物吧，那個人的價值沒被那些人渣知道真是太好了。」

「原來如此，有道理。銅幣三枚十二個，四枚五個。」

史塔德口吐惡言就像呼吸一樣自然，而賈吉雖然完全沒有這方面的自覺，有時候也會毫不猶豫說出類似的話。從這一瞬間的對話，可以窺見二人感情要好的部分原因。

「比起這個，史塔德……雖然鑑定一定要有一個人陪同，但你不去等利瑟爾大哥他們沒關係嗎？」

「我覺得他們今天不會來所以沒問題。」

「哦……」

那就好。賈吉不明白他為什麼會有這種直覺，又為什麼確信不疑，不過還是點了點頭。

在那之後，二人繼續流暢地進行鑑定工作。

「真是的，連續幾天一下子授勳、一下子又有其他活動……真受不了，我們還有善後工作要忙呢。」

「您別這麼說，這是貴族的義務呀。」

雷伊一身正式打扮，襯得他華貴的氣質更加耀眼奪目。

走下馬車、抵達自家宅邸的第一件事情，就是欣賞自己引以為傲的迷宮品，在它們的迎接下療癒身心。房間擺放的迷宮品更是經過嚴選，一走到房裡，他便鬆開束縛脖頸的領巾。

一旁年老的執事長接過領巾，披在自己的手臂上，接著幫雷伊脫下外套。

「聽說還談到您升爵的事？」

「有是有，不過考慮到騎士那方的立場，後來還是取消了。嗯，反正我本來也打算推辭就是了。」

那個盜賊團強大得足以對國家造成威脅，就連隸屬於國家的騎士團都難以應付，雷伊率領的憲兵卻將他們一網打盡，這可是重大的功績。

「畢竟，憲兵團和騎士之間的關係不算太好呀。」

「也說不上關係不好，只是理念和主張不同，這也沒有辦法。」

雷伊快活地笑出聲來，將輕盈幾分的身體靠到沙發椅上。

騎士團視忠誠為美德，為國王效忠，團裡的騎士幾乎都是貴族。他們以自己的血統為傲，培養出不負家門的實力，是被選中的少數菁英。憲兵則是不問出身，平民也能夠加入。雙方絕非刻意疏遠彼此，但確實存在水火不容的一面。

「今天某侯爵也跑來發牢騷，質問我找到據點的時候為什麼沒有立刻報告。」

「您是說騎士團的統帥？」

「嗯。不過他的論點也沒有錯。」

時間上分秒必爭，而且不能走漏消息，這是雷伊在檯面上的說法。

騎士畢竟是一國之光，從這次的情報源看來，這是不能讓他們負責的事情。雷伊暗示這點的時候，某侯爵臉上險惡的表情充滿威壓，卻還是一言不發地離開了，表示他雖然不能苟同，還是接受了吧。

「話說回來，『佛剋燙盜賊團的首領』招供了沒有？」

「是的，剛才終於認罪了。」

「嗯，還真是頑固。」

雷伊瞇起金色眼瞳，將手臂擱到扶手上笑道。

那是商業公會的某位派遣店員。同夥揭穿了他的盜賊團首領身分，但直到最近，他一直堅決否認，演技逼真得所有人都不禁佩服。

「不愧是同時扮演商業公會店員和盜賊的人物，演技真是精湛。」

「您說得是。」

但是盜賊團的成員斬釘截鐵地指認他是首領，傳聞中的少數特徵也一致，本人的否認沒有任何意義。

「好了，這下子事情就圓滿落幕了吧。」

最後成功安撫了最駭人的狠角色，沒有比這更好的結局了。

雷伊卸下重擔似地往沙發上一靠，這時他偶然看見擺飾在架上、鑲著寶石眼睛的三隻泰迪熊。

除了雷伊以外，沒有人知道實情。假如這一切都在利瑟爾掌握之中，他不必親自動手，便將煩人的傢伙排除殆盡，這手腕真是精妙絕倫。

「這是為您準備的紅茶。」

「嗯。」

雷伊端起執事長準備的茶杯，邊享受甘美的茶香，邊啜了一口。

「不過，每次進城晉見都有人想為我作媒，真是饒了我吧。」

「以雷伊大人的魅力，想必有許多淑女樂意出嫁，一點也不在乎成為繼室哦。」

「家裡已經有子嗣繼承家業了，我總是以這個理由打發掉他們，但真是沒完沒了！」

「您辛苦了。」

雷伊聳起肩膀，看得執事長呵呵笑出聲來。

雷伊有一個兒子，是血緣相繫、不折不扣的親生兒子。

兒子還小的時候，雷伊的妻子就過世了，之後他不曾再娶。

「因為少爺就讀於騎士學校，所以各位大人才有所誤解吧。」

為什麼雷伊的兒子會到騎士學校念書？那是出於他本人的意願。

騎士團與憲兵之間的關係相當敏感，他想親身瞭解彼此的立場，好化解雙方之間的對立。這種親赴敵陣的膽識，也可以說是不顧立場、破壞成規的率性，正是來自雷伊的遺傳吧。

「別看他那樣，那孩子可是一心只想繼承家業啊。」

「那是當然。在下對此也滿心期待。」

從旁人眼中看來，也許會以為子爵家唯一的後繼者無意繼承家業，因此建議他再娶的人就更多了。雷伊也習慣了，但累人的事還是一樣累人。

看見他一手端著紅茶悠然歇息，執事長也露出沉靜的微笑開口。

「只不過，雷伊大人，您也不是絕對不娶繼室吧？」

「嗯？是啊，要是出現了超越她的女性，也許我會考慮看看。」

「夫人堅強、美麗又聰明，要找到超越夫人的女性，想必不是那麼容易呢。」

執事長懷念地回想起往日情景。

不論現在還是往昔，雷伊的性格都一樣自由奔放，從前他離開宅邸的時候，各項事務便交由過世的夫人掌管。她俐落的辦事手腕，執事長現在還記得一清二楚。

訓練場上列隊的憲兵。厲聲激勵憲兵的夫人。筋疲力盡的憲兵。鞭策他們起身的夫人。她穿著一身馬術服，手中持劍，時不時俐落處理下屬拿過來的文件。憲兵們累得東倒西歪，唯有她在訓練場正中央獨自挺立，那身影實在美麗絕倫。

「看來在下這一輩子最後的職責，只需要照料雷伊大人一個人了。」

「那是當然。」

雷伊快活地笑了笑，忽然又將手抵在下顎沉思。

「嗯，不過，也是呢……」

接著，他極其愉快地揚起一笑。

即使雷伊的年紀已經稱不上年輕，那笑容的魅力依然不減。到了最近，執事長反而覺得他的笑裡更添了幾分魅力，理由自然無需多言。

「假如利瑟爾閣下是女性，我應該會熱烈追求他吧！」

不錯的影響。從以前為雷伊效命至今的老翁露出微笑，笑意加深了他眼角的皺摺。

「現在也相去不遠囉。」

雷伊聽了，開懷笑出聲來。老爺這麼高興真是太好了，執事長拿著盛裝紅茶的茶壺，心滿意足地點頭。

商業國。這個都市只是國家當中的一介領地，卻發展到足以稱之為「國」的地步。

「人家不是都說，家長插手小孩子的糾紛不太好嗎？」

「……怎麼沒頭沒尾說這個？」

商業國領事館的其中一間辦公室當中，商業國領主沙德詫異地看向因薩伊，這是少數知道他身分的人物。

因薩伊明明是年紀一大把的老爺爺了，不曉得為什麼，外貌卻從沙德兒時以來幾乎沒變。這個人怎麼突然跑到辦公室找他，一開口又說出莫名其妙的話？沙德美到驚天動地的臉上刻著明顯的黑眼圈，他將視線轉回文件上開了口。

「你在說什麼？」

「爺爺插手孫子的紛爭究竟好不好咧？」

「駁回，快講正題。」

「老夫記得你以前還比較可愛一點哪……不，一定是老夫記錯了，以前大概跟現在差不多，老夫的孫子比你可愛一萬倍。」

沙德不想理他了。

從剛才開始，他的筆就沒有停過，已經寫到筆尖乾涸，又往墨水壺中蘸了好幾次。這「少來打攪」的訊息沉默卻露骨，但因薩伊全部視若無睹。

這不是老年人常有的遲鈍，只是他的個性我行我素，跟賈吉天差地遠。

「老夫去跟商業公會算帳啦。」

「駁回！」

這顆突如其來的震撼彈，害沙德折斷了筆尖。

墨跡在完成的文件上慢慢擴散開來，沙德見狀，響亮地嘖了一聲，果斷放棄挽救這份文件。還是重寫比較快。

「你知道我一向拒絕公會那邊的干預吧？」

「當然。」

「也知道我悉心注意不跟他們敵對……」

「但他們對老夫的孫子做了那麼瞧不起人的事。」

因薩伊滿不在乎地蓋過了他的話，沙德眉間的皺摺深得可以夾死蒼蠅。

「等一下，公會的醜聞跟你孫子有關？這件事連我也不知道。」

情報和買賣交易密不可分。

人潮與貨品全部匯聚於商業國，在這裡，沙德是能夠最快取得正確情報的人物。但他也是前幾天才得知商業公會的派遣店員惹出了醜聞，受害者的詳細情報並沒有流出。

「你到底是哪來的情報……」

「哼。」

沙德立刻著手重新撰寫文件，因薩伊帶著意味深長的笑容點了個頭。

看見他拿出一封信，沙德蹙著眉頭心想，原來他從孫子那邊直接得到消息了嗎？

「這是某個比貴族更像貴族的冒險者寫給我的信。」

沙德的筆尖又不幸犧牲了，好浪費。

「……」

沙德忿忿地咋舌一聲，扔了折斷的筆尖。

他想起那個拗了他一頓晚餐的沉穩微笑。當時，沙德判斷不該放任這個人在外遊蕩，於是安排屬下監視他，卻無法否認有種被擺了一道的感覺。原以為他回去了，結果又透過因薩伊拋來好幾個震撼彈，例如那張地下通道的地圖。

「……上面寫什麼？」

「哦？你想知道啊，嗯？」

那張感覺不到歲月蒼老的臉上揚起興味盎然的笑容，被誤認為跟沙德同年齡層的人也不奇怪。沙德銳利的眼光盯著他瞧，彷彿催他別賣關子，看得因薩伊哈哈大笑，揮了揮手上那封信。

「沒什麼，這封信的正題是問我賈吉愛吃什麼東西。」

「什麼？」

「說是想安慰他啦。」

因薩伊的語調像個慈祥的好爺爺，沙德一聽，眉頭卻皺得更深了。他說「正題」，那副題呢？或是信末的補充文字寫了什麼？

「就這樣？」

「怎麼可能。」

因薩伊的眼神多了幾分凌厲，笑容中充滿威壓，可以確實感受到他心中愛孫遭人危害的憤怒。

「惹事的派遣店員過去賣出的所有贓物清單、注意到這件事的商業公會職員名單，還有別的，滿滿都是足以毀滅商業公會的情報。」

沙德按住眉心，煩躁地嘆了口氣。

他不清楚自己為什麼煩躁，是為了公會失去商人的矜持而失望，還是因為這情報使得他忙上加忙而焦躁？又或者是——

「那男人的情報網究竟怎麼回事……」

從前見面的時候，那人看起來對這種幕後消息並沒有涉獵，也難以想像劫爾會同意他靠近那個圈子，沙德只有滿腹的疑問。

然而，他還有更重大的擔憂。他懷著一股不好的預感，抬起不知不覺間低垂的臉龐，光澤艷麗的黑髮滑落肩膀。

「等一下，你該不會把那些情報——」

這麼一來，商業國握有太多情報了。歷代領主費盡苦心才建立起馬凱德與商業公會之間的平衡關係，這下子說不定會毀於一旦。

「不，老夫沒有明說。」

「是嗎……」

「不過是有暗示啦。」

「駁回，你透露到什麼程度了？」

因薩伊是商業國首屈一指的商人，縱使加入了商業公會，這也足以讓公會方判斷他是商業國陣營的人。

雖然他是個眼中只有愛孫的傻子，這方面應該還懂得把握分寸吧。沙德煩躁地撥起頭髮，換上新的筆尖。他囤積了大量的筆尖，所以沒有問題。

「只是質問他們對老夫的孫子做了什麼事而已。還有，叫他們趕快把自己人的家醜切割乾淨。」

「以你的身分，只說前半就夠了吧。」

「看他們的小動作，本來還打算對老夫隱瞞這件事咧，真是把老夫看扁了。」

沙德見過因薩伊在孫子出生之前，個性還沒有變得圓融的模樣。

當時的因薩伊，是在談判桌上靠著霸氣征服一切的男人。他相當照顧自己人，備受眾人信任，面對敵人則毫不留情，是位作風威猛的商人。

「而且，那小子特地來信告知，意思就是叫老夫採取行動吧。」

回想起來，因薩伊的個性確實圓融了不少。現在的他願意在別人驅策之下行動，也沒有為了幫心愛的孫子出一口氣，就真的與商業公會敵對。

「……駁回，你怎麼可能聽從一個區區的冒險者——」

「你還被人家拗了一頓飯咧，有資格這麼說？」

因薩伊揶揄似地笑著說完，又換上一副促狹的笑。

「什麼區區的冒險者嘛，你說出來的瞬間自己都覺得惶恐，別說這種口是心非的話啦。」

「……駁回。正事說完了就出去。」

因薩伊樂得哈哈大笑，就像個逗著小朋友玩的老翁。沙德強制把他趕出去，也沒目送他的背影走出門外，便煩躁地著手處理新的文件。

工作怎麼做都做不完，但他一次也不曾感到不滿，這是他的日常，也是他自願從事的職務。沙德無疑是個工作狂，不過他嚴格管理自己的健康狀況，所以沒有問題。

「佛剋邊盜賊團毀滅嗎……」

當時，這消息與商業公會的醜聞同時傳來，此刻忽然掠過他腦海。

商人的馬車裝滿各式各樣的貨品，是最容易被盯上的獵物。他屢次接獲馬車遭遇盜賊襲擊的報告，累積的受害金額已經到了無法等閒視之的地步。

商人的損失就是商業國的損失，沙德也曾經數度研擬對策。

「……」

商業公會的醜聞、佛剋邊盜賊團的毀滅，總覺得同一時間發生太多事情了。僅視之為單純的偶然當然很容易，但這究竟……

沉穩的微笑掠過他腦海，記憶裡那雙紫晶色的眼瞳流露甜美的笑意。

「（……駁回，是我想太多了吧。）」

沙德在內心否定道，又開始心如止水地動起筆尖。

這時他還不知道，再過幾天，派遣店員正是盜賊團首領的情報就會傳入他耳中。他和因薩伊一聽，便洞察了所有真相。「完美為老夫的愛孫報了一箭之仇嘛！」在喜出望外的因薩伊身旁，沙德會整根折斷手中握著的筆管，不過現在的他當然無從得知。

王都一隅。

「唔咕。」

「那什麼聲音，嘖嘘？」

「隊長你感冒了嗎？不然今天不要出門了？」

「不，我想大概不是感冒……有人說我閒話嗎？」

二人望著一臉不可思議的利瑟爾，在心裡吐槽：要是有人說閒話你就會打噴嚏，那你的噴嚏就停不下來啦。

31

「伊雷文有時候笑得非常下流呢。」
「什麼意思嘛，是很情色的意思？還是很賤的意思？」
伊雷文今天也被利瑟爾一時興起的發言耍得團團轉。劫爾覺得這傢伙差不多該習慣了，但沒多說什麼，畢竟伊雷文自己大概也樂在其中。
劫爾自己倒是希望他阻止利瑟爾繼續失控下去。為了表現得更有冒險者的樣子，那人每天都從周遭學習用字遣詞，前幾天賈吉終於聽得哭了出來。
「你們今天也想去迷宮嗎？」
「也不是一定非迷宮不可啦。」
「隨你高興。」
三人穿過公會大門。眾人的視線一下子聚集到他們身上，立刻又像平常一樣轉向別處。他們早已習以為常，逕自走向委託告示板。
一行人正準備按往例從F階級的委託依序看過去，利瑟爾卻忽然伸手拿起一張委託單。身旁那二人投來的目光彷彿在說「真難得」，他瀏覽手中的委託內容。
【協助製作回復藥】
階級：F～

委託人：回復藥製造所
報酬：兩枚銀幣（每人）
委託內容：協助磨碎魔石，工作內容簡單，轉動手把即可。
徵求大力士，人數三名左右，報酬恕不以現貨支付。
「我一直想看看這邊的回復藥製作方法。」
「看起來就是隊長會很喜歡的委託嘛！」
伊雷文從旁邊探頭看了看委託單，哈哈笑出聲來。
「大力士……不知道我有沒有辦法。」
「不可能。」
利瑟爾正認真思考自己完成委託的可能性，卻被劫爾毫不留情否決了。
他不會說利瑟爾手無縛雞之力，他的體能有平均成年男性的水準。但這委託的招募對象本來就是體能優於一般人的冒險者，又強調要找大力士，以利瑟爾的力氣想必是完全無法勝任。
「叫大哥出馬不就好了？」
「這畢竟是F階的委託，我本來打算一個人接……」
「啊?!我本來想說要三個人一起行動，才特地跑過來的欸！」
伊雷文一臉不甘願，表情和他話中的情緒一致，一定是第一次組隊興奮過頭了。看他這次沒有藏起自己的情緒，背後肯定有什麼打算，但應該沒有說謊。

劫爾看著伊雷文的眼神滿是狐疑，利瑟爾見狀有趣地笑了，又尋思似地低頭看向委託單。

「讓遠近馳名的一刀接下F階級的任務也不太好。」

「之前不是也接了？」劫爾說。

「那只是為了保護我呀，你沒有接下委託嘛。」

不過，看來他願意一起隨行。眼見劫爾湊過來看委託內容，利瑟爾傾斜手中的單子給他看，一邊側眼看向他包裹在黑衣下的身軀。

論力氣，劫爾一定沒有問題。他的體型在冒險者之中絕不算特別壯碩，但常常在偶然間窺見他驚人的肌力。

「我也一起去！」

「那人數就剛剛好了。」

利瑟爾的目光從劫爾移到伊雷文身上。

不曉得是蛇族獸人的特徵，還是他個人的特質，伊雷文精瘦的身軀雖然經過鍛鍊，看上去卻不太有力大無窮的印象。利瑟爾在心裡這麼想道，完全沒考慮到自己有沒有資格評論別人。

也許是察覺利瑟爾那道視線的意思，伊雷文帶著質疑的眼神開了口。

「我的力氣是比不上大哥啦，但好歹也是天天揮劍的人欸。」

「感覺你的力氣跟我差不了多少耶。」

「哇，這也太瞧不起我了吧。」

「你才是呢。」

利瑟爾最近過著冒險者生活，活動量增加了，理論上體力也比以前好了一些，才沒有伊雷文想的那麼孱弱無力……大概吧。

懷著一股謎樣的自信，利瑟爾邊思考邊張望四周，擺放在公會裡的幾張桌子偶然映入眼簾。

「那我們來比腕力吧。」

「啊？真的假的，你覺得比得贏我喔？」

「至少能比到不相上下吧。」

他不覺得自己真的能贏過伊雷文，但應該可以纏鬥一陣才對。利瑟爾對一旁劫爾無奈的目光完全視若無睹，逕自坐到椅子上。事情怎麼會演變成這樣？在周遭人群好奇的注目當中，伊雷文坐到他面前，雙方握住彼此的手。

這時，利瑟爾才發現那隻手長滿硬繭，是長期握持劍柄留下的痕跡。他臉上帶著好整以暇的表情，分明沒有使出全力，利瑟爾卻感覺到掌中傳來扎實的握力。可能還是沒什麼勝算了。

「開始。」

既然決定要一較高下，那就全力以赴吧。聽見劫爾那聲慵懶的口令，利瑟爾使勁往下扳，就這麼扳了十幾秒。

「跟我猜的一樣嘛。」

伊雷文的手臂文風不動，表情仍然游刃有餘。

利瑟爾已經使盡了全力。他的氣質還是一樣沉穩，表面上看來從容不迫，但他毫無疑問是認真的。只見利瑟爾使勁往下壓了一陣，有時候不知為何還用拉的，但伊雷文的手臂依舊屹立不搖，他終於放棄，不再使力。隨著微弱的「砰」一聲，利瑟爾的手臂輕輕被扳倒在桌上，令人五味雜陳。

「我贏啦。」

「我有點受到打擊。」

伊雷文愉快地笑了開來，利瑟爾帶著苦笑放開手。

由於從前身邊圍繞著實力高強的人物，利瑟爾辨別強者的眼光還算精準，但伊雷文是蛇族獸人，缺乏相關情報。體型精瘦，卻擁有強韌、靈活的肌力，是他們的種族特徵。

利瑟爾隱約知道他身手不凡，卻不清楚這實力從何而來，不容易一眼判斷他的體能。

「我本來以為伊雷文是那種……善用技巧作戰的類型。」

「嗯，這樣講也沒錯啦。」

「技巧再怎麼高超，沒力氣也斬不了石巨人。」

「原來是這樣呀？」

眼前的二人能稀鬆平常地劈開石巨人，所以利瑟爾沒什麼概念。不過這麼一來，接取回復藥的委託一定沒問題吧。

「那麼，委託就把劫爾和伊雷文交出去吧。」

「你剛剛不是還對大哥那麼客氣？」

「這傢伙就是這樣。」

「假如我幫不上忙，就當作隨伴同行吧。」

利瑟爾對於回復藥的製作方法非常好奇。

再加上他個性自由奔放，想做什麼事一定會付諸行動。畢竟難得換了個能夠自由行動的立場，利瑟爾由衷享受著現在的冒險者生活。

「如果只收兩人份的報酬之類的，不知道能不能讓我待在旁邊。」

「都提出委託了，不可能是什麼機密吧。」

「最理想的情況，還是我也可以幫上忙啦……」

「不曉得委託人會叫我們做什麼咧？」

平常只要沒有非接不可的委託，利瑟爾會尊重其他二人的意願，所以現在，劫爾他們也覺得隨他高興就好。二人跟在利瑟爾身後，走向櫃臺窗口。

這一帶治安良好，憲兵的值勤室就在不遠處，街角有間小小的石造工房。工房木造的門板另一頭，今天也傳出氣勢十足的說話聲。

「喂老頭，你又跑去公會提委託了喔！」

「小丫頭給我閉嘴！妳又磨不碎魔石，抱怨個屁！」

「也沒必要那麼早提啊臭老頭！老娘貨都還沒送完咧！」

按照史塔德細心詳盡的說明，利瑟爾一行人順利來到委託人的工房門口，一路上完全沒有迷失方向。聽見門後傳來的對話，利瑟爾困惑了一下子。難道對方不歡迎我們？

「反正來的都是低階的弱雞冒險者，魔石哪可能磨得多快啦！」

「說得也是啦！」

門內響起一陣笑聲。這說的是我們嗎？利瑟爾邊想邊舉起一隻手。站在門口也無濟於事，總之先聽聽委託人的要求吧，他正準備敲門。

「我先去送貨啦臭老頭，回程會順便繞到憲兵——」

「妳好。我們接了這邊的委託，現在方便打擾嗎？」

木門粗暴地打了開來，利瑟爾放下來不及敲門的手，露出微笑。

從門後現身的，是個相當適合工作服的美女。她的臉頰上沾著汗漬，顯得很有匠人氣質，肩上就像剛才說的一樣，扛著要配送的貨物，上臂看起來強壯有力。

美女張著話說到一半的嘴巴，就這麼凝視著利瑟爾，整張臉面無表情。她放下貨物，擦了擦臉，卻反而把汗漬抹得更大塊，然後她挺直了背脊。

「我叫梅狄，職業是藥士，喜歡的類型是知性沉穩的人，長得帥就更好了。你是我天菜中的天菜，拜託以結婚為前提跟我結婚！」

「回去了。」

「隊長，不可以對上那個人的視線喔。」

「我會讓你幸福！我會讓你幸福的！」

聽見她拚命過頭的吶喊，利瑟爾眨了眨眼睛，看向那位自稱梅狄的美女。

在原本的國家，利瑟爾備受國王重用，在婚姻市場上也屬於優良對象。他有這層自覺，來自異性的追求也不勝枚舉，但這麼有男子氣概的求婚，他還是第一次碰上。

「妳在搞啥啊臭丫頭！」

制止梅狄的，是從工房深處現身的魁梧男子。

光論身高，這人不算特別高大，但他的身材粗壯雄偉，像矮人一樣長了滿臉的鬍鬚，看起來相當有壓迫感，第一次見到他的人肯定會畏懼三分。

他粗莽的拳頭毫不留情往梅狄身上掄下去，接著瞥向利瑟爾一行人。

「老子可沒拜託S階的人過來。」

「不，我們是C階。請問不足以勝任嗎？」

「哈，講話很囂張嘛。」

壯漢愉快地露齒一笑，哼了一聲。

「老子不會付出比單子上更高的酬勞啊。」

他丟下痛得蹲在地上的梅狄，逕自走進工房深處，看起來心情不錯。

聽他們說，每一間工房的回復藥製程都各不相同，製作方法也不會公開。委託冒險者完成的部分是沒有問題，不過工房更深處想必沒有機會看見了。雖然有點可惜，利瑟爾還是打消了這個念頭。

「啊……你長得實在太合我胃口了，剛才一時亂了陣腳，不好意思啦。」

不知不覺間梅狄也復活了，帶領他們進入工房內部。

她坐在工作用的小板凳上，雙手按在膝蓋上低頭致歉，連道歉的姿勢都充滿男子氣概。

利瑟爾露出沉穩的微笑搖搖頭，他雖然有點驚訝，不過也只是驚訝而已。

「沒關係的，請別介意。」

「喔喔喔敬語……！」

梅狄激動得扭來扭去。

人明明長得這麼漂亮，未免太可惜了吧，三人不約而同這麼想，不過梅狄毫不知情。稍微平靜下來之後，她啪一聲拍響膝蓋，轉換心情站起身來。

「好啦！那我來跟你們說明委託內容。」

「麻煩妳了。」

梅狄穿過工房，將手放在牆邊一臺令人聯想到石臼的器具上頭。

「這工作我們有時候會委託冒險者處理。需要你們幫忙的是磨碎魔石的步驟，轉動這個把手，魔石就會磨成粉，從底下掉出來。」

梅狄從旁邊的箱子裡拿出形狀不太規則的魔石，丟進器具上方。

接著，她握住器具旁長柄的把手，只見她手臂上的肌肉微微隆起，轉了半圈，把手就像卡住什麼東西似地再也轉不動了。

「我轉到這邊就是極限了，你們只要一直轉這把手就可以啦。」

利瑟爾興味盎然地端詳著那臺器具，梅狄一邊盯著利瑟爾看，一邊正經地完成了解說。

伊雷文試著握住把手使力，先用五成、再用七成的力氣，直到他使出九成的力氣，已經接近全力的時候，把手才稍微動了一下。他立刻放開把手，使勁甩著手。

「哇靠，太難轉了吧！」

「能轉動就很厲害啦，這平常是三個大男人一起轉才轉得動的東西。」

梅狄佩服地說著，鬆了一口氣，看來沒有問題了。老實說，這三個人裡面有兩個看起來不像有力氣做粗活。

儘管速度緩慢，伊雷文已經證明他轉得動那支把手了。撇除怎麼看都不可能轉得動的利瑟爾，只要伊雷文跟看起來最有力氣的那個人合力一起轉，應該不會有問題。

「反正要是真的轉不動，也可以到別處找人幫——」

梅狄說到一半，閉上了嘴。

「欸，轉得好快喔。」伊雷文說。

「劫爾，感想如何？」

「還好。」

劫爾在利瑟爾的催促下握住把手，正轉得勢如破竹。

平常梅狄總是衝著肌肉糾結的壯漢們大吼「再轉快一點啊！」但連她看到眼前的情景，也不由得出言制止。從來沒看過這把手轉這麼快，感覺會壞掉。

「看樣子是不需要找幫手啦……」

「不愧是大哥，難怪大家都懷疑你不是人！」

「懷疑的只有你吧。」

「不，其實我也……」

「喂。」

劫爾一直轉到把手上的阻力消失，便放開了手。利瑟爾往器具底下一看，磨碎成粉狀的魔石落在底下裝好的布袋裡，薄薄積了一層。

「大哥，你直接用握的魔石也會粉碎吧。」

「就算捏碎，沒有磨成粉狀大概還是沒辦法製作回復藥哦。」

「不要講得像我真的能捏碎魔石一樣。」

對話內容真是嚇死人，梅狄面部抽搐，將手伸向堆積如山的魔石。

「魔石你自己丟進去就好，不用客氣，這整堆都交給你啦。」

「這邊靠劫爾一個人就夠了，那我們就沒事做了呢。」

即使想幫忙，也只是礙事而已。伊雷文現在正伸手嚷著「也讓我弄、也讓我弄」，劫爾一副嫌他煩人的樣子。

該怎麼辦呢，利瑟爾瞥向梅狄，只見她也傷腦筋地皺著眉頭思索。

「魔石有辦法一顆接一顆磨完的話，該做的事情是很多啦……」

她瞄了一眼桌上那疊紙張，目光又接著掃向擺在玄關前還沒送的貨物。地板上成堆的藥草類，想必也才挑揀到一半，該做的事確實不少。

「藥士小姐，如果妳不介意的話，我們可以幫忙其他工作。」

「真的嗎！」

梅狄刷地抬起臉來，一邊為了利瑟爾的微笑激動不已，一邊拿起桌上那疊紙張。

「你看起來就是很擅長這種工作的樣子，計算能力如何啊？」

「不算太差。」

「我差到不行，要算的是這個啦。」

利瑟爾從梅狄手中接過幾枚紙片。

「哇靠……」

伊雷文也一起探過頭來，一看之下厭惡地皺起臉來。

紙上密密麻麻寫滿了數字，表格中列著不同材料的某項數值，將這些數字代入另一張紙上的幾條計算式當中，即可得出需要的解。

想必是為了不擅長計算的梅狄準備的吧，這確實遠遠超出了一般教養的計算水平。

「妳會解這個喔？」伊雷文問。

「勉強可以啦，解的時候都搞不懂自己在幹嘛。」

「我想也是。」伊雷文點點頭。利瑟爾把他晾在一邊，翻了翻那疊紙張，接著點了一下頭。

「嗯，看來沒有問題。只要計算這個就好嗎？」

「與外貌一致的知性……！」

梅狄感動得仰天長嘆，開始朝著不知名的存在表達感謝。也許是習慣了，利瑟爾有趣地笑了出來，逕自走向劫爾那邊。順帶一提，伊雷文帶著莫名其妙到極點的表情看著她。

「劫爾，這給你。」

「嗯。」

只是單手不停轉動把手一定很無聊吧，利瑟爾拿了幾本書給他打發時間。

劫爾瞥了那些書本一眼，將手肘擱在器具上頭靈巧地讀了起來。另一手維持固定速度轉動把手，大概已經成為下意識動作了。

「大哥，沒想到你讀起書還滿適合的欸。」

「囉嗦。」

「伊雷文倒是不看書呢。」

「書太無聊了嘛。」
很符合伊雷文的個性，利瑟爾笑著走向擺著紙堆的桌子。桌上也擺著筆和墨水瓶，應該可以直接在這裡計算。
「藥士小姐，方便借用妳們的桌子嗎？」
「啊！」
梅狄原本動也不動地在原地仰天嘆息，聽見有人叫她才抖了一下，恢復意識。
「拜託你快用！握起筆來好適合！寫起字來好適合！好想嫁！啊，眼鏡呢?!」
「我視力還不錯。」
眼見梅狄稍微垂下肩膀，利瑟爾邊坐到位子上邊納悶：這樣不好嗎？這時候，伊雷文也湊了過來，百無聊賴地翻動那疊紙張。利瑟爾執起筆望著他，思索該怎麼辦。
揀選藥草的工作伊雷文也做得來，不過他個性坐不住，不喜歡單調的工作，一定做到一半就膩了。
「伊雷文。」
既然如此……利瑟爾執筆的那隻手指向擺在玄關旁的貨物。
「你去幫忙送貨如何？」
「啊，送貨好像比較好欸。」
「當然，前提是藥士小姐不介意的話。」
利瑟爾他們在這裡是外人，梅狄總不能把他們留在工房裡自己去送貨，因此他才這麼提議。梅狄聽了，也用力點頭表示贊同。

「那真是幫大忙了。」

利瑟爾打開墨水瓶的瓶蓋，微微一笑。

「太好了。」

「大部分的狀況他都應付得來，請放心交給他去辦吧。」

這說法怎麼聽起來有點怪怪的？伊雷文才剛帶著疑惑的眼光看向利瑟爾，便看見梅狄雙手撐在桌子上，猛地探出身體。

「你知道這件事?!」

「不，只是剛才聽妳們提到憲兵，我才猜測可能出了什麼事。」

看來利瑟爾猜中了，梅狄忿忿不平地告訴他們事情經過。

她說，最近陸續傳出回復藥在運送途中遭人搶奪的消息。即使是低級回復藥，也具有強大的治療效果，雖然治療比受傷的時候還痛。

「我們也中標過一次，不過那時候送貨的是臭老頭，所以藥是沒事啦。」

對方怎麼會想出手襲擊他？想起剛剛見到的彪形大漢，不，應該稱呼他工房師傅，利瑟爾他們納悶得不得了，那人怎麼看都惹不起啊。

「是說回復藥為什麼還要送貨啊？」

「我們的藥只賣給固定的合作對象啦。像治療院啊，還有比較特別的客戶，像郵務公會之類的。」

由於只交貨固定數量給固定的商家，這間工房出產的回復藥並不會賣給一般消費者。每間工房生產的回復藥各不相同，這種以信任關係為基礎的買賣方式，證明了這裡的回復藥具有一定品質。

「報酬上面寫著『不以現貨支付』，原來是這個意思。」

「是啊，因為這東西也沒辦法量產。藥都這麼貴重了還這樣亂搞，不曉得是哪來的盜賊，真可惡！」

利瑟爾和劫爾不著痕跡地看向伊雷文。

只見伊雷文表情嚴肅地思考了一瞬間，立刻搖了搖頭，像在說冤枉。即使只是一瞬間閃過腦海，也表示他想到了什麼可能性，可信度實在不高。

話雖如此，利瑟爾和劫爾也乾脆地接受了他的答案。假如是往來於國家之間、隸屬於大商家的載貨馬車整輛被劫走倒還有可能，在城內作案風險較高，又只搶走幾瓶回復藥，伊雷文和留在他身邊的那些精銳盜賊才沒有那麼客氣。

「以你的實力，萬一遇上襲擊也能打跑對方吧？」

「那當然。」

聽見利瑟爾理所當然地這麼問，他滿意地笑了。

「可以殺人嗎？」

「不行。」

「好喔！」

伊雷文點點頭，扛著整箱的貨物離開了，利瑟爾目送他走出工房。

搬運貨箱的背影看起來毫不費力，利瑟爾佩服地看著這一幕，將筆尖浸到墨水瓶中。坐在桌前工作的感覺，教他有點懷念。

「那傢伙沒問題嗎？那邊那個一直磨魔石的傢伙看起來比他強很多欸。」
「沒問題，他很厲害的。比起那個，磨碎的魔石放著沒關係嗎？」
「啊？……哇，怎麼積了這麼多！好快啊！」
一行人剛到工房的時候，聽見她說現在叫冒險者來太早了，可見魔石粉堆積在原處不太好吧。梅狄抱著幾個瓶子和天秤衝到器具旁邊。
「知性小哥，一有算好的數字就馬上給我！那個要用在魔石上！」
「好的。」
梅狄抓著自己計算過的少數幾張紙片，匆匆忙忙拋來一句話。利瑟爾帶著微笑點點頭，於是打起精神，開始面對大量的數字。

「我回來啦……眼鏡!!」
「歡迎回來，速度真快。」
伊雷文順利送完貨，一回到工房，竟然看見利瑟爾戴著眼鏡。那人將落下的頭髮撥到耳後，目光望向這裡，畫面衝擊得令他忍不住叫出聲來。
他丟下空箱子湊到桌邊，邊說著「太適合了吧！」邊目不轉睛地盯著利瑟爾新鮮的打扮。
「這什麼，假眼鏡嗎？為什麼戴著啊？」
「因為她說，戴著她會更有動力做事，工作效率也更好。」
是誰說的就不必問了。
始作俑者正是梅狄，她坐在利瑟爾正前方的地板上，帶著一臉口水快滴下來的表情在揀選藥草。伊雷文覺得她沒救了。

「但我實在戴得不太習慣……」

「啊……你戴得太深了啦。」

利瑟爾撥動眼鏡微調，尋找適合的配戴位置，從手指的動作確實看得出他不習慣戴眼鏡。伊雷文的視力也不差，不過由於變裝需要，眼鏡他偶爾會戴。

他伸出雙手，以指尖幫利瑟爾調整好位置。「眼鏡就是這樣戴的啦，」看見他對調整過的位置仍然有點困惑，伊雷文有趣地笑出聲來。

「嫌礙事就拿下來啊。」

「我一開始也打算馬上摘下來，但是……」

利瑟爾苦笑著望向梅狄。

實不相瞞，只為了一副眼鏡，她的工作效率真的暴增了。她的目光牢牢盯著利瑟爾不放，手邊的動作卻沒有任何失誤，而且速度還翻了好幾倍。

「真是不可思議。」

「隊長，你多少也介意一下吧。」

眼見利瑟爾毫不在意梅狄熱烈的目光，泰然自若地繼續計算，伊雷文站過去幫他擋住了視線。

順帶一提，他看了看劫爾在做什麼，發現他百無聊賴地靠在器具上頭，眼睛盯著書頁，默默轉著把手。他也相當我行我素。

這下子，梅狄終於注意到他回來了，她看向伊雷文，又看看空無一物的木箱，點了點頭。

「哦，東西順利送過去啦！」

「這是錢。」

「嗯，一、二、……沒問題，金額剛好。」

梅狄數完銀幣，咧嘴一笑。

「看來你沒被搶匪盯上嘛，太好啦。」

「喔，我是有碰上襲擊啦。」

「啊?!」

聽見伊雷文那句輕描淡寫的話，梅狄的笑容也崩壞了。

該從哪裡開始吐槽才好？梅狄那張嘴巴像金魚一樣一張一闔，利瑟爾忽然停下書寫中的筆尖，若無其事地看向伊雷文。

「結果如何？」

「嗯，被我打回去了。不太像盜賊啦，算是賺零用錢賺得太囂張的不良小鬼。」

「背後可能有商人指使他們，再把藥拿去轉賣。那些孩子呢？」

「丟著不管。」

原來如此，利瑟爾點了點頭。做到這樣就夠了吧，伊雷文滿足地瞇眼笑了。

只要隨便修理一下襲擊犯，然後跟蹤他們，不難揪出利瑟爾口中指使他們犯罪的商人。

但利瑟爾要是希望他這麼做，就不會叫他「打跑對方」了。

如果沒有任何一網打盡、或是徹底解決事件的辦法，即使這次除掉一個靠著非法勾當賺取不義之財的商人，也不能解決什麼問題。

他不會使喚伊雷文和精銳盜賊們去辦這點程度的小事，正因如此，他們也才願意為利瑟爾效力。

「啊，不過路上看到一個面熟的憲兵，我就全部丟給他處理了。」

「看起來正經八百的那位？」

「對，就是不得要領的那個啦。」

順帶一提，伊雷文只說了句「之後交給你啦」，就把躺在地上的幾個襲擊犯丟給他了。那位憲兵長現在正氣憤地念著「真是莫名其妙」，一邊勤奮地完成分內職責。

「既然搶匪抓到了，我得告訴其他工房才行。」

「喔，妳相信我喔？」

「知性小哥說的話不可能有錯。」

這回答牛頭不對馬嘴，完全沒考慮到伊雷文的實力，他只應了句「是喔」，便一屁股坐到地上。他已經沒事做了。

他一把抓起身邊堆積如山的藥草，又隨手一扔，馬上聽見梅狄怒吼「不要搗亂」，也被利瑟爾糾正了。

「問你喔。」

「啊？」

梅狄本來一直盯著利瑟爾猛瞧，這時忽然小聲問一旁的伊雷文。

伊雷文一邊拔著藥草打發時間，一邊詫異地看向梅狄。他在拔的是揀選過的藥草，反正事後也要拔下葉片，所以沒人阻止他。

「那邊那個黑衣的傢伙啊，我看他轉把手轉得超輕鬆欸，那是怎樣？他是人嗎？」

「他不是人啦，你就把那個當成全自動把手旋轉器就好了。」

利瑟爾其實聽到了，他努力忍住笑意。這是他自己想接的委託，卻全部交給劫爾完成，以他的立場，這時候笑出來實在太抱歉了。

「再問你一件事喔。」

「怎樣？」

「那個知性小哥啊，從剛剛開始八成都用心算是怎樣？我計算的時候要用掉五張紙欸。」

「我們隊長很厲害的啦。」

真是榮幸，利瑟爾在心裡低語，又開始專心計算。

伊雷文看著他的身影，拔掉了手中藥草的葉片。他瞥了旁邊一眼，看見梅狄雙手一邊忙碌，一邊重新凝視起利瑟爾來，還恍惚地嘆了一口氣。

這時候，他忽然注意到梅狄口中念念有詞。這女的太恐怖了吧，他邊想邊豎起耳朵。

「啊……戴起眼鏡那麼辣，皮膚那麼好，氣質那麼禁慾卻那麼性感，真是太矛盾了，但就是這點最好！」

「妳是大叔喔。」

伊雷文覺得她好噁。

「知性小哥喜歡什麼類型的啊？」

「不知道啦，反正一定是有女人樣的女人啦。」

「就是我啦！」

「妳是聽不懂我剛才說什麼喔？」

喜歡的女人類型喔……伊雷文將手肘撐在腿上，看向利瑟爾。

除非立場敵對，否則利瑟爾對女性一視同仁，態度總是相當紳士。對他而言，這只是身為男性的禮儀，沒有一絲非分之想，這點誰都看得出來。

不曉得是不是這個緣故，利瑟爾跟這方面的話題實在不太搭調。他會跟劫爾聊這種話題嗎？才剛這麼想，伊雷文立刻搖搖頭否決了，不可能。要是他們真的聊了這方面的話題，反而很有看頭咧。

「用我這雙手，把那張禁慾的臉龐……」

「不要把那個人拿來講這種話題啦。」

「不如讓我來……」

「叫妳不要講啦聽不懂喔！斃了妳喔臭女人！」

「伊雷文，措辭太難聽囉。」

莫名其妙。伊雷文氣鼓鼓地正要站起身來，又一屁股坐了回去。

他伸手弄塌了旁邊堆成小山的藥草洩憤，那個萬惡的根源果然又拋來一句怒吼，然後他又被利瑟爾警告了，還順便收到劫爾發自內心受不了的眼神。莫名其妙。

當初過來的目的是磨碎魔石，這項工作完成之後，利瑟爾一行人便收下了委託單上記載的報酬。

順帶一提，利瑟爾戴的眼鏡是梅狄的東西，已經還給她了。雖然伊雷文大力反對，說寧可花錢買下來也不要還給她，但梅狄的慾望還是獲得了最終勝利。

在她依依不捨的送別之下，三人平安踏上歸途。

「吼唷……累死了。」

「你送完貨之後都在休息吧？劫爾倒是從頭到尾都在轉把手。」

「轉這麼久，手真的痠了。」

「我是精神上的累好嗎，我說真的。那個肉食系……不，肉慾系女子是怎樣？我真是形容得太妙啦。」

將自賣自誇的伊雷文擺在一邊，利瑟爾回想起今天的所見所聞。

他們一行人只參與了回復藥微乎其微的部分製程，不過利瑟爾記得原本國家的幾種回復藥製作方法。

因此某種程度上，他也推測出了實際的製造工法。從材料和計算過程看來，這邊和那邊的製作方式沒有太大差異，反而是那一邊不同地區的做法差異還比較顯著呢。

「滿足了？」

「是的。」

那就好。劫爾瞥了微笑的利瑟爾一眼，又將視線轉回前方。

後來，伊雷文直到分別之前都還抱怨個沒完，不過利瑟爾一邀他一起吃晚餐，他的心情就恢復了，完全沒有問題。

32

迷宮裡最安全的地方是哪裡？

神出鬼沒的魔物完全不會出現，也絕對沒有陷阱——每一座迷宮裡，都有這麼一個空間存在。

那就是迷宮最深層。這裡只有頭目坐鎮，打倒頭目之後，只要沒有離開這座迷宮，最深層絕不會出現任何魔物或陷阱。

「這種規矩算是迷宮給的獎勵嗎？」

利瑟爾邊扯著頭目的眼珠邊問。

「算是懂得看狀況行事吧。」

今天的頭目是石像鬼系的最上位魔物，全身都由礦石構成。在迷宮當中打倒的魔物，過一陣子就會化為魔力消失，素材以外的部位即使剝取下來，也一樣會消失不見。

另外，沒有完成剝取的素材部位也會跟著其他部分一起消失。這是迷宮的規矩，沒有人知道為什麼，畢竟迷宮就是這樣，沒有辦法。

「話說這傢伙應該全身都是素材吧，你們看，牙齒也是鐵做的欸。」

「也就是說，是礦石素材囉？」

伊雷文邊說邊把手伸進牠長滿利牙的嘴巴裡，裝作很害怕的樣子鬧著玩。順帶一提，利瑟爾準備拔下來的眼珠是稀有礦石。

「不是。只有眼珠和角，還有這個。」

哐啷一聲，劫爾踩碎了石像鬼的手。牠手中那柄裝飾過剩的劍，和碎石塊一起掉落地面。

「果然不是喔……」

「畢竟材質本身也是謎呀。」

「是說隊長拔眼珠的畫面看起來好搞笑喔。」

「咦？」

就在這時候，利瑟爾忽然聽見一聲微小的鈴鐺聲。

不是清亮的鈴聲，而是響到一半的那種沙啞鈴聲。利瑟爾停下手邊的動作，環顧四周，伊雷文見狀不可思議地開口。

「怎麼啦，手會痛嗎？所以才叫你讓我拔嘛。」

「不是，有鈴鐺的聲音……」

劫爾他們一臉詫異地停下工作，瞬間探查周遭的狀況。

從兩人的反應看得出來，他們沒有聽見那道聲音。他們的聽覺比自己好上許多，也許是自己聽錯了也不一定。

利瑟爾下了這個結論，跟二人說了聲沒事，便繼續勤快地拔起眼珠。

一陣喀啦喀啦磨豆子的聲音傳來。

利瑟爾一行人離開迷宮之後，回程造訪了一間賣咖啡的攤子。路邊攤很少販賣現磨咖啡，攤子後面就是本店，這大概是咖啡店用來攬客的演出。

最好的證明，就是咖啡裡加了許多鮮奶油和鮮奶，讓大眾都容易入口，也就是希望追求原本風味的客人進到店裡消費吧。

「阿姨，我要這個，之前買的很好喝耶。沒有啦，我說真的，這邊賣的最好喝了！咦，妳要請我吃這個喔？那如果我再買一杯咧……耶，阿姨妳最上道啦！」

一聽利瑟爾說要到那個攤子逗留一下再回去，伊雷文意氣風發地跑到攤子前面，運用天生的親和力精明地取得了額外招待的贈品。他哈哈笑著走了回來，手上其中一個杯子裡盛著快比咖啡還多的鮮奶油。

「來，你們的是普通的。」

「謝謝你。」

「你不敢喝正常的咖啡？」

「敢是敢啦。」

本店前面設置了高腳的桌子，供人站著飲用，三人在桌邊安頓下來。

劫爾帶著排斥的表情問了一句，從他手中接過尋常至極的冰咖啡。他從玻璃杯緣啜飲著咖啡，略顯詫異地開口。

「你明明有錢還殺價？」

「就算有錢，多花還是一樣浪費啊。」

伊雷文邊說，邊張嘴咬下鮮奶油的頂端。說得也是，利瑟爾佩服地點點頭。

「下次我也來試試。」

「你無法吧。」

「劫爾才沒資格說我。」
「你們兩個都沒辦法殺價吧！」
要是利瑟爾開口殺價，沒見過他的老闆肯定會鞠躬哈腰說「請您儘管拿」。至於劫爾，最糟的情況下，對方通報憲兵也不奇怪。
伊雷文想著這種失禮的事情笑了出來，但他才是三人之中最可怕的人物才對。擁有親和力實在是佔盡便宜。
「和伊雷文比起來，我一點也不值得畏懼呀。」
「同感。」
「哪有這種事啦！」
三人端著玻璃杯，悠哉閒聊。
「啊，貴族大人！」
這時候，忽然有一道稚嫩的聲音傳來，三人壓低視線往下看去。
只見幾個旅店附近的小孩朝他們跑來，是偶爾會找利瑟爾指導功課的孩子們。一見到劫爾，他們猛地停下腳步，小朋友還是一樣怕他。
「你在喝什麼呀？」
「這是咖啡，你們還要再長大一點才能喝。」
「跟你說唷，那個死魚眼的大哥哥啊，他看起來又快死掉了耶，嘴巴還一邊碎碎念！」
「那你們要小心別變成那樣哦。」
「好──！」孩子們乖巧地回答，利瑟爾聽了也讚許地點點頭。

順帶一提，伊雷文聽到「死魚眼的大哥哥」嚇了一跳，偷偷向劫爾探問之下，才知道是之前那個找利瑟爾幫忙寫報告的委託人。他明白了事情原委，不過還是無法理解這種人在想什麼。

「好了，你們再逗留下去會被罵喲。」

「來找貴族大人感覺不會被罵！」

「媽媽之前說，她在考慮跟貴族大人提出教功課的委託喔！」

幫小朋友指導功課的委託，貼在冒險者公會的委託告示板上肯定相當突兀。雖然也有點想看看那個畫面，不過……利瑟爾這麼想著，露出微笑。

「請幫我鄭重回絕吧。」

「正中？」

「就是謹慎有禮的意思。」

「僅剩油裡？」

看見孩子們滿頭問號，利瑟爾一副樂在其中的模樣。

真不曉得他是壞心眼，還是愛照顧小孩子。劫爾無奈地嘆了口氣，看見孩子們因此嚇了一跳，他微微蹙起眉頭。孩子們怕他也不是什麼值得介意的事，不過看見伊雷文在旁邊憋笑憋得渾身顫抖的樣子，劫爾決定待會一定要賞他一拳。

「就是有禮貌的意思。好了，你們今天已經學到一課了，該回去囉。」

「你可以教我們寫功課嗎？」

「接下來我要看書，所以不行哦。」

「貴族大人也要念書呀……」

聽見看書就覺得是念書，真是小朋友特有的想法。孩子們乖乖回家去了，利瑟爾目送他們嬌小的背影走遠，喝了一口杯中殘存的咖啡。

這時，早已喝完咖啡的伊雷文咬著玻璃杯緣，露出惡作劇的笑容。

「你說不定真的會接到委託喔？」

「不知道耶。」

「不過沒想到隊長竟然會拒絕欸，你不是喜歡奇怪的委託嗎？」

為什麼常常有人說自己接的委託奇怪呢？利瑟爾偏了偏頭。

既然是公會正式受理的委託，沒有他們說的那麼奇怪吧。他一邊這麼想，乾脆地搖了搖頭。

「我不擅長應付小孩子呀。」

「啊？」

「啥？」

伊雷文和劫爾忍不住異口同聲地喊出來。有這麼意想不到嗎？利瑟爾眨眨眼睛。

他確認過另外二人已經喝完咖啡，於是將玻璃杯擺在桌上，便邁步離開。這三人發揮了絕佳的吸客效果，攤子上的老闆見狀，朝著他們的背影喊了聲「再來光顧啊！」送他們離開攤位。

「隊長，你不是喜歡年輕的嗎？」

「別說得這麼引人誤解。」

「那你為什麼還陪他們啊？」

「我並不討厭他們呀。」

自己確實特別寵愛年輕孩子吧，利瑟爾露出苦笑。

像是賈吉和史塔德，越寵他們，就越能看見他們高興的模樣。萬一他們感到不快，利瑟爾也會住手，而且他們也不是小孩子了。

「我不太擅長應付不講道理的人。」

「啊，我好像懂你的意思欸。」

「你不是還教那些不講道理的小鬼功課？」

「那不一樣，功課是我們之間共通的語言呀。」

這樣啊，劫爾點點頭。這麼想起來，劫爾還真的沒見過利瑟爾主動向小朋友搭話，頂多像剛才那樣，巧遇的時候交談幾句而已。

利瑟爾陪他們念書的次數沒有那麼多，也經常拒絕他們的邀約。即使如此，卻沒有在對方心中留下不好的印象，可見這方面他懂得拿捏吧。

「也是，不想陪他們的時候，你也懂得巧妙避開嘛。」劫爾說。

「小孩子獨特的眼光很有意思哦。」

不合道理、出人意表的行為和思考方式也一樣，利瑟爾雖然不想親身遇到這種人，從旁觀的角度看來倒是耐人尋味。假如對方的個性難以忍受，那當然另當別論，但那些孩子們乖巧率真，又主動親近自己，利瑟爾絕不可能討厭他們。

順帶一提，劫爾和伊雷文完全無法接受小朋友，盡可能不想靠近他們。

「所以你果真還是偏好年輕的喔？」

「不知道耶。」

伊雷文甩著紅色的長髮，湊過去笑著問他，聽得利瑟爾露出苦笑。他別開視線想了一下，又忽然回望那雙眼睛。

「不過，像你們這種年紀的人，我好像真的特別容易注意到。」

「是因為你認識的人跟我們年紀差不多嗎？」

「是呀。我最重要的人。」

見他露出微笑，伊雷文愣愣張開嘴巴，強迫自己繼續邁開差點停下來的腳步。劫爾似乎知道他指的是誰，明白過來似地微微點了點頭。

「那誰啊，女人？是女人嗎?!」

「你說呢？」

伊雷文湊過去逼問，利瑟爾見狀有趣地笑了出來，將落到頰邊的頭髮撥到耳後——就在這時，又聽見一聲沙啞的鈴鐺聲，他驀然回頭。

利瑟爾停下腳步，彷彿被誰叫住似地回望剛才走過的街道。劫爾他們見狀也停了下來，一瞬間反射性地探查周遭。這已經是他們的習慣動作，但二人什麼也沒發現。

「喂。」

「好像響到一半的鈴鐺聲。你們聽見了嗎？」

「沒聽見。」

「我也是欸。」

利瑟爾露出不可思議的神情，他想不到任何可能。

也可以當作是自己聽錯了，但他的心思不由得集中在這件事情上，無法不去在意。

「嗯……」利瑟爾苦惱地沉吟，伊雷文擔心地皺起眉頭，湊過臉來。

「你還好嗎，是不是中了頭目的什麼招啊？」

「沒有，完全沒受到類似的攻擊。」

「昨天有沒有睡？」劫爾也問。

「有，睡眠充足。」

畢竟體力是冒險者的基本條件，利瑟爾對此相當注重。來到這邊之後，利瑟爾的閱讀量確實增加了，不過他沒有貿然讀到弄壞身體的地步。貴族要是身體出了點狀況還可以硬撐過去，冒險者可就不一樣了。

「啊。」

忽然，伊雷文好像注意到什麼似地喊道。

他的手伸向利瑟爾的頭頸之間，朝著攏在耳後的髮絲底下，若隱若現的耳畔伸去。

「不行。」

然而，利瑟爾卻伸手攔阻了他的動作。

「對……不起……」

一雙深沉透明的眼睛鎖住他，伊雷文下意識說出賠罪的語句。

是不是惹他生氣了？他戰戰兢兢收回手。利瑟爾見狀在心裡念了聲「糟糕」，放開了對方的手，又輕輕握了握逐漸遠離的指尖，示意自己沒有生氣。伊雷文這才安心，緊繃的肩膀也放鬆下來。
「然後呢，你本來想說什麼？」
「咦？啊……」
劫爾嘆了口氣，仍然開口幫他解圍。伊雷文指了指利瑟爾耳際的耳環，那對裝飾品不太符合利瑟爾的形象，卻彷彿為他量身打造似的，自然而然嵌在那裡。
設計文靜優雅，材質使用的是礦石或魔石吧？裝飾在耳畔的寶石雖然低調，卻散發著切實的存在感。
「如果只有隊長聽見，有可能是那個的關係吧？而且就戴在耳朵旁邊。」
「有沒有歪掉？」
「沒有。」
劫爾撥開他的頭髮，確認了一下。那就好，利瑟爾聽了也點點頭。
兩隻耳朵上的耳環，是以前那位敬愛的學生送給他的。其中一邊用來收納魔銃，另一邊則大量注入了那位愛徒超凡的魔力，以防突發狀況。
收納魔銃那一邊，由於牽涉到傳送魔術相關的國家機密，因此他也沒跟劫爾提過，不過他想必已經察覺了。
「這跟那個『重要的人』有關係喔？是女人嗎？」
「秘密。」
伊雷文還在在意這件事，利瑟爾只是一笑置之。
「但不是耳環的話，幻聽的原因還有可能是什麼啊？」

「你一說是幻聽，總覺得有點嚇人呢。」

「你沒有什麼線索？」劫爾問。

「完全沒——」

哐啷——!!

毫無預兆，利瑟爾就這麼倒了下去。劫爾急忙扶住他的身體，立刻鑽進旁邊的巷子，伊雷文則拔劍疾奔，擋在劫爾他們和大街之間。

劫爾一口氣退到人煙稀少的地方，他咋舌一聲，低頭看著利瑟爾。剛才他反射性地提高戒備，但應該沒有遭受攻擊才對。

「等等……這是怎麼……」

伊雷文也下了同樣的結論，單手仍然持著劍靠了過來。

直到前一刻，利瑟爾還好好地在跟他們交談，此刻卻倒在劫爾懷裡，像人偶一樣動也不動。伊雷文抓住他無力下垂的手臂，驚慌失措地喊出聲來。

「隊長！」

「是毒？」

「沒有毒的氣味啊……！」

劫爾不悅地蹙眉，抬起利瑟爾的臉龐。還有呼吸，但沒有意識，看見那人緊閉的雙眼，他感覺自己扶在頰邊的手繃緊了力道。

「——利……」

下一秒，利瑟爾刷地睜開眼睛。

「我失去意識多久了？」
「…………我說你啊。」
何止是恢復意識而已，這樣突然睜眼有點嚇人。
劫爾閉上正要說話的嘴巴，用力嘆了口氣。當事人實在太過冷靜，整個情境顯得更加詭異，不過從利瑟爾的角度看來，他只是聊天聊到一半忽然失去一段記憶而已。
「十幾秒。」
「啊，過了這麼久呀。」
「隊長，你沒事吧？」
「我還很有精神呢。」
利瑟爾向扶著自己的劫爾道了聲謝，以自己的雙腳踩上地面。
身體完全沒有異常。看見伊雷文擔心的樣子，利瑟爾輕撫他的額頭以示安慰，一邊將另一隻手放在耳畔。失去意識之前，他感覺到的是——
「好像有大量的魔力灌注進來，這……」
說到一半，那雙唇瓣又靜止下來。
利瑟爾的目光直盯著巷子那一頭。劫爾訝異地蹙起眉頭，伊雷文的視線追隨著他遠離的指尖，也同樣順著利瑟爾的視線看去。利瑟爾此刻的姿態宛如正等待著什麼人，彷彿確信那裡有什麼東西存在，二人見狀不禁噤聲。
二人什麼也感覺不到，但那聲音確實傳到了他的耳畔。
啪喀啪喀，那是某種東西裂開的聲音，他至今聽見的不是鈴鐺聲，而是什麼東西在吱嘎作響。假如裂開的是「空間」，那麼利瑟爾確實心裡有數。

如此亂來的人，他只認識一位，而灌注進來的魔力他也無法忘懷。那是折服萬物，與絕對王者相稱的魔力。

利瑟爾開口呼喚自己唯一遵從的君主，嗓音裡乘載了所有的思念。

「陛下。」

從沒聽過他這樣的嗓音，二人不禁屏住呼吸，而空間就在他們眼前「哐啷」一聲裂開。

宛如被人撬開似的，空間中的裂縫逐漸擴大，利瑟爾往前走近了一步。太危險了，伊雷文正想阻止，劫爾卻抓住了他的手臂。

緊接著，屏除一切的銀色在裂縫那一端搖曳，望向利瑟爾的那雙琥珀色眼瞳有如孤高的化身。

『利——』

琥珀色淺淺地化開，浮現甜美的笑意，呼喚那個最接近自己的名字。

『嗨，連上了嗎？』

『喂，你以為你擋在什麼人前面？』

但還來不及叫出口。

白費了，沒錯，一切都白費了。

一位壯年男子從旁探出頭來，佔領了難得打開的縫隙。伊雷文指了指那邊問道，「那什麼？」「我怎麼可能知道。」劫爾在無處排遣的倦怠感之中搖了搖頭。

「看見陛下和父親大人都安好，我就放心了。」

『利瑟爾，你看起來也很好嘛，太好啦。』

至於利瑟爾本人，他看見敬愛的國王和這時現身的親生父親都平安無恙，則是相當高興的樣子。雖然透過空間的裂隙見面，就像中間隔著一道玻璃一樣，但看見他們的面孔也值得開心了。

『後面那兩個人是你的朋友嗎？』

『要不是你是那傢伙的老爸，這件事足以讓老子判你死刑了啦。欸，你是耳聾沒聽見啊？』

「是的，我現在跟他們一起行動。」

『嗯，他們看起來很可靠嘛，那我就放心了。我家的孩子就麻煩你們多多關照囉。』

『跟誰一起行動？快滾開啦，你以為把窗口開到那麼大花了老子多久時間？』

看見利瑟爾的父親朝這邊揮了揮手，二人不知該作何反應。劫爾默默別開視線，伊雷文則是頂著抽搐的表情點了點頭。

該怎麼說呢，一想到這人是利瑟爾的父親，一下子就明白他的個性是怎麼回事了。利瑟爾絕對是像爸爸，五官也十分相似，不過最像的還是他們我行我素的性格。

「這邊果真是不同的世界嗎？」

『嗯。很可惜，聽說還要再花上一點時間，才能接你回到這邊來。』

「那我會慢慢等的。不要離開這個國家比較好嗎？」

『沒關係，聽說是以耳環為標記，想去哪裡就看你高興吧。』

利瑟爾的父親慈愛地瞇眼一笑。

『你現在在做什麼呀？』
「我在從事一種叫做冒險者的職業。」
『冒險者？感覺很有趣呢。以你的個性應該不需要操心，不過還是要小心別受傷哦。』
獲得父親承認的冒險者就這麼誕生了。
大多數人都是在沒有雙親的狀況下，為了賺取生活費才成為冒險者，要不然就是因為這一行太過危險，而遭到雙親強烈反對。因此，獲得父親認同的冒險者可說相當罕見。連這種地方都這麼不像冒險者，不錯啊，劫爾滿不在乎地這麼想道。
這時，他忽然對上了利瑟爾父親的視線。
『嗯，雖然外表兇神惡煞，不過是個像騎士一樣的孩子呢，看來有辦法好好保護利瑟爾哦。』
「……」
接下來，他的目光鎖在伊雷文身上。伊雷文將獸人自豪的危機感知能力發揮得淋漓盡致，正悄悄躲到劫爾身後。
『至於你呢，是個像盜賊首領一樣的孩子耶。啊，這不是在罵你哦？』
「哈、哈哈……你好。」
伊雷文心裡念了句「真的假的」，顏面抽搐，不過還是勉強回以一笑。
他們父子還真像，父親甚至比利瑟爾更難以捉摸。劫爾嘆了今天不曉得第幾次的氣，看見利瑟爾為難地笑著用口形說「不好意思」，他揮揮手回應。
『不是叫你滾開了嗎，想要老子命令你？』

『先這樣囉，利瑟爾，你在那邊好好玩吧。』

父親揮著手，身影悠然從那道縫隙淡出，利瑟爾也揮手目送他離開。

接著，他將那隻手擺到胸口，收起下顎，低頭行了一禮。本來應該下跪的，但現在，他想盡可能將自己效忠的王映入眼底。

見他行禮，另一頭的年輕男子抬了抬下顎回應，肩口宿著星光的銀髮輕輕滑過肩膀。

『利茲。』

那道嗓音落在小巷當中，聲音並不是特別低沉，卻帶有分量；絕非高壓脅迫，卻足以使人屈膝。

空間的裂口，宛如遭到修正般逐漸消失。

『沒有你在的國家沒有價值。』

「陛下。」

一國之君怎麼這麼說呢，利瑟爾露出苦笑。

接著，他靜靜垂下眼簾，側耳聆聽，不錯過一字一句，彷彿知道那人接下來吐露的，必定是帶來喜悅的話語。

『你等著，本王一定把你奪回來。』

這種期待，一次也沒有落空過。

「這樣喔……」

這裡是利瑟爾的旅店房間，伊雷文坐在床上，仰望天花板思索。

與原本世界的人們見過面之後，利瑟爾回到旅店，趁著這個機會向伊雷文說明了自己的情況。也不是不能以「秘密」一句話帶過，不過難得有這麼剛好的時機。

「你的反應好像比想像中平淡耶。」

該不會聽過類似的事情吧？利瑟爾這麼想著，只見伊雷文搖了搖手。

「不是啦，該怎麼說……要是聽說你是普通市民，我反而覺得比較恐怖咧。」

「聽你這麼說，我的心情好複雜。」

伊雷文聽了哈哈大笑，砰地將上半身躺到床上，就這麼思考起什麼事情來。劫爾將他擺在一邊，無奈地開了口。

「不愧是你父親，未免我行我素得太誇張了。」

「咦，我才沒有他那麼嚴重呢。」

「你太看得起令尊了吧。」劫爾順手補了一刀，望著利瑟爾那副百思不得其解的模樣，靜靜呼出一口氣。

馬匹的速度相當快。

聽說在其他國家，也有士兵會馴服魔物做為坐騎。馬匹的速度雖然不敵魔物，不過也夠快了，單騎趕路能比搭乘馬車早好幾倍到達目的地。

所以……利瑟爾不疾不徐地說著，露出了安撫的微笑。

「我們打算騎馬到魔礦國。」

「要是下雨了怎麼辦……！」

賈吉比利瑟爾還要激動，他泫然欲泣地反駁，這人可沒有那麼容易說服。

「下雨就是淋濕而已啊。」劫爾說。

「那傢伙是過度保護？還是喜歡為人做牛做馬啊？」

那天感動再會的時候，利瑟爾不著痕跡地確認過了，並沒有必要為了回到原本的世界，而滯留在王都帕魯特達這邊。

因此，利瑟爾決定到他一直想造訪的魔礦國看看，但是……

「我來駕馬車！雖然不知道詳細情況，但只要你不介意速度慢一點……！」

「現在確定沒有問題了，我想嘗試一次騎馬旅行呀。」

也許是考量到旅途中的不便，賈吉強烈反對，這件事好像觸犯了他無法接受的底線。

魔礦國比商業國更遠。既然上次已經體驗過馬車了，這次就騎馬過去吧。利瑟爾憑著好奇心決定了這件事，而劫爾也允許了，他說「沒什麼問題」。
「你還要顧店吧。」劫爾說。
「我、我會想辦法……的……」
賈吉自己也知道這麼說有點牽強，搖擺不定的句尾越說越小聲，卻還是奮力尋找反駁的語句。
「那、那馬匹要怎麼……」
「伊雷文好像有馬，我們會跟他借。」
「腳力都是頂級的喔！」
當然，那是盜賊時代不知從哪裡搶過來的馬匹。
這些馬兒和盜賊一同行動，不僅腳力強健，也練就了一身好膽量。騎著牠們襲擊行駛中的馬車，即使一邊和目標並行、在馬背上展開戰鬥，牠們也毫不畏懼，搶了東西還可以飛快逃走。
「你平常會顧馬？」劫爾問。
「平常都寄放在其他地方啦。」
「那牠們還會聽你的話？」
「負責照顧的都是專家嘛。」
賈吉聽著這段對話，閉上嘴沒再多說什麼。
一切已經就緒，再反對下去也只是自己的任性而已，他並不想害利瑟爾為難。
順帶一提，利瑟爾他們造訪這間道具店之前，已經通知過史塔德暫時離開王都的事了。

史塔德知道這只是自己的任性，也知道這樣會害利瑟爾為難，仍然面無表情地大肆耍賴了一番。他對自己很誠實。

「只要利瑟爾大哥……不介意就好……」

「謝謝你。」

賈吉帶著一雙泫然欲泣的眼睛，勉勉強強點了頭，利瑟爾見狀微微一笑，輕拭他的眼角。

「我們路上會多加小心，不會讓你擔心的。」

「好、好的。」

一行人這次只是為了告知這件事而來。為了避免在營業時間逗留太久，利瑟爾他們正打算回去——

「伊雷文，你留下來。」

這時候，賈吉吸了吸鼻子，叫住了意想不到的人物。

「我？為啥？」

「沒有為什麼……！」

話裡帶著認真到嚇人的魄力，伊雷文聽了，愉快地笑著朝利瑟爾揮了揮手。

利瑟爾判斷沒有問題，於是和劫爾一同走出店外。伊雷文目送他們離開，一屁股坐到工作檯上。好了，這傢伙接下來要變什麼花樣？他帶著意味深長的笑容，抬頭看向賈吉。

「……什麼時候出發？」

「他說是明天啦。平常看不出來，不過隊長還滿容易一時興起就行動的欸。」

「那你今天在這邊過夜。……還有，帶我去看看那些馬。」

「啊？」

這是什麼意思？伊雷文皺起臉來，只見賈吉帶著重新下定決心的表情俯視著他。眼角差點掉下來的眼淚還沒擦乾，顯得有點不夠帥氣就是了。

「我要把我的所有絕活……全部傳授給你……！」

我可以逃跑了嗎？

伊雷文面無表情，莫名其妙燃起熱血的賈吉，看在他眼裡只有不祥的預感。

不過好像有點意思，就稍微陪他玩玩吧，伊雷文不以為意地這麼想。然而到了半夜，當他想逃的時候，面對那扇再怎麼砍、再怎麼踢都打不開的店門，他絕望了。

「你如果可以盡快回來的話我會很高興的。」

「目前我們不打算在那邊待太久，不必擔心哦。」

隔天清早，利瑟爾一行人在王都南門前面集合。

賈吉延後了開店時間，史塔德也設法排出時間，二人都過來為他們送行。順帶一提，他們只是剛好在城門口碰面，並沒有約好一起過來。

「這就是你們要騎的馬？」

「很漂亮吧。」

史塔德淡然望著馬匹，他除了「這是馬」以外沒有任何感想。他目不轉睛地看著利瑟爾伸出手，撫摸馬兒的鼻頭。

那匹馬稍微低下頭來接受撫摸，看起來並不排斥。

「而且很聰明。」

他微微一笑，輕拍牠的頸子。

利瑟爾他們來到城門口的時候，幾名精銳盜賊已經把馬匹牽來了。該擔心的是素未謀面的馬兒願不願意聽話這一點，不過看起來沒什麼問題。

分配給利瑟爾的這匹馬跟主人一點也不像，堪稱模範生，看起來甚至太悠哉了一點，不過聽說牠的腳程還是相當迅速。

「你們是不是幫我挑了特別好騎的馬？謝謝。」

「不，馬是首領挑的……」

利瑟爾朝著其中一位精銳盜賊開口，那是個瀏海長得遮住眼睛的人。

他手中握著韁繩，一邊看著史塔德一邊接連倒退了三步。史塔德做了什麼嗎？利瑟爾轉向他，不過那張淡漠的臉龐一如往常，只是面無表情地回望他。

反正人還活著，應該沒什麼問題吧。利瑟爾點點頭，偶然看向一旁和馬匹面對面的劫爾。

「那匹馬是伊雷文選的吧？」

馬兒渾身醞釀出一股「絕不載自己不認可的人」的威嚴，正和眉頭深鎖、環抱雙臂的劫爾互瞪。

「看起來一點也不好騎又是全黑的，想必是那個白癡故意的吧。」

「不過很適合劫爾。」

那麼，他為自己挑了這匹馬也有什麼原因嗎？利瑟爾望向那匹悠哉游哉的馬。

以一匹馬而言，是不是悠哉過頭了？利瑟爾在心裡納悶。其實伊雷文挑馬的時候，一邊爆笑一邊說：「這傢伙超像隊長的啦！要是白馬就完美了說！」這件事只有一旁的精銳知道，不過他堅決保持緘默。

「啊，分出勝負了。」

朝那邊一看，劫爾面前那匹黑馬順從地將頭湊了過去，動物的本能真敏銳。

劫爾放棄似地嘆了口氣，將手放上牠的額頭。和平落幕就好。

「這馬鐙的長度可以嗎？」精銳盜賊問他。

「應該沒問題。話說回來，這馬具還真高級呢。」

「哎呀，那是當然啦。」

利瑟爾一抬起視線，馬兒身上的馬具便映入眼簾。看起來相當高檔，不太像偷來的東西。他們身為盜賊，應該不會特別準備這些才對。利瑟爾不可思議地抬頭看著馬鞍，只見身旁的精銳盜賊一臉心裡有數的樣子，眼神轉向旁邊。

順著他的視線看去，是賈吉忙碌的身影。不知為什麼，從剛剛開始他就比利瑟爾他們更勤快地為出發做準備。

「賈吉，這是你為我們準備的嗎？」

「啊，是的。昨天我聽伊雷文說了，想說至少幫你們準備這個……」

賈吉露出害羞的笑容。沒想到你還滿能幹的嘛，一旁的史塔德淡漠地點點頭。

「旅途中需要的東西，全部都帶在伊雷文身上了，所以……那個……」

「真是幫了我一個大忙，謝謝你，賈吉。」

看見利瑟爾露出微笑，賈吉整張臉一下子亮了起來，接著又不好意思地紅了臉頰。不過這段期間他的手從來沒有停過，一直擅自將行李往伊雷文的空間魔法裡塞。

雖然只是暫時忘了恐懼，不過賈吉真的變勇敢了。利瑟爾感觸良多地想道，伸手撫摸馬鞍。既然是向人借來的東西，得愛惜使用才行。

「然後，那個……」

接著，他望向這段時間刻意不去打擾的伊雷文。

他騎著愛馬，趴在馬背上一副筋疲力竭的樣子。利瑟爾和劫爾來到城門前的時候他就是這副模樣了，沒有人提起這件事，所以利瑟爾也就順其自然等待他恢復精神。

但差不多該出發了，於是他走近伊雷文，史塔德也從後面跟了過來。馱著伊雷文的那匹馬，對於主人的異常狀況完全不以為意。

「伊雷文，你還好嗎？」

「看起來不太好，還是把他丟在這裡吧。」

「你想得美咧。」

聽見史塔德積極排除他的發言，原本四肢垂在馬背上的伊雷文慵懶地起身。馬兒彷彿感覺到重量減輕，甩了甩脖子，主人伸手撫摸牠的鬃毛，穩穩坐在馬背上伸了個懶腰。

「哈啊……」

「你看起來很疲倦呢。」

「那當然啊！這傢伙一直介紹那些搞不懂的魔道具，還暴怒罵我怎麼可以給你用這種馬具，最後連我做菜的手藝都有意見咧！」

「咦，魔道具的介紹你沒聽懂嗎？」賈吉問。

「我又不是在說那個！」
這次的旅程也必須在野外露營，但既然賈吉不在，不可能像上次準備得那麼周到。利瑟爾自己反而有點期待。不過賈吉好像無法接受，因此他打算將自己所有的絕活都傳授給伊雷文。
「要不是隊長的朋友，我早就把這傢伙幹掉了。」
伊雷文小聲嘀咕。看來那對他來說是地獄特訓，不過看他態度還算配合，自己應該也有些想法吧。看著他雙腳離開馬鐙，在馬背上晃來晃去，利瑟爾開口問道：
「伊雷文，你會做料理？」
「啊，你問我喔？會啊，不過都是隨便做啦。」
雖然只是切一切拿去烤，不過野營有這種程度也足夠了。
空間魔法真的只有節省空間的功能，無法保存食品，已經烹調完成的料理如果沒有密封，再拿出來的時候也會散落一地。所以野營的時候，一般還是以乾糧解決三餐，或是隨便找些獵物果腹。
劫爾就是這種典型，他在外總是狩獵，再把獵到的肉烤來吃。
「嗯，就是能吃就好的程度而已啦。」
「不過，你已經跟賈吉學過了吧？」
「沒啊，我到處逃跑欸。」
「只有講到料理的時候，伊雷文完全不願意聽我說……」
賈吉也試過各種方法，還是無法勾起伊雷文的興趣，最後只好在他面前默默製作可以在野外簡單完成的餐點，伊雷文就在旁邊一直吃他做出來的東西。

賈吉這麼說著，垂下眉毛。利瑟爾一邊安慰他，一邊恍然大悟似地點點頭。

「早知道我也跟你學就好了。」

「咦？」

賈吉一副「完全聽不懂你在說什麼」的反應，看得利瑟爾大受打擊。

「喂，該出發了。」

「好的。」

劫爾喊了他們一聲。往城門的方向看去，不知第幾輛馬車已經通過城門，往城外駛去。

「要出發囉，沒問題吧？」

「沒！」

「那麼，我們差不多該走囉。」

利瑟爾也跟賈吉和史塔德說了一聲，便走向自己的馬。

他從精銳盜賊手中接過韁繩，踏上馬鐙，一口氣跨上馬背。視野一下子高了不少，拂過身邊的風令人心曠神怡，他露出微笑，撫摸馬兒偏硬的鬃毛。

這人會騎馬好像也是當然的。底下的精銳盜賊一瞬間想伸手過去幫忙，見狀又放下了手臂。這完全是下意識的動作，被他一如往常的氣質影響了。

「原來你會騎馬啊。」

「怎麼現在才在感嘆這個？」

「但我懂大哥想說什麼欸。」

貴族可沒有白當，自己在原本的世界還有愛馬呢。利瑟爾面露苦笑，低頭看向走近這裡的賈吉和史塔德。

「謝謝你們來送行，那我們走囉。」

「路上小心。」

「請、請千萬不要受傷……！」

利瑟爾朝他們揮揮手，便駕著馬匹前進。

坐在馬背上相當舒適，好像可以就這麼馳騁到忘記時間。精銳盜賊在不知不覺間消失無蹤，不愧是做這一行的，利瑟爾佩服地想。劫爾騎乘黑馬實在太適合了，看得伊雷文爆笑出聲，換來劫爾毫不留情的一拳，利瑟爾望著這一幕，穿過了王都的城門。

就這樣，利瑟爾一行人終於啟程前往魔礦國。

從王都駕馬前往魔礦國，稍微騎快一點要花整整三天。這天早上，利瑟爾裹在毛毯裡翻了個身。假如一切順利，他們今天入夜之前就會抵達魔礦國了。

他仍然是第一個負責守夜的人，換班之後可以像這樣一路睡到早上，這點相當不錯。伊雷文帶著一言難盡的表情問他：「你要守夜喔？」不過利瑟爾裝作沒看見。能閒下來當然樂得輕鬆，但他並不希望他們特別費心。

「（還在睡。）」

至於伊雷文則是排第二個守夜，現在已經跟劫爾換了班，正在利瑟爾旁邊酣然熟睡。

伊雷文說，他不喜歡最後一個守夜。劫爾好像什麼時間都可以，現在應該坐在營火前面吧。他們現在睡的帳篷是迷宮品，相當堅固，聽不太到外面的聲音。

帳篷入口稍微開著一條縫，一縷陽光隱隱約約從縫隙間照了進來，在利瑟爾和伊雷文中間映出一道光影。

「（不知道現在幾點了？）」

伊雷文說他早上起不來。雖然輪到他守夜的時候，他會有氣沒力地爬起來，不過早起對他來說好像還是太痛苦了。利瑟爾早上也睡到比較晚，但就連他也總是起得比伊雷文早。

他從賈吉準備的蓬鬆枕頭上抬起頭來。早晨清冷的空氣鑽進毛毯，他伸手將毯子拉上肩膀。

「啊。」

利瑟爾無意間輕呼一聲。

平常伊雷文睡覺時總是整個人裹在毛毯裡，只露出長長的頭髮，今天卻難得露出臉來，從瀏海的縫隙中可以看見那雙眼睛緊緊閉著。

他和劫爾一樣，感受得到利瑟爾完全無從察覺的「氣息」，不知道是不是也注意到自己起床了？利瑟爾這麼想著，將手伸向那張暴露在外的臉頰。

「（硬硬的，好像又有點柔軟……）」

他悄悄撫摸那張臉頰上的鱗片。

利瑟爾一直對鱗片相當好奇，只是不知道蛇族獸人對於別人碰觸鱗片這件事怎麼想，所以至今都沒有動手。因為他確信，伊雷文即使感到不快，也一樣會同意讓他碰。

既然如此，他現在怎麼會起了撫摸鱗片的念頭？利瑟爾早上也起不來，換言之，他有點睡傻了。

「（鱗片掉了會再長回來嗎？）」

之前跟劫爾比試的時候，伊雷文曾經跑來哭訴：「我還以為鱗片要被剝掉了咧！隊長你也說說他嘛！」可以確定的是，一定很痛吧。

利瑟爾享受著鱗片冰涼光滑的觸感，撫過鱗片邊緣，輕壓鱗片與皮膚之間的交界。

「這是在報復我昨天晚上戳你臉頰喔？」

「原來你做了那種事呀？」

看見伊雷文驀地睜開眼睛，利瑟爾露出微笑。果然醒來了嗎？

他抓起利瑟爾撫摸臉頰的手，往自己的額頭上磨蹭。那雙眼尾上揚的眼睛顯得稍微柔和了些，看來他真的才剛醒。

「吵醒你了？」

「反正你一起床我就會醒啦。」

伊雷文打了個呵欠，再次縮進毛毯裡。

他應該還想待在被窩裡，利瑟爾明白這種感覺。由於環境改變的關係，利瑟爾醒得比平常更早，時間上還有一些餘裕。

再讓他睡一下吧。利瑟爾想抽出被他握住的手，卻感受到些許阻力。於是他溫柔地回握一下，再次收回手，這次便輕而易舉地抽開了。

「嗯……」

利瑟爾落下肩膀上的毛毯，坐著伸了個懶腰。

他手腳並用地爬向帳篷入口，將雙腿伸到帳外，穿上靴子。帳篷搭得稍微高出地面一些，穿鞋子的時候相當方便。

扣好腿上的釦環，利瑟爾站起身來。晨曦透過葉隙，灑落一地柔和的日光，不過周遭還有點昏暗。

「早安。」

「嗯。」

劫爾人在火堆旁邊，正坐在利瑟爾昨晚也坐過的樹幹上。利瑟爾朝他走了過去。

「晚上有什麼事嗎？」

「那傢伙戳了你的臉。」

「我已經從他本人口中聽說了……但我不是說這個。」

利瑟爾有趣地笑了，探頭往劫爾手邊看去。火堆上正烤著解體過的什麼肉塊，劫爾一大早就大口吃著那些肉。

他不太可能在守夜時離開崗位，可見應該是夜半遭遇襲擊了，利瑟爾完全沒注意到。

「那時候伊雷文有沒有醒來？啊，請給我一口。」

「誰知道。就算醒了，那傢伙還是會丟給我應付。」

利瑟爾接過肉塊，還是不知道那是什麼動物的肉。

那只是簡單的肉串，隨便刺在籤子上，用胡椒鹽調味。但在利瑟爾眼中，這種「典型野營風」的肉塊正是只出現在故事當中的夢幻食物，他早就想吃一次看看了。

「小心燙。」

「嗯。……啊，真好吃。」

「真不像胃口被養大的傢伙會說的話。」

劫爾瞇起眼睛揶揄地笑了，利瑟爾聽了也露出笑容，又咬了一口。

他也知道自己從小吃遍了山珍海味，但正因如此，才鮮少有機會吃到現獵現烤的肉串。這是他發自內心的讚美，毫無虛假。

利瑟爾咬下烤得酥脆的表面，將滿溢的肉汁含進嘴裡，小心不讓它滴下。劫爾看著他努力吃肉串的模樣，把那句「太不搭調啦」悄悄藏在心裡。

「喔！你們在吃什麼好吃的！」

過了一會兒，被香味吸引過來的伊雷文從帳篷裡探出頭來。

「伊雷文，請你用這個做點什麼吧。」

「嗯，肉給我吧！」

「只吃肉實在太膩了。」

「為什麼啊。」

劫爾疑惑地問道，他只吃肉也沒差，是貨真價實的肉食系男子。伊雷文在一旁取出小刀，開始將肉塊削成薄片。

他手本來就巧，加減運用賈吉那邊學到的技巧，在這次旅途中充分發揮所長。尤其是食的方面，伊雷文每一餐都挽起衣袖大顯身手，途中三餐都有料理的樣子。順帶一提，利瑟爾說要幫忙，不過被他拒絕了。

「這也是賈吉做過的菜色嗎？」

「對啊，他拚命叫我至少要學會這個。」

烤肉削成薄片、蔬菜隨便切塊，夾進營火烤過的麵包裡，再加上賈吉特製的醬汁調味，只要五分鐘就完成了。製作雖然簡單，不過多虧了特別調製的醬汁，嘗起來相當美味。

完成的料理別緻得無法跟剛剛吃過的肉塊聯想在一起，這正是賈吉想像中利瑟爾應該享用的早餐。

「來，請用！」

「謝謝你。」

「我也要開動啦，大哥咧？」

「不用。」

劫爾一個勁只吃肉，彷彿把營養均衡置之度外。利瑟爾邊咬下麵包邊想，難道吃不膩嗎？

雖然沒有用上全速，馬兒的腳程已經算相當快了。又策馬奔馳了半天的時間，他們終於看見魔礦國，那都市依附在山邊，圍著半圓的外牆。

外觀一言以蔽之，就是樸素。王都的城牆雪白優美，商業國的城牆貼滿了五顏六色的海報，色彩斑斕，但魔礦國的城牆只追求實用性而已。

實用性追求到極致，也是另一種形式的美。利瑟爾心想，減緩了馬匹的速度。城牆的另一頭，可以看見幾處白煙裊裊升起，和黃昏的天空相映成趣。

「城門在哪個方向呀？」

「繼續直走就到了。」

順著劫爾手指的方向望去，遠方有幾輛小小的馬車。和商業國比起來，這裡等待入城的人數顯然少了許多，不過跟商業國比較未免太不公道了。他駕著馬匹緩步前行，來到隊伍最尾端，摘下斗篷的兜帽。

「審查得很仔細呢。」

「普普通通吧。」

「按照最普遍的說法，說我們是來觀光的就可以了嗎？」

「冒險者最普遍的目的是委託啊。」

「但我們也沒接委託嘛。」伊雷文說。

反正一行人真的是來觀光的，直接說觀光就好了吧。

利瑟爾點點頭。這時輪到他們了，他翻身下馬，撫摸著馬兒冒汗的頸子。轉頭一看，守衛全都僵在原地。利瑟爾不以為意，朝他們出示了公會卡，結果僵直時間又延長了。

「你為什麼老是這樣……」

「就說不是我的問題了嘛。」

這段對話已成慣例，伊雷文看著劫爾那副無奈的模樣，哈哈笑出聲來。

守衛復活之後，問了他們幾個冒險者用的問題，利瑟爾一行人順利結束審查，獲准入城。三人牽著馬，一穿過樸素的城門，最先聽到的是蒸氣猛力噴出的聲音。

「哇！」

燠熱的蒸氣緊接著撲來，一陣白色的霧氣隱約蓋過視野，馬上又被風吹散，利瑟爾眨眨眼睛，笑了開來。環顧四周，他不禁發出佩服的嘆息。

「不愧是魔礦國。」

鐵鎚敲擊聲、齒輪轉動聲，充滿機械感的聲音從四下傳來，聽起來與人群的喧囂又有所不同。街上來來往往的匠人們洪亮地大笑，笑聲略有點嘶啞，沾著煤汙的臉上帶著豪爽笑容。

這是充滿活力的城市，與商業國的繁華又各異其趣。

「這地方和以前一樣吵。」

「晚上好一點，算是不幸中的大幸啦。」

二人都曾經造訪魔礦國。利瑟爾聽著他們的對話，看向手中韁繩的另一端。馬兒被蒸氣包圍的時候稍微踱了幾步，現在已經完全平靜下來了。

「總而言之，我們先去寄放馬匹吧。」

「啊，對喔。」

聽見利瑟爾這麼說，伊雷文才終於想起來似地揚手一揮。

幾個站在城門附近，一副正在等誰過來的人，看見伊雷文的手勢紛紛走近他們。仔細一看，是他們離開王都前見過的那些精銳盜賊。

咦？利瑟爾心裡感到疑惑，但看見對方伸出手來，他還是把韁繩交了出去，然後目送他們的背影走遠。

「你交代他們先趕過來嗎？」

「這邊也有據點，所以沒問題喲！」

伊雷文微妙地扯開了話題。他衝著利瑟爾露出燦爛的笑容，一看就知道他這麼說是故意的。

「難得他們這麼優秀，小心別把他們使喚過頭，弄壞身體就不好了。」

「好喔！」

伊雷文愉悅地笑了，利瑟爾見狀也粲然一笑。

在某處聽見這段對話的一位精銳盜賊，後來這麼說：「以他那個說法，我們會被使喚到只差一步就弄壞身體的地步欸。不過現在好像也差不多啦。」

「話說回來，這裡還真是匠人的城市呢。」

伊雷文口中的據點不曉得在什麼地方？利瑟爾邊想，邊漫無目的地邁開腳步。

難得有機會觀光，他想稍微在城裡逛逛。劫爾他們也沒有意見，直接跟了上來，稍微閒逛一下應該無妨吧。

「好多不知道拿來幹嘛的魔道具喔。」

「你在這裡有據點，居然沒來過？」劫爾問。

「我又不常過來，而且只有晚上才會在外面走動啊。」

這條大街上擺滿了環環相扣的巨大齒輪、堆滿礦石的推車、用途不明的巨大魔道具，是這個都市為數不多的觀光景點之一。這些魔道具白天運轉不停，只有在夜間才會休止。那麼晚上可以靜靜睡一頓好覺了。利瑟爾安心地想道，瀏覽路旁羅列的攤販。這裡的攤商也大多販賣魔道具、武器防具、礦石工藝之類的商品，看來不會有太多書了。

利瑟爾一邊惋惜，一邊目送一道矮小卻健壯的身影，扛著布袋走過自己身邊。

「這裡果然有很多矮人呢。」

「剛剛那是鼴鼠獸人喔！」

弄錯了。

也有矮人在王都和商業國生活，不過數量完全無法和魔礦國相比。矮人擁有精壯的體格，臉上長滿濃密鬍鬚，個子雖小，卻力大無窮。挖掘工作與工藝製造在魔礦國相當興盛，他們在這裡能夠充分發揮所長。

鼴鼠獸人也一樣，而且他們在挖掘方面的能力更加優異。光憑外表難以區分他們和矮人的不同，鼴鼠獸人唯一的特徵是臉頰兩側的三根鬍鬚，但那鬍鬚也藏在普通的鬍子裡看不見了。

「伊雷文，你有辦法分辨他們呀？」

「啊……大概是味道不一樣？」

「不愧是蛇族獸人。劫爾分得出來嗎？」

「啊？」

劫爾眉頭微蹙，忽然指向兩個矮人。

「答對啦。」

「你是怎麼看出來的？」

「直覺。」

看來劫爾精準指出了鼴鼠獸人。

這人有時候真的很依賴感覺生活。正當利瑟爾佩服的時候，一股陌生的氣味忽然隨風傳來，掠過鼻尖。

那正是他們這次來到魔礦國觀光的目的之一。利瑟爾微微一笑，順著那陣氣味微微抬起下顎。

「好期待溫泉哦。」

「這裡有不錯的旅店喔！」

事實上，魔礦國也是以溫泉聞名的都市。這個粗獷的城市宛如為工匠而生，說要到這裡來觀光卻沒有人覺得奇怪，正是因為這個緣故。

「那麼，旅店就交給伊雷文挑選囉。」

「嗯，往這邊！」

伊雷文一副心情愉快的樣子，三兩步走到他們前頭開始帶路。

看起來一點也不像觀光客的三個人，就這麼在周遭忍不住多看一眼的注目當中，一邊閒聊著這是什麼、那是什麼，一路走向目的地。

伊雷文毫無保留地運用手邊的情報網絡，經過百般嚴選才挑中一間最理想的旅店，那是間擁有私人溫泉、氣氛沉靜的旅舍。

魔礦國的旅店大多開在大眾溫泉附近，不過考慮到利瑟爾也要泡溫泉，伊雷文打從一開始就沒有將那些旅店納入考量。利瑟爾雖然不知道這件事，不過他也想悠哉享受泡湯樂趣，所以對此也直率地感到高興。

「歡迎光臨。」

在旅舍主人的迎接之下，三人來到他們的房間。

三人共用的房間裡擺著三張床鋪，他們聽著遠處魔礦國的喧囂，將輕便的行李放到房內設置的桌椅上。

順帶一提，分配床位的時候起了些小爭執，三個人都是喜歡邊邊位置的類型。

「現在該做什麼呢，要泡溫泉嗎？」

「也好，這時間出門有點尷尬。」劫爾說。

距離晚餐時間還早，但太陽已經快要下山了。

利瑟爾看了看窗外，俯瞰來往的行人。這些都是工作告一段落、踏上歸途的人群吧，他們也可能正打算去喝酒。

「好久沒泡澡了。」

「嗯？隊長，這不是你第一次泡溫泉嗎？」

「我的老家有浴池呀。」

「啊……」伊雷文卸下腰間的雙劍，意會過來似地點點頭。

溫泉只有特定地區才有，在這些地區以外完全不見蹤跡。這個國家只有卡瓦納這裡有溫泉，從來沒泡過溫泉的人也不少。

不過，上流階級就不一樣了。他們擁有寬廣的浴場，有泡熱水澡的習慣，利瑟爾說的就是那個吧。

「那你們呢？」

「泡過幾次。」

劫爾也把劍靠在桌旁，邊摘下手套邊回答。答案有點令人意外。

「我是第一次泡！」

旅舍主人說泡溫泉不必攜帶任何東西，因此三人空著手出了房間，走向溫泉浴場。

「倒是進過更衣間賺點零用錢啦。」

「手賤。」

「總是有那種缺一點零錢的時候嘛。」

一行人走下稍嫌狹窄的陡峭階梯。

利瑟爾握著扶手，稍微放慢步伐。聽了伊雷文的話，他有點疑惑，意思是他從置物處的行李中偷過錢吧？

「那種地方不是都有人看守嗎？」

「那都是雜魚啦，輕鬆簡單。」

他們走下階梯，深處有一扇門。

一打開門，這裡明明還是更衣間，一陣充滿室內的熱氣卻撲面而來。「又悶又熱欸！」

伊雷文愉快地朝著通往溫泉浴場的門看進去，裡面是座相當有氣氛的露天溫泉。

「原來溫泉是在室外嗎？」

「沒有室內的溫泉吧。」

「室內的我也沒看過欸。」

原來是這樣，利瑟爾點點頭。那就快點享受溫泉吧，他站到設置在牆上的架子前面。架子隔成了每人一格，上頭擺著木條編成的籃子。

往裡面一看，毛巾之類必要的東西全都準備好了，果然什麼都不必帶。

「偷走我們的衣服，可以賺到一大筆財富耶。」

「沒有人會故意偷衣服吧。」

劫爾俐落地脫下一身黑衣，旁邊的利瑟爾也伸手解開胸口的皮帶，打開一邊的釦環，慢條斯理地把外套剝下肩膀。

「也沒有人笨到敢動冒險者的行李，除了那傢伙以外。」

「啊，大哥是不是說我壞話？」

伊雷文笑著脫下上衣，隨便塞進一格架子裡。

劫爾說得沒錯，感覺伊雷文會故意瞄準高階冒險者的東西下手，不難想像他嘲笑對方「啊你不是很高階，還被偷喔，遜斃了」的模樣。

雖然他現在不會做那種事了，利瑟爾苦笑著動手脫下靴子。他鬆開皮帶，手扶著架子，拉下一隻腳上的靴子。

「那我先進去啦！」

「好的。」

不知不覺間，伊雷文已經在腰際圍好毛巾、走進浴場了。即使考量到他是穿得最少的人，這速度還是很快。

利瑟爾目送他消失在門後，一邊脫下另一隻靴子，微微偏了偏頭。

「……毛巾是圍在腰上的嗎？」

「啊？」

「我聽說是擺在頭上用的……」

「圍好。」

好險，劫爾心想，一邊把長褲扔進架子裡。

要是不管他，利瑟爾差點就光著身子、頭上頂著摺好的毛巾跑進溫泉浴場了。以他的身分，入浴有人隨侍在側也是理所當然，因此這方面的羞恥心比較薄弱。

這不符合他的形象，感覺就連伊雷文看見這一幕，都會擺出不知該爆笑還是該嫌棄的表情。

「你那是哪裡學的？」

「印象中是在我家書庫的書上讀到的。」

「你們那邊真嚇人。」

劫爾沒有跟別人一起泡過溫泉，但即使是他也能斷言，沒有人會把毛巾擺在頭上。「是我記錯了嗎？」看見利瑟爾那副不可思議的樣子，劫爾無奈到了極點，他拋下還在慢吞吞脫著衣服的利瑟爾，逕自走向溫泉浴場。

浴場四周圍著高聳的木製圍籬，卻打造得十分巧妙，不會給人壓迫感。

伊雷文坐在浴池前面低矮的木椅上，使勁搓著頭髮，看見沖下來的泡沫，他皺了皺眉頭，看向劫爾。也許是頭髮比較長的關係，看來費了他一段時間。

「剪掉啊。」

「你突然這樣講是什麼意思啦。」

沖澡處設有幾個出水口，汲取上來的溫泉源源不絕地從這裡流出來。

劫爾走向其中一個出水口，拿木桶舀起水，從頭上淋下去。水溫偏熱。
「隊長還沒好喔？他穿太多了啦。」
「不會躲也不會擋，只能多穿一點啊。」
「是這樣說沒錯啦……」
這回答完全基於戰鬥理論，伊雷文聽了露出不置可否的表情，不過心裡還是明白了他的意思。
當初匠人判斷利瑟爾肯定是後衛，因此比起活動靈活度，他的裝備確實比較重視防禦力。歸根究柢，原本利瑟爾不論穿衣、脫衣都是由別人代勞，他也算很努力了吧。
「啊，這種地方會禁止戴耳環嗎？」
「是沒有禁止啦，但戴著不會生鏽喔？」
「那倒是不用擔心。」
等到利瑟爾終於走進來的時候，劫爾不知何時已經沖完澡，開始泡溫泉了。他瞥了利瑟爾腰際一眼，確認過他圍著毛巾，便嘆了一口氣，開始享受溫泉。
「隊長，我來幫你洗頭！」
嘩啦一聲，伊雷文豪邁地沖掉頭上的泡沫，開心地招手要利瑟爾過來。一頭鮮艷的紅髮貼在他背後，甚至纏到了腿上。
「洗頭之前，來。不把頭髮浸到浴池裡，好像是泡溫泉的禮儀哦。」
「那是哪裡的禮儀啊？」
「我在書上看到的。」

伊雷文從來沒聽過這種規矩，他一邊感到疑惑，一邊俐落地綁起頭髮。

準備還真周到，劫爾在浴池裡無奈地望著這一幕。總覺得那條髮帶看起來像是以前收集過的「殺人傀儡」的緞帶，但他刻意裝作沒看見。在意就輸了。

「不說這個啦，頭髮！頭髮！」

「你為什麼這麼想幫我洗呀？」

利瑟爾有趣地笑著，在伊雷文推來的小凳子上坐了下來。

「不過，難得的機會，就麻煩你了。」

「好喔！」

看起來真像貴族和侍從，劫爾悠然泡著溫泉想道。伊雷文也哼著歌，將手指伸進眼前柔軟的髮絲當中。

纖細手指在髮間游移的觸感，舒服得利瑟爾瞇起眼睛，感覺他洗得相當仔細。

「話說回來，你的鱗片不是只有臉頰上有呢。」

「啥？喔，對啊，不過我的鱗片也不算長得很多。」

「你背後缺了一塊。」劫爾說。

「啊……我小時候背後被咬過啦，那時候得意忘形，跑去挑戰那種像是森林之主的傢伙。」

當時他勉強逃出生天，不過受了那麼重的傷，還真虧他有辦法逃出來。

「就是這個。」看見利瑟爾回過頭來，伊雷文轉身露出後背。他背後有一大塊變色的痕跡，傷疤通常應該凸起才對，伊雷文背上的傷痕卻略微凹陷，真的被挖掉了一塊肉。

「哎呀，那時候要是沒有回復藥，我就沒命啦。」
「我看也是。」
「回復藥不是不會留下傷疤嗎？」
「如果傷勢太重又用了低級的藥，就有可能留疤。」劫爾回答。
這幾年，伊雷文多少還是會負傷，但他毫不吝於使用稀有的回復藥，因此再也沒有留下傷疤。他說，現在看得見的傷痕都是小時候受的傷。
這一點，劫爾也一樣。
「在我看來，大哥身上有傷還比較意外欸。」
「原來劫爾也是人呀。」
「之前不就說過了嗎……」
劫爾無奈地瞇起眼睛，他身上也有大大小小的傷痕。
他從來沒有在利瑟爾面前受過傷，即使多少遭受攻擊，在裝備的保護之下也沒有造成任何影響。
「原來劫爾也經歷過那一段時期。」
「難以相信欸。」
「確實如此。」
「喂。」
現在的劫爾，就是如此絕對的強者。利瑟爾一邊讓伊雷文搓揉頭髮，放鬆地開口。
「我也有這種男人的動章哦。」

「勳章？」
「沒必要這樣不甘示弱吧。」劫爾說。
「有疤痕才像冒險者吧？」
二人帶著欲言又止的眼神，嚥下衝到嘴邊的那句話，看向利瑟爾的身體。
別說顯眼的傷疤了，就連一點小疤痕也沒有。注意到二人的視線，利瑟爾伸手掀起毛巾。
大腿根部附近，露出一道清晰的傷痕，整整環繞了腿部一圈。
「哇，你腿斷掉了喔？」
「聽說是差點斷掉。」
「聽說？」
「是我還沒有記憶的時候受的傷。」
利瑟爾說得乾脆，伊雷文眼中多了幾分好奇的色彩。
現在，他已經知道這人本來是貴族了。那麼高貴的出身，怎麼會受那種傷，是什麼陰謀或策略嗎？伊雷文天馬行空地想像了起來，利瑟爾則露出惡作劇般的微笑敷衍過去。他不是不想回答這個問題，只是在吊他胃口取樂而已。
劫爾看起來一副不太感興趣的樣子，伊雷文則正好相反，不滿地噘起嘴巴。他從利瑟爾身後伸出手，緩緩抬起他的下顎。
「頭抬起來。」
「好的。」
伊雷文伸手遮住他的眼睛，以免潑到水，然後嘩啦啦沖掉泡沫。

洗完頭髮神清氣爽，利瑟爾向他道了謝。趁著伊雷文幫忙洗頭的時候，他也洗過身體了，沖掉身上的泡沫之後，二人一起走向溫泉。浴池裡飄著蒸騰的熱氣，看起來很舒服，利瑟爾將雙腳浸了進去。

水溫偏熱，泡起來身心舒暢，他緩緩將肩膀沉進溫泉當中。溫泉和家裡的浴池果然不一樣，利瑟爾滿足得忍不住呼了一口氣。

「你這反應好像大叔。」

「又沒關係，泡溫泉很舒服嘛。」

「是說好燙、這好燙！」

「水溫確實是偏熱，但沒有那麼……啊，對你來說也許太燙了。」

伊雷文是蛇族獸人，體溫偏低，這水溫對他來說確實太熱了。眼見他嘩啦嘩啦攪動溫泉水，利瑟爾雖然覺得別勉強比較好，卻沒有阻止他。

伊雷文說，這是他第一次泡溫泉，表示他一定心裡有數。即使知道燙，他這次還是一起過來，這都是因為想要跟他們一起泡溫泉的關係。

「等一下哦。」

就體恤一下他的這番心意吧。利瑟爾伸手在池中轉了幾圈，然後朝著雙腳成功泡進溫泉裡的伊雷文撥水過去。

「隊長你好過分……咦，不燙欸。」

「雖然在溫泉裡用這招，感覺像邪門歪道。」

「總比不能泡來得好。」劫爾說。

「哇，這好舒服喔，超舒服欸……」

利瑟爾只是用魔法送了冷水過去而已，不過伊雷文開心地把肩膀也泡進浴池裡。範圍也經過指定，所以對利瑟爾他們沒有影響。同為魔法師的人看了，大概會說他是在糟蹋技術吧，但三人完全不以為意，盡情享受泡湯樂趣。

「全身都泡進去會頭暈哦。」

「不會啦！喔，好舒服……」

就這樣，三人盡情享受了溫泉。

伊雷文果然還是泡到頭暈了，最後被無奈的劫爾拉出浴池。利瑟爾泡在溫泉裡面的時候完全沒有不適症狀，結果一起身居然就站不穩了，需要劫爾攙扶，後來一切善後都交給劫爾處理。

劫爾扛著兩個人回到房間，一邊下定決心，下次泡溫泉絕對要自己一個人去。

34

「我早上想泡個澡，結果一走進浴池，本來在泡湯的其他房客就溺水了。」

「不奇怪啊。」

利瑟爾剛泡過溫泉，臉頰略帶潮紅，悠悠哉哉地這麼說道，劫爾隨便點了個頭回應。害得其他房客溺水，自己還氣定神閒地享受了一番泡湯樂趣，可見這人不可貌相，很厚臉皮的。

劫爾一邊同情溺水的房客，一邊望向坐到他對面的身影。看來這傢伙今天沒泡到頭暈，太好了。難得他穿得這麼單薄，見他輕輕甩了甩濡濕的頭髮，是因為熱氣殘存在體內，還很熱吧。

「伊雷文一直沒起來呢。」

「他跑出去玩了。」

「晚上嗎？」

「嗯。」

經過一番激烈的紙牌對決，伊雷文從劫爾手中搶走了最旁邊的床位，他現在也躺在那張床上酣睡，沒有醒來的徵象。看來在利瑟爾不知情的時候，他已經大肆享受過觀光首日的夜晚了。

「呼，稍微涼快一點了。」

「那就好。」

利瑟爾本來拿毛巾擦拭著頭髮，現在伸手將領口僅解開一顆的鈕釦扣上。

劫爾和伊雷文剛洗完澡的時候，反而還比較少看見他們上半身穿著衣服，但利瑟爾不一樣。不僅全套的冒險者裝備如此，他的便服也只露出最低限度的肌膚。

「你穿成那樣不熱？」

「習慣就好。」

利瑟爾沒有否認，可見並不是什麼感覺也沒有。到了現在，利瑟爾打著赤膊晃來晃去反而還比較嚇人，這樣也好。劫爾就這麼接受了這件事。

「要不要一起用早餐？」

「嗯。」

「伊雷文是什麼時候回來的呀？」

「差不多天剛亮的時候吧。身上還帶著酒味，起不來的。」

利瑟爾悠然望著他趴在床上、臉埋進枕頭裡的睡姿，這種睡法不會不舒服嗎？

魔礦國為了辛勤做工的男人而存在，酒的種類也相當豐富。昨天晚餐，伊雷文已經和劫爾喝得像要把店裡的酒全嘗過一輪，如果在那之後又跑出去喝酒，想必很難爬得起來。

「旅店附有早餐很省事呢，真不錯。你覺得今天早餐是什麼？」

「有肉就好。」

二人站起身來，走出房間，靜靜帶上房門。

「都中午了……」

伊雷文氣鼓鼓地鬧著彆扭，一點也沒有要掩飾的意思，一邊大口把他的早餐兼午餐往肚子裡吞。

利瑟爾露出苦笑，劫爾則滿臉無奈地看著他的反應。利瑟爾一大早就踏上專業書籍發掘之旅，劫爾則出發尋找當地出產的美酒，並買到了名貴的好酒。伊雷文卻一路睡到剛剛才醒來，面前已經堆了好幾個吃光的盤子。

「你自己起不來怪誰。」

「我們也不是今天就要回去呀，明天我會叫你起床的。」

「觀光第一天就只有今天這一天嘛！再來一份！」

伊雷文光明正大地堅持自己蠻不講理的論調，又點了追加的料理。

如果大吃特吃可以洩憤的話，就讓他儘管吃吧，利瑟爾沒有多加攔阻。他拿出剛取得的魔礦國地圖，劫爾則一副事不關己的樣子喝著水，撐著手肘看著這一幕。

「所以？你的主要目的是哪裡？」

「我還在想。嗯……」

利瑟爾低頭看著地圖沉吟道，劫爾見狀挑起了一邊眉毛。

人都來到這裡了，卻還在想。以利瑟爾的作風來說，他認為不可能發生這種事。利瑟爾主動採取行動的時候，基本上就是萬事俱備的時候了。縱使他本人否認，劫爾對此可是確信不疑。

「我本來還希望取得坑道內部的地圖，但沒有辦法。」

「那是當然。」

希望這人別對什麼麻煩的東西感興趣。劫爾嘆了口氣，看著接二連三在桌上攤開的地圖。共通點在於每一張都是精確地圖，地形記載得特別仔細。

「這邊的山區也有市街對吧？」

「幾乎都是洞窟，是挖鑿山脈打造出來的。」

「我也想到那一帶看看。」

魔礦國有三分之一的面積是洞窟，這裡主要是矮人和鼴鼠獸人居住的區域。之所以開拓這些洞窟，可能是都市擴張的過程當中，挖鑿山脈比擴展城牆更省事的關係，也有一部分原因是為了持續往山區深處挖掘所需。在考量安全性的前提之下，市街已經擴展到極限，現在成了著名的觀光景點。

「但總覺得那邊也不是我要找的地方。」

「什麼啊？」伊雷文問。

「嗯？我們在討論今天該去哪裡。」

伊雷文一口氣喝乾杯中的水，一臉不可思議地看著利瑟爾沉思的模樣。

吃飽喝足之後，伊雷文的心情也好轉了。利瑟爾朝他遞出自己的水杯，他便連那杯水也一起喝乾，接著用指尖拎起地圖當中繪有插圖、看起來像傳單的觀光導覽。

那副模樣看起來心情相當愉悅。還真是陰晴不定的人，利瑟爾面帶微笑，收拾起桌上的地圖。

「有什麼想去的地方嗎？」

「隊長咧？」

「我嗎？這個嘛，我想到知名的地方逛逛。」

「那我也去！」

「劫爾也一起來吧。」

「知道啦。」

要是放著劫爾不管，感覺他又要潛入迷宮裡去了。利瑟爾一邊出聲牽制他，一邊回想起上午在外面打聽到的魔礦國知名景點。

位於洞窟內部的「洞窟商店街」、挖礦體驗、魔道具製作觀摩，還有匠人街。利瑟爾感興趣的是技術相關的活動和景點，像是使用了全國最巨大齒輪的魔道具，還有魔石加工技術，這是匠人的技術結晶，一定要看看。

這些都是親眼目睹這個世界頂尖技術的大好機會，不過大概跟原本的世界相去不遠就是了。

「劫爾知道什麼知名的景點嗎？」

「啊……公會建在洞窟裡，是石造建築。」

「你為什麼只去公會呀。伊雷文呢？」

「我想想喔……地下拍賣之類的好像能找到還不錯的東西，不過那是晚上才有啦。」

原來這兩個人基本上不會進行普通的觀光，利瑟爾聽了點點頭。伊雷文那某種意義上算是本行，也就算了，劫爾既然都來到陌生的土地，好歹也稍微玩樂一下吧。

利瑟爾這麼想道，卻完全沒有考慮過自己有沒有資格說別人。他自己也打算趁著這趟觀光順便調查一些事情，不過並不急迫，也不是非調查不可。

「那麼，現在先看到什麼逛什麼吧。」

「晃兩圈總會找到有興趣的地方。」

「也是欸！」

走到哪裡，哪裡就是最好的觀光景點。三人於是起身離席。

他們身後留下滿桌的盤子，周遭的客人盯著那堆盤子看，眼神宛如看見了新的觀光景點，不過利瑟爾一行人無從得知。

「魔礦國的大力士們，看過來、看過來！豪華的優勝獎品正在等著你！」

利瑟爾他們一邊散步，一邊欣賞隨處可見的滑輪、齒輪，來到工房林立的匠人街。這時，活動開幕的宣傳聲忽然傳入一行人耳中。

「他說要找大力士耶，劫爾。」

「那又怎樣？」

三人順著聲音的方向看去，前方的廣場上擠滿了人群。

一名男子站在比周圍高出一截的空間上，看來宣傳攬客的人就是他。聽說魔礦國時不時會舉辦這類競賽，比力氣、比耐力，辛勤的男人們停下手邊的工作，以自己久經鍛鍊的肉體互相較勁。

「你們隨便找間酒館，每天都可以看到類似的情景啦。」

利瑟爾正逛到一個工藝品的攤販，坐在攤子後頭的老闆這麼跟他們解釋道，豪爽地大笑出聲。

看見聚集了這麼多人，所有人的注意力全都集中到那個方向。伊雷文也一樣朝那邊看去，手卻不著痕跡地動了起來，摸向攤子上的其中一項商品，動作如此自然，即使說這是下意識的舉動，也教人信以為真。

「啊痛！」

「伊雷文？」

「沒事！」

下一秒，劫爾猛力揍上腦門把他擊沉了。

自己和利瑟爾不在的時候，這傢伙做什麼不關他的事，但同行時劫爾不會允許他不檢點的行為。對了，這麼說來不能動手，伊雷文又重新確認過一次。眼見利瑟爾回過頭來，伊雷文銜著他露出一道難以捉摸的笑容，那人大概沒發現出了什麼事吧。

「這裡果然很多人喜歡彼此競爭呢。」

「每個都是愛打架的無腦肌肉男，稍微挑釁一下就像智障一樣上鉤啦，很好玩喔！」

「我平常就覺得，伊雷文有時候真的很陰狠耶。」

「啥？」

哪裡狠了，伊雷文眨眨眼睛。不愧是前盜賊，利瑟爾不理會他的反應，逕自想道。

難得碰上這種活動，不如稍微去看看吧。利瑟爾站起身來，在攤販老闆的目送之下往廣場走去。走近一看，舞臺上擺著一張桌子。

「有桌子，又徵求大力士，表示一定是那個吧。」

「錯不了。」

「就是那個啦。」

一面看板斜靠在舞臺上，上頭寫著大大的「腕力大賽」幾個字。

「看過大哥的實力，就覺得這都是兒戲啦。」

「是呀，從此就很難坦然祝賀這種比賽的優勝者了。」

比賽都還沒開始，二人就斷言優勝者絕對比不過劫爾。好險周遭沒有人聽見，否則肯定會有人跑來找麻煩，要求他們參賽。

劫爾一副興味索然的樣子，無奈地嘆了口氣，他不知該怎麼答話。

「那我們就到下一個地方逛逛吧。」

「差不多該吃點東西了吧？」

「你吃太多啦。」

三人對大賽失去興趣，正準備從廣場上折返。就在這時——

「來來來，沒有其他力士要參加了嗎！這次的獎品可是特別大放送，價值金幣五枚的古書！」

「劫爾……」

「我不幹。」

其中一人原本喪失的興趣急速復活。

他感興趣的已經不是腕力大賽了，利瑟爾的視線只盯著一點，牢牢鎖定主持人手上那本書，手則緊緊抓住身邊那人的手臂。

劫爾一看見書就準備脫離現場，現在手被抓住了，他用力咋舌一聲。平常看他動作悠悠哉哉的，剛剛的反應還真是靈活敏捷啊，伊雷文忍不住佩服。在他面前，利瑟爾假裝沒聽見劫爾不假思索的拒絕，開始採取行動。

「拜託。」

「反正別的地方也買得到類似的書。」

「但我想要那本書。」

「跟我無關。」

「真的不行嗎？」

「不行。」

利瑟爾仰頭凝視著劫爾，但劫爾瞧也不瞧他一眼。

「（太猛了吧，隊長在耍任性欸。）」

伊雷文忍不住在一旁觀望事態發展。其實利瑟爾時常說出任性的話，只是他不會這麼對待年紀比自己小的人，而且從他給人的印象和說話方式，聽起來也不太像在耍賴而已。

「隊長，沒關係啦。」

看劫爾那副滿臉不悅的表情，伊雷文判斷他不會同意，於是湊過去看著利瑟爾。

「跟優勝的傢伙買就好了嘛，稍微追加一點錢，輕鬆簡單就到手啦。」

「不要。」

聽見利瑟爾不滿的語調，伊雷文意外地眨了眨眼睛。

他鮮少看見利瑟爾表達不滿，而且從他聽說獎品是古書之前的態度看來，他對大賽本身顯然沒什麼興趣。那他為什麼會拒絕？看見伊雷文一臉疑惑，利瑟爾賭氣似地開了口。

「要說那本書價值五枚金幣是他的自由，但又不是有了五枚金幣就寫得出那本書。」

也就是說，面對只把書當作錢看的人，他不想傻傻追加金額收購的意思。以利瑟爾的作風而言，這種想法顯得相當好戰，簡言之，是因為這件事觸犯了書痴的禁忌吧。

說他是書痴，利瑟爾不知為何總是不以為意地否認說「我也沒有喜歡到那個地步」，但這人怎麼看都是個書痴。書在他眼中顯然不只是收集知識的媒介，看他和書店老闆天南地北聊書的模樣，就是個不折不扣的愛書狂。

「扯到書的時候，隊長的反應還滿好懂的欸。」

「這算好事吧。」劫爾應道。

縱使好懂，他還是逃不掉。

「所以，真的不行嗎？」

劫爾終於帶著苦澀的表情，低頭看向利瑟爾。

這人只是一味請求、等待他同意，想必是為了維持對等的立場。認真起來，他明明可以不由分說達成目的，不給劫爾任何選擇權。

「少做這種不適合你的事。」

劫爾無奈地瞇起眼睛說道。他大可下令的。

以這人的立場，命令別人是理所當然；正因如此，面對對等的關係，他才會這樣摸索。

劫爾刻意敦促他下令，彷彿告訴他：他不是不想要對等的地位，反而正因為自己是與他對等、自由的人，這是劫爾自己選擇的行動。

「你不喜歡？」

利瑟爾話中帶著疑惑。劫爾斜睨著他，儘管他總是說利瑟爾不像冒險者，但從來沒叫他改變自己的存在方式。

看見劫爾的眼神，利瑟爾忍俊不禁地露出微笑。他紫水晶般澄澈的眼瞳，筆直凝視著那雙帶著銀調的灰眸。

「讓我，看那本書。」

這命令還真是平穩。劫爾嘆了口氣，以示答應。

說到底，他分明可以輕易甩開利瑟爾的手卻沒有掙脫，可以硬拖著腳步走開，卻停在原地。打從一開始，他的答案早已底定。

「只幫你一次。」

「很足夠了。」

看著利瑟爾高興的模樣，伊雷文點點頭，心想「這結果不意外」。老實說，他對劫爾也相當佩服，這個人恐怕有辦法徹底拒絕利瑟爾的請求，這是伊雷文和年紀比利瑟爾小的那兩個人都做不到的。

「一次，是真的只動手一次喔？比賽看起來是淘汰賽，要一路打上去欸。」

「沒辦法，既然劫爾都說最多只幫一次忙了。」

「我可沒興趣被人當成珍禽異獸盯著看。」

總之，先觀望比賽進行吧，利瑟爾他們望向舞臺。

參賽者聚集過來之後，主持人高聲宣布大賽開始。

這裡集合了肌肉糾結的壯漢，若光論外表，體格比劫爾雄偉的人也所在多有。但一行人不可能因為這點程度的小事感到不安，利瑟爾他們就像普通的觀眾一樣，享受觀賽的過程。

看來這類活動相當受到大眾歡迎，現場氣氛熱烈。

「伊雷文，要是你上場的話呢？」

「這個嘛，單純比力氣的話，大概會輸給一半的人吧！」

「原來你有辦法贏過一半的人呀。」

「可以動手腳的話，我是全部都能贏啦。」

「感覺風險滿高的耶。」

「對吧？」

二人悠哉聊著什麼駭人聽聞的話題，劫爾裝作沒聽見。

單場比賽的時間不長，大賽迅速進行，不久就來到了冠軍戰。脫穎而出的兩名選手都是虎背熊腰的壯漢，應該是礦工吧。

二人將雙手放在桌上，左手握拳，握住彼此的右手。開始的口令還沒響起，兩隻手臂已經使足了力氣，肌肉也隨之隆起。

『好了，比賽來到了冠軍戰！』

主持人兼裁判，將手放到雙方交握的手上。

『預備！』

「嗯？」
利瑟爾忽然低喃一聲，劫爾和伊雷文聽了都瞥向他。隨後，決勝之戰揭開序幕。
『開始！』
隨著一聲激昂的口令，兩名參賽者也瞬間燃起戰意。觀眾的氣氛熱烈，加油聲不絕於耳，劫爾和伊雷文卻看也不看舞臺上的情形。
二人只觀望著利瑟爾的反應，他好像注意到什麼了。怎麼了嗎？
『勝負已分——！就在這一刻，傲視魔礦國所有大力士的冠軍確定了！』
其中一個男人的手背被按到桌上，鬍鬚底下的表情滿是不甘心。勝利的男人站起身來，神態輕鬆地朝天高舉雙手。
「我們到前面去吧。」
利瑟爾忽然邁開腳步。劫爾微微蹙眉，對此卻沒有任何疑問。看來好戲要上場了，伊雷文也吊起嘴角跟了上去。
一行人穿過歡呼的觀眾之間，來到舞臺正下方。抬頭一看，接受眾人「冠軍」歡聲的男人，正好從主持人手中接過獎品。
他不是賈吉，沒有確切證據，不過站在近處一看，那本古書應該是真品不會錯，至今看過無數書籍的利瑟爾如此判斷。
男人高高舉起獎品，就在觀眾正準備拍手表揚的時候——
「我以市價的兩倍收購。」

利瑟爾以平穩的聲音這麼說，彷彿打斷了正要響起的掌聲。那聲音平靜得在這個場合顯得突兀，音量絕不算大，廣場上一瞬間卻一片靜默，緊接著掀起一陣騷動。

『哎呀，這麼快就有人開始商談收購啦，而且出手相當闊綽！』

眾人的目光紛紛集中在他身上，利瑟爾望向站在舞臺上的男人。男人露出牙齒，笑得喜形於色，利瑟爾見狀也微微一笑。

『不過還請稍候一下，等到大賽結束再……』

「現場氣氛這麼熱絡，我並不是來潑冷水的。」

利瑟爾踏上高度及膝的舞臺。

接著，他悠然走向臺上唯一的一張桌子，隔著桌子與壯漢對視。對方帶著威脅的表情俯視他，利瑟爾氣定神閒地將手伸進腰包。

「正好相反，我是來炒熱氣氛的。」

面對突如其來的事態發展，觀眾難掩興奮，利瑟爾一口氣把手中的東西放到桌上。

「要不要來場表演賽呀？」

看見桌子上閃閃發亮的金幣，臺下嘩地響起一片歡呼。

同時，利瑟爾手邊的動作也沒有停下，他接連拿出十枚金幣，一共拿了五次。

「假如你贏了，我就以這個價格收購那本書。」

獲得冠軍的男人瞠目結舌地看著排列在桌上的那些金幣。

這金額遠遠超脫了日常水準，但沒有引發他的戒心，眼前這充滿貴族氣質的身影消除了所有懷疑。他下意識相信，只要獲勝，這些錢真的都是他的。

大筆獎金刺激了觀眾的情緒，氣氛甚至比大賽進行中更加熱烈。

「但如果我們贏了，書就請你免費奉上。」

「該不會是你要跟老子比吧？」

「沒想到你這麼慎重。我還以為冠軍一定會說，不論誰來挑戰都儘管放馬過來呢。」

利瑟爾一臉不可思議地說道，話中帶刺，男人的額頭上浮起青筋。

男人的相貌看起來又兇惡了三分，利瑟爾仍然毫無懼色，伸手比向舞臺下方。順著他示意的方向，眾人好奇的目光集中到劫爾身上，他不悅地咋舌一聲。

「由我信賴的隊伍成員擔任你的對手。」

「冒險者啊？」

男人惡狠狠瞪著劫爾，劫爾本人卻正和身旁的伊雷文說著什麼話。

「好了，你也差不多該放棄了，到舞臺上來吧。」

「大哥，叫你欸。」

「囉嗦。」

劫爾皺起那張凶神惡煞的臉，心不甘情不願走上舞臺。伊雷文並不討厭受人注目，因此也愉快地跟了上去。

「你覺得如何呢？」

利瑟爾重新面向那個男人。
「如果你害怕的話，還是算了吧，我以市價的兩倍收購就好。」
「啊？」
「沒什麼，說笑而已。」
利瑟爾有趣地笑了出來，接著不動聲色地掃視臺下的觀眾。
所有人都深信雙方一定會展開較量，不允許其他可能。因為凡是魔礦國的男人，有人來挑釁，理所當然應該要接招。
更別說他還是個礦工。礦工當中多得是高聲宣稱自己比冒險者還要強壯的人，要是在這時候退縮，他難得的冠軍寶座也要在不體面的流言中失去光彩了。
「那是不可能的，對吧？……啊，對了。」
他刻意讓對方察覺自己是冒險者，以利瑟爾的作風來說挑釁得相當露骨，不過除了挑釁臺上的男人以外，主要還是說給臺下觀眾聽的。正因為利瑟爾憑蠻力絕對贏不過眼前的男人，他的挑釁才特別引人注目。
結局無法預料，所有人引頸期盼這場比賽，捨不得離開，形成包圍冠軍的人牆。接著，利瑟爾尋思似地輕觸唇畔。
「引用你們的說法，這種時候就該說『要逃就趁現在啦××養的』，沒錯吧？」
臺下爆出一陣歡聲，同時男人的拳頭砸到了桌上。
他額頭上的血管爆凸，氣得嘴唇抽搐。利瑟爾這張搧到他臉上的戰帖，明確得足以搧掉他的理性，主持人頻頻勸阻剛才捶打桌子的男人，要他冷靜下來。

「誰說不比啦！都是你這小白臉在亂吠！」

「沒錯，就該有這種氣魄。」

男子怒吼，利瑟爾則面帶微笑，負責主持的男人無可奈何地聳聳肩膀。

『這下好了，突然闖入的挑戰者，要為我們帶來一場表演賽！』

以他的立場，應該不樂見冠軍輸給外地的冒險者才對。

換言之，主持人應該也判斷再比一場沒有問題。和這位體格魁梧、肌肉糾結的壯漢相比，劫爾看起來確實只是普通的高個子而已。

「你挑釁的技倆變高明啦。」

「多虧有你指點。」

「某人會哭吧。」

「你是說賈吉嗎？」

劫爾走到他身邊，利瑟爾有趣地笑了出來。

接著，他對上劫爾的視線，抬起下顎。眼見劫爾蹙著眉頭，彎下身來，利瑟爾雙唇湊到他耳邊，悄聲耳語了兩句。

「沒問題吧？」

「沒。」

不愧是劫爾。利瑟爾加深了笑意，目送他不情願地走向桌子，男人已經在那裡等著了。

比賽準備就緒，臺下觀眾的氣氛也炒熱到最高點。主持人不可能錯過這個好時機，他拿起擴音用的魔道具，向觀眾高聲宣布比賽開始。

「你剛剛跟大哥說什麼啊？」
伊雷文悄悄走近，朝利瑟爾這麼問，說話聲幾乎被歡呼淹沒。
「秘密。」
「不公平！」
「好了，要開始囉。」
『是有勇？還是無謀？大賽史上前所未見的波折！迎戰的是冠軍衛冕者，這三年來穩居王者寶座的男人！』
利瑟爾忽然想起什麼似地看向主持人。
『前來挑戰的是冒險者！咱們魔礦國的漢子多的是大力士，可不要小看——』
「主持人。」
利瑟爾走近他，說了些什麼話。主持人聽了瞠大眼睛，語句中斷了一瞬間，他看見觀眾因此騷動起來，又硬是繼續說下去。
利瑟爾退到原本的位置，滿意地望著他的反應。
『萬萬想不到，這位挑戰者居然是名聲響亮的一刀！實力是未知數，傳說中甚至超越了S階級，這位最強獨行冒險者，現在要來向我們的冠軍衛冕者提出挑戰！』
一般來說，冒險者的知名度只在冒險者之間有效。不過主持人似乎聽說過這號人物，利瑟爾只告訴他那是「一刀」，他便熱心地幫忙補充說明。
劫爾散發出嫌他多事的濃厚怨氣。不過利瑟爾這麼做，是出於炒熱現場氣氛的好意，同時也充作剛才鬧場的賠禮。

接著，主持人終於站到桌子前面，示意雙方抬手交握。

「看老子還不把你的手臂扭到反折！」

「我沒興趣握男人的手，快點結束吧。」

劫爾毫不掩飾那副嫌麻煩的態度，看得男人咬牙切齒。

他握住對方的手，宛如要把那隻手掐爛似地使力，對方卻連眉毛都不挑一下。滿行的嘛，笑意扭曲了男人的嘴唇。

只有「滿行」的程度，可沒有辦法搖撼男人的勝利。主持人雙手放在二人的手上，他感受到魔力從那裡緩緩流入，力量也源源不絕地湧出，他確信自己勝券在握。

『預備！』

『開始！』

「看老子怎麼砸爛你！」

一聲刺耳的巨響，彷彿雷電劈開樹木般的破壞聲。

那聲巨響和男人的怒吼、主持人喊開始的口令同時響起，所有人啞口無言，只有利瑟爾他們依舊面不改色。

「喂，快放手。」

「什……呃……」

他的手已經被超乎尋常的力量砸到桌上、陷進桌板，男人茫然自失地看著自己的拳頭。

那隻手掌無法憑他自己的意志活動，被劫爾嫌煩似地甩開，但男人甚至沒有餘力在乎這些。那一擊砸碎骨頭不奇怪、把他的手臂反折也不奇怪，面臨如此龐大的力量，他卻能全身而退，這都是因為……

『表演賽是我們家的劫爾贏了，請大家掌聲鼓勵。』

主持人也同樣愣在原地，伊雷文不知何時從他手中搶過了擴音器，帶著狡黠的笑容轉交給利瑟爾。利瑟爾老實接過了擴音器，笑著向大家宣布比賽結束。

觀眾原本錯愕得一片鴉雀無聲，那種錯愕卻立刻轉變為亢奮，臺下爆出一片歡聲。眼見觀眾順著他的話高聲歡呼、熱烈拍手，利瑟爾冷不防看向主持人。

他交還擴音器，主持人下意識接了過去。利瑟爾悄聲開口。

「你的強化魔法，運用得不錯哦。」

「什……！」

「多虧如此，他的手才平安無事。不過，要是劫爾認真起來，這點雕蟲小技大概也沒什麼用處吧。」

主持人的嘴巴像金魚一樣一開一闔，利瑟爾拋下他，逕自拿起放在一旁的盒子。

他打開盒蓋，確認內容物，手指憐愛地撫過書封。接著，他蓋上盒蓋，朝著歡呼不停的觀眾揮揮手。

「我不會說出去的。」

他露出微笑，伸手指了指擴音器。

「作為交換條件，請你好好宣布大賽結束吧。」

主持人使勁點頭，壓抑著自己顫抖的手，宣布大賽就此結束。

利瑟爾沒有揭發大賽的弊端，也沒有叫他退回參賽者繳的錢，只要求他為大賽圓滿作結，就好像什麼事也沒發生一樣。這是為了樂在比賽當中的觀眾著想。
背後也有希望他們不要懷恨在心的意思，不過冠軍的戰意已經摧折殆盡，恐怕沒有這個必要了。
「隊長，你心情很好喔！」
「嗯，心情很好。」
主持人還在說話，利瑟爾一行人便早早離開了廣場。
伊雷文聽說事情始末之後，也只應了一句「是喔」。看見利瑟爾馬上從盒子裡拿出古書，他笑著朝他開口。利瑟爾也點點頭，高興地瞇起眼睛，看向走在他身邊的人。
「劫爾，謝謝你。」
「不會。」
「大哥，你害羞喔？」
「隨你說去。」
劫爾對伊雷文促狹的笑容視而不見，忽然無奈地嘆了口氣。
「找個地方坐吧。」
「為啥？我是沒差啦。」
「喏。」
眼見劫爾以下巴示意，伊雷文於是看向利瑟爾。
那人邊走邊翻開封面，已經開始看書了。他翻開扉頁的時候，大概只想確認看看是什麼樣的書就好、看一頁就好，結果理所當然停不下來吧。

雖然知道是因為身邊有他們二人在，利瑟爾才敢邊走邊看書，但伊雷文還是不禁納悶他為什麼忍不住。是沒有關係啦。

「隊長，大哥叫你找間店坐下來再看！」

「啊，不好意思。」

後來，伊雷文進入大快朵頤的點心時間，山積的盤子簡直變成新的觀光景點。劫爾則是愛點什麼就點什麼，全都由利瑟爾請客，作為贏得那本古書的答謝。

35

伊雷文目不轉睛地盯著利瑟爾的雙眼。

那視線連細微的情緒波動都不放過，利瑟爾卻毫不動搖，只是微笑。不論伊雷文伸手過去，還是撫過他面前的手牌，利瑟爾都一點反應也沒有。

接下來這回合就要分出勝負了，他卻依舊冷靜到異常的地步，看得伊雷文小聲嘖了一聲。

「好了，快點呀。」

聽見利瑟爾的催促，他皺起眉頭，瞥了劫爾一眼。劫爾稍早已經出完手中所有的牌，在一旁興味盎然地觀望戰況發展。

要是他願意幫點小忙，一起擾亂那人清靜又好整以暇的氣質就好了。伊雷文雖然這麼想，同時也確信他不可能幫忙。真的要選邊站的話，劫爾是站在利瑟爾那一邊的，看他朝這邊投來牽制的目光就知道了。

「完全猜不透欸……」

伊雷文撥亂自己仍然略帶水氣的頭髮，放棄似地從利瑟爾手中抽起一張牌。

「吼唷……」

「我要抽囉。」

「欸，等——」

「是我贏了。」

利瑟爾帶著燦爛的笑容，揭開手牌。

一對黑桃A。伊雷文隨手扔掉手上的鬼牌，邊哀號邊倒到床上。利瑟爾有趣地笑了出來，撿起掉在雪白床單上的鬼牌。

「都是大哥多管閒事！」

「是作弊的人不對。」

「我沒辦法識破他的手法，真是得救了。」

「看不出來的人活該嘛，演變成我跟隊長一對一的時候明明就穩贏了說！」

伊雷文大鬧彆扭，看來他玩紙牌遊戲吞了敗仗特別不甘心。

各種賭博遊戲他都有涉獵，技術自然不必說，作弊手法也相當高明。他常到非法賭場大撈一筆，即使有人找他麻煩、一口咬定他動了手腳，仍然無法識破他的手法，只能一一敗下陣來。他對那些手下敗將冷嘲熱諷，惹得對方惱羞成怒、動手打人，再反過來把他們修理得落花流水，這種事不知發生過多少次了。

「只要我想動點手腳，大哥就用超恐怖的眼神瞪我欸。」

「哪來你說的那種眼神。」

「哦，那劫爾也有辦法作弊嗎？」

「不擅長。」

看見伊雷文躺在床上滾來滾去，利瑟爾判斷他還要鬧一陣子脾氣，於是逕自將撲克牌疊好、洗牌，把床鋪當作牌桌，發了五張牌給劫爾。

劫爾沒說什麼，直接拿起那幾張紙牌，板著一張撲克臉確認自己的手牌。

「學習技巧之後我也有辦法作弊嗎？」
「隊長，你想作弊喔？」
「有點嚮往。」
利瑟爾也拿起牌堆最頂端的五張牌，剩餘的牌堆則擺在二人之間正中央的位置。
沒有籌碼太無趣了，於是他又伸手掏了掏腰包，準備了二十枚左右的銀幣。劫爾見狀也嘆了口氣，取出同樣數量的銀幣。同一個隊伍的成員，即使賭上鉅款也沒有太大意義，這只是營造氣氛而已。
「你先請。」
「下注，五枚。」
「加注，七枚。」
「我抽兩張。」
「我維持原本的手牌就好。」
「真恐怖。」
這時，忽然響起一陣敲門聲。
「啊，我去開！」
看見利瑟爾從紙牌上抬起視線，伊雷文伸手示意他別在意，從床上起身。他們是來觀光的，不可能有人到房間拜訪，伊雷文卻理所當然地走向門口。利瑟爾猜測，大概是精銳盜賊吧？
他不以為意地將視線轉回紙牌上，接著打量劫爾的神色。那張臉凶神惡煞，不會輕易透露手牌的狀況。

「下注。」

「跟注。」

「隊長，你有空嗎！」

就在正要攤牌的時間點，伊雷文關上房門，喊了利瑟爾一聲。他揮舞著一疊紙張，臉上帶著愉快的笑容，剛才賭氣的表情一掃而空。

「請等我一下。」

「嗯。」

利瑟爾才剛將手牌覆蓋在床上，伊雷文便走了過來，得意洋洋地朝他秀出那疊紙……稍微帶點髒汙的紙背。怎麼了嗎？利瑟爾抬頭望向他，只見伊雷文心滿意足地笑著將紙張翻過來。

「你．的．禮．物！這是你早上說想要的東西。」

「哇，謝謝！」

伊雷文交給他的東西，是魔礦國眾多坑道的內部地圖。

四處蒐集這些地圖的應該是精銳盜賊，不過顯然是伊雷文指示他們這麼做的。利瑟爾笑了開來，將地圖擱在腿上，褒獎似地朝伊雷文的臉頰伸出手。

長著鱗片的臉頰蹭到那隻手上，瞇起眼睛，揚起快要偷笑出來的嘴角。利瑟爾見狀，又向他說了聲謝謝。

「換手一下囉。」

「我這次一定要贏！」

事不宜遲，利瑟爾拿起地圖，從劫爾床上站起身來，移動到自己的床邊。房間裡附設的桌子太小了。

地圖的數量與坑道數目成比例，為數不少，看來仔細瀏覽所有地圖需要花上不少時間。

「哇靠，這手牌是怎樣！」

「你太愛虛張聲勢啦。」

「難道你覺得隊長的手牌會爛到哪去？」

伊雷文一坐上利瑟爾的位置，馬上以真假莫辨的話語開始搧風點火，劫爾嘆了口氣，攤開手中的紙牌。

利瑟爾昨晚看地圖看到半夜，今天卻一大清早就清醒過來。

現在是同時看得見星空和朝霞的時間，窗戶輕微晃動，喀答作響。今天風好強，利瑟爾這麼想著，翻了個身。劫爾和伊雷文的身影映入眼簾，兩個人都還在睡。

「（看來只有我這樣……）」

一坐起上半身，肌膚便感覺到一股刺痛，他正是因此才醒過來的。觸覺變得相當敏銳，就連一點布料的摩擦都感到過敏。

說起只有自己感到不對勁的地方，他不由得想起不久前聽見的鈴鐺聲。不過這兩件事應該沒有關係，現在的感覺，和先前那種忘也忘不掉的感受一點也不像。

「（再睡一下，會恢復嗎？）」

帶著剛睡醒的腦袋，他凝視著枕頭，卻無法再次睡下，身上異常的感覺蓋過了睡意。

他有預感，這種異常的感覺不會導致危險。假如出現足以帶來危機的異變，劫爾他們會醒來，所以不必焦慮。還是到外面活動一下身體好了，他下了床，只穿上鞋子。

難得起得這麼早，說不定能看到各式魔道具啟動的瞬間呢，利瑟爾悄悄打開房門。

「哇！」

他渾身寒毛直豎，肌膚強烈感受到清晨澄澈的空氣流進房內，平常不可能有這種感覺。一瞬間，有人抓住了他的手，猛地將他向後拉去。利瑟爾往後踉蹌了兩、三步，抬起臉來，看見一抹鮮艷的紅色映入視野。

直到剛才為止，伊雷文確實酣然熟睡，此刻他垂下的那隻手卻已經握著短劍，啪答啪答走向房門。「嗯……」他沒睡醒似地咕噥道，確認過門外的狀況又回過頭來，那雙半睜的眼睛從頭到腳將利瑟爾打量過一遍，確定他平安無事。

「對不起，把你吵醒了。」

「沒事……就好……」

利瑟爾撥開他蓋在眼睛上的瀏海，伊雷文舒服地瞇起眼睛。

他踩著不穩的腳步走回去，往床上一倒，又開始呼呼大睡。他仍舊整張臉趴在床上睡，不覺得呼吸困難嗎？利瑟爾邊想，邊望向隔壁床。

「……這傢伙睡傻啦。」

「劫爾也是，繼續睡吧。」

「不必。」

劫爾不知何時已經坐起身來，無奈地看著熟睡的伊雷文。

不論從氣味還是氣息，這傢伙明明知道門外半個人也沒有才對。伊雷文優秀的爆發力，在劫爾眼中也只是「睡傻了」而已。

他仰頭呼出長長一口氣，目光接著轉向利瑟爾。

「怎麼了？」

「也沒有特別怎麼了……」

看來完全把他吵醒了。利瑟爾露出抱歉的苦笑，在劫爾身邊坐了下來。

伊雷文就睡在他眼前，後背完全裸露在外，看不出任何呼吸起伏。他會不會窒息？這情景利瑟爾已經見過好幾次，還是不禁有點擔心。

「總覺得皮膚刺刺的。」

「啊？」

「像這樣，一隻手近距離貼在皮膚上的感覺。」

利瑟爾將手掌貼近劫爾裸露的手臂，保持若即若離的距離。

「真不舒服。」

「對吧？」

全身都有這種感覺，因此相當不舒服，但利瑟爾沒有表現出來。劫爾皺著眉頭，朝他伸出手。

那手背貼到他額頭上，像在測量他是不是發燒了，利瑟爾有趣地笑了出來。

「感覺跟身體出狀況不太一樣。」

「差不多吧。」

他的手從額頭撫過臉頰，又滑到頸邊。

那隻手掌蓋在他脖頸上，利瑟爾微微縮起頸子，好像會癢。現在皮膚變得敏感，觸覺又更加強烈了。劫爾似乎認同他沒有發燒，於是收回手。

「原因？」

「沒有頭緒。」

如果只是身體不舒服，只要躺著休息就能治好了，可是……利瑟爾向後一倒，身體橫臥在床上。強烈的感觸一瞬間掠過全身，不過接觸到床鋪的部位，刺痛感卻消失了。

「啊，現在背後比較舒服了。」

「明明碰到床了？」

劫爾低頭看向他，利瑟爾漫不經心地回望。和什麼東西保持接觸，皮膚就會比較舒服嗎？他尋思。

強風仍然喀答喀答搖晃著窗戶。木製的窗框雖然堅固，但由於重量較輕，風大時只要有一點縫隙便會晃動。

「啊。」

利瑟爾稍微將頸子後仰，看著窗戶。這人是不是開始想其他事情了？劫爾正覺得奇怪的時候，一個假說忽然浮現在利瑟爾腦海。

「劫爾，幫我拿一下腰包。」

「喏。」

想必維持那個姿勢比較輕鬆，所以劫爾沒叫他不要偷懶。不過，這要是換作伊雷文，他還是會叫他自己去拿。

利瑟爾接過腰包，伸手往裡面一掏，馬上拿出一張地圖。那是魔礦國周邊的地形圖，不是昨晚他看得聚精會神的坑道內部地圖。

「劫爾，這裡……」

「你躺著。」

也許是想把地圖拿給他看，利瑟爾正要起身，卻被制止了。他放鬆身體，舉起地圖，劫爾便將一隻手撐在身後靠過來看。為了方便他觀看，利瑟爾將地圖側過去，劫爾見狀幫忙拿起了其中一端。

「關於這一帶……」

利瑟爾指向魔礦國背後的廣闊山脈當中，有森林覆蓋的一帶。

「這邊該不會有魔力點吧？」

「魔力點？」

「就是魔力聚積地，匯集了高濃度的魔力，人們無法接近的地方。」

魔力聚積地，通稱「魔力點」。

這指的是空氣中魔力濃度極高的地方，人一旦靠近，必定會陷入魔力中毒、危及生命。高濃度的魔力有時候甚至會化為霧氣，能夠以肉眼看見，據說魔力聚積地長滿了優質的礦物和食材。

有一說認為，魔礦國豐富的礦藏也是這個聚積地的魔力長期滲透到地底的結果。這是利瑟爾在書上讀到的，但他並不知道魔力點的確切位置。

「啊……這麼說來是在那一帶沒錯，我為了委託到過那附近。」

「討伐魔物嗎？」

「嗯。」

「是這附近？」

「不是，在這邊。」

也許是大量的魔力使然，魔力聚積地也棲息著棘手的魔物。那裡食物豐富，牠們鮮少離開棲息地，不過偶爾會有離群的個體出沒，因此利瑟爾才猜測是討伐委託。看來猜中了。

「魔力聚積地怎麼了？」

「我在想，這會不會是魔力中毒。」

利瑟爾瞥了搖晃的窗子一眼，尋思似地說下去。

「現在風很大吧？說不定順著風向流到這裡來了。」

「你說魔力？」

「是的。背後比較舒服，可能也是沒有接觸到空氣的關係。」

「只有你中毒？」

「魔力越多越容易受到影響，不過每個人的症狀好像各不相同。」

這是利瑟爾第一次發生這種狀況，但他以前見過幾次魔力中毒的人。

有的人會慾火焚身，有的人莫名其妙想奔跑，有的人就是想狂放魔法，表現出來的症狀千奇百怪。

利瑟爾則是單純的肌膚敏感，這麼和平真是萬幸。

「那今天就待在房間吧？」

「不，還是出門吧。反正……啊，不過不確定耶。」

利瑟爾露出為難的笑容，又拿出幾張地圖。

現在手上這張地形圖、昨晚取得的坑道內部地圖，再加上迎戰地底龍之前拿到的迷宮品地圖。利瑟爾比對三張地圖，沉吟了一陣，抬眼瞄向劫爾。

「我想去的地方，好像是魔力點。」

「啊？」

首先是某地區的坑道內部地圖，以及那張迷宮品地圖。

迷宮品地圖上那條畫在森林當中的道路，與坑道的路徑完全一致。額外的線條多少有些增減，但大致上沒有錯。

迷宮品地圖上繪製的森林沒有任何特徵，無從判斷那是哪一座森林，不過利瑟爾覺得畫在林間的道路不太對勁：死路太多了。

那種分歧方式，看起來就像是人工挖掘的洞窟或坑道一樣。利瑟爾將洞窟系迷宮的地圖全都買回來比對過一遍，但所有路線都不一致，因此他才著眼於魔礦國的坑道。

「其他地方也有坑道吧。」

「不過，這可是迷宮品哦？」

迷宮懂得看場合行事，接受觀光客與冒險者同時進入迷宮，想加入隊伍的伊雷文也能與利瑟爾他們同行，設下陷阱時還會考量隊伍的人數。既然迷宮辦事如此周到，它交給利瑟爾的地圖上，畫的有可能是完全陌生的土地嗎？

假如真的是未曾耳聞的土地，那只能放棄；若非如此，利瑟爾認知範圍內的坑道就只有魔礦國一處。也可以說利瑟爾賭贏了，不過這是他經過徹底調查，最終才抵達的結論，是他努力得來的成果。

「這個打叉的記號，感覺正好就在魔力聚積地的位置。」

「風險太大了。」

「所以才更值得期待呀。」

劫爾俯視著他，利瑟爾仍然躺在床上，悠然朝他瞇眼微笑。

「既然迷宮讓我花了這麼多工夫、要我這麼強烈地追求它，那麼這裡一定有我發自內心渴望，或是極為必要的東西。」

劫爾微微張開雙唇，又閉上嘴。

他想起巷子裡利瑟爾的身影，想起自己從沒聽過的、那種希求的語調，他望著那位銀髮的天生王者，甜美而和緩的眼神裡滿是幸福。

那是他的渴望嗎？劫爾心想，同時在心裡啐了一句：那還用說。那次在小巷裡邂逅國王之後，伊雷文曾經趁著利瑟爾不在的時候，喃喃說不想放他走。但劫爾不一樣，他連自己真正的想法都還理不清。

「劫爾？」

如果，那裡有回到原本世界的方法……劫爾幾乎沉浸在自己的思緒當中，是那道柔和的聲音將他拉了回來。

「劫爾。」

「……」

他俯視那張沉穩的臉龐，看見眼前的光景，他不禁自嘲。

自己支撐體重的那隻手，將對方柔軟的頭髮壓在床單上，像把他釘在原處一樣。散落在床上的髮絲被他略微壓住了前端，假如是下意識的行為，這還真沒骨氣。

這大概不會造成任何疼痛，不曉得利瑟爾是否注意到了？從那雙筆直仰望著他的紫水晶眼瞳當中，讀不出任何一點訊息。

「你希望那邊有什麼東西？」

「我嗎？」

劫爾原本湊過去看著地圖，這下子挺起上半身，不著痕跡地移開手掌。他緊緊握住床單，想忘掉手上的觸感。利瑟爾一定注意到氣氛變了，卻露出一如往常的微笑，劫爾見狀也稍微放下心來。

「說不定是你想要的東西呀。」

「那怎麼看都是給你的吧。」

「說得也是。」

從寶箱裡開出來的地圖需要耐心解讀，光憑這點就猜得到了。

「我想想……我心目中的最大獎，應該是空間魔法師吧。」

「啊？」

「不過看那個地點，好像不太可能。」

利瑟爾說得愉快，劫爾一臉詫異地看著他。

提起最渴望的東西，他竟然回答空間魔法師？迷宮最懂得看人臉色，再怎麼不合常理的事，都能以一句「反正迷宮就是這樣」解釋。既然是迷宮給的東西，不論是什麼樣的願望，他都不可能保守地認為「這種願望太強人所難了」才對。

「所以我想，應該是我需要的東西吧。」

「回到原本世界需要的東西？」

「咦？」

他眨了眨眼睛，劫爾見狀，眉頭蹙得更緊了。

利瑟爾擅長隱藏自己真正的想法，但是他鮮少對劫爾隱瞞。劫爾也知道這點，他不懷疑利瑟爾說的話，因此才更無法理解。

「不是的。」

宛如看透劫爾所有的心思，利瑟爾依舊迎視著他，瞇起眼柔和地笑了。

「既然陛下說要帶我回去，那我不必特地許什麼願，也一樣回得去呀。」

「所以你自己什麼也不做？」

「不能見到親近的人們確實有點寂寞，不過，我一開始就說過了吧？」

「啊？」

「我說，要把這當作假期呀。沒有人會希望假期早點結束嘛。」

利瑟爾理所當然地這麼說，聽得劫爾使勁嘆了一口氣。

這麼說來，他就是這種男人沒錯。縱使自己敬愛的人希望他回去，只要不是命令，那就是另一回事了。利瑟爾會選擇最有效率的方法，以這次的狀況而言，那就是交給對方去想辦法。

利瑟爾常常愉快地說，從前那位學生就像脫韁的野馬，他握不住他的韁繩；看見現在的狀況，劫爾卻不由得想：脫韁的到底是誰啊？這傢伙裝出一副受常理規範的樣子，實際上卻是最不按牌理出牌的人，在他原本的世界，眾人一定老是被他耍得團團轉吧。

「你果然跟你老爸很像。」

「就說我沒有那麼誇張了嘛。」

劫爾也學著利瑟爾，一股腦向後躺到床鋪上，手臂遮著臉笑出聲來。難得看見他笑成這樣，利瑟爾也有趣地問道：

「心情這麼好呀？」

「託你的福。」

劫爾的笑裡帶著挖苦，卻顯得相當明朗，剛才異樣的氣氛已經消散無蹤。利瑟爾見狀，也朝他露出溫煦的微笑。

「我們必須知道坑道的精確尺度，還有在魔力聚積地活動的方法。」

三人打點好行裝，站在旅舍門口。

「坑道不是很簡單嗎，直接進去就好啦？」

「嗯？我們不能通行吧？」

「那點小事總有辦法的啦！」

看來他有辦法。

希望不是太血腥的辦法。利瑟爾這麼想著，還是將這件事交給伊雷文處理了。從他愉快點頭的模樣看不出什麼危險企圖，不過以伊雷文的作風，想必也不可能完全合法。

在原本的世界，利瑟爾總是盡可能避免違法行為，但在這邊倒是頗為隨興，只要結果良好就一切都好。

「那就剩下行動方法了。」劫爾說。

「老實說，如果我自己一個人進去，應該有辦法解決……」

「省省吧。」

「那裡面的魔物也很強欸，我就直說啦，隊長一個人應付不來。」

「也是哦。」

他可以運用傳送魔術，將周遭的魔力傳到其他地方，只是實行起來非常吃力。

魔力聚積地當中不僅有經過強化的魔物棲息，內部視野也不好，利瑟爾的魔銃在那裡無法發揮實力。劫爾他們說得也有道理，他老實點點頭。

「昨天我先找了幾間工房，他們開發的魔道具感覺可以派上用場。」

「隊長，你一開始就打算跑到那裡面去喔？」

「沒有，只是以備不時之需。」

收到伊雷文送的地圖，他才猜到那張迷宮品地圖標示的是什麼地方。

換言之，他昨晚才發現這件事。一切都只是巧合，利瑟爾朝另外二人點點頭，劫爾他們卻投來懷疑的目光。

他們常覺得利瑟爾「明明全都料到了還裝傻」，不過在利瑟爾看來，是他們太抬舉他了。利瑟爾有趣地笑了出來，將一張紙條遞給劫爾。

「來，麻煩你負責採買。」

「……這種東西要用在哪？」

「只是以備不時之需呀，有備無患嘛。」

劫爾眼神中的詫異馬上轉為無奈，他嘆了口氣，將紙條塞進口袋，轉身邁開腳步。伊雷文也一樣揮著手走遠，利瑟爾目送二人離開之後，自己也展開行動。

伊雷文哼著歌，走在魔礦國的隱密小路上。

魔礦國的居民平時也一樣會走這條小路，雖然治安多少差了一點，但居民跟壓迫感強烈的礦工相處慣了，因此不以為意。

「×××行會……找到啦。」

在魔礦國，行會指的是採掘行會。

挖掘坑道並不是完全自由，行會各有各的地盤，所有礦工都有各自隸屬的行會，每天辛勤採礦的同時，也必須和其他行會的勢力競爭。

伊雷文現在來到的行會也不例外。利瑟爾想探索的坑道，正是這個行會的地盤。

「（要是晚上就不用這麼麻煩了說。）」

在坑道裡剩下看守的時候，他們只要偷溜進去就好，根本不必多費這些工夫。但現在這種大清早的時段，在坑道裡工作的礦工最多，無法避開旁人的耳目。

這次就講講道理吧，伊雷文也不敲門，毫不客氣地打開那扇厚重門扉。

「我想進去一條坑道，負責人在哪？」

「……你是誰？」

室內半由洞窟構成，在場的人們紛紛看向突然出現的不速之客。

這傢伙怎麼看都不是礦工，也不認識，只是個完全不相干的人。幾個礦工身材的男人朝伊雷文走近。

那群人熟練地散發出威嚇氣勢，伊雷文卻挑釁地嗤笑一聲。門板已經闔上，他逕自往門上一靠。

「小子，你來幹嘛？」

「啊？我剛剛不就說過了？你們這種聽不懂人話的無腦肌肉男我沒興趣啦，雜魚滾一邊去。」

「……小鬼，我看你挑釁是找錯人啦。」

由於處理跟其他行會之間的糾紛，這些男人打架都打習慣了。

趕快賞他一、兩拳，把這臭小子丟出去吧。一眾男人握起拳頭，伊雷文卻只是冷笑，在原地按兵不動。儘管覺得奇怪，他們還是掄起拳頭準備修理他。

但那隻拳頭還來不及揮到伊雷文身上，便摔落地面。不只拳頭而已，男人全身都癱在地上，偶爾還痙攣似地抽動，看見這異樣的情景，其他人不禁後退了幾步。

「我也變善良啦，所以這傢伙沒死喲。」

這句露骨的嘲笑，聽得男人們怒不可遏。

「臭小子……！」

「要不要所有人一起上啊？請便？」

一看就知道伊雷文比那群對手瘦削許多，他卻碰也沒碰腰間的雙劍，以全場最好整以暇的聲音這麼說。

「只是我不像大哥那麼擅長掌控力道，可能所有人都會被我弄死就是啦。」

他說著，咧嘴吐出舌頭。看見那模樣，一股惡寒攀上在場所有人的背脊。

那舌頭尖端分出雙岔，艷紅得彷彿帶有劇毒，狹長的瞳孔因愉悅而扭曲。那種異樣的氛圍，強烈得教人相信他說的話不是兒戲。

眾人頓時動彈不得，伊雷文緩緩掃視所有人。對上他的眼神、嚇得肩膀猛抽一下的人，就是不在採掘現場工作、主要負責處理事務的員工了，大多也是他們負責管理坑道。

「喔？」

接著，伊雷文的視線停留在一個男人身上。他加深了笑意，對方見狀微微倒抽了一口氣。

「太猛了吧，隊長的運氣是有多好啊？」

伊雷文大剌剌穿過行會內部，誰也沒有阻止他。

再怎麼習慣鬥毆的人，也不敢攔他。這男人過去領導的是堪與一國為敵的盜賊團。人人聞盜賊而色變，他卻君臨於那群盜賊的頂點，率領一眾不以殘暴為殘暴的惡黨。

「倒不如說啊，掌握相關人士的弱點，該不會一開始就是他的目的之一吧？」

那絕不是光憑實力就能維持的地位，伊雷文卻毫不費力站在他們的巔峰。他渾身散發的那種氣質，越瞭解地下社會的人，越能領會其中的異樣與威儀。

「昨天剛見過你嘛。」

「……！」

吱嘎一聲，伊雷文將手撐到桌上，慢條斯理地打聲招呼，俯視眼前的人。大賽主持人坐在那裡，整張臉一下子刷白。

就是這男人意氣風發地主持昨天那場腕力大賽，又在一旁伺機而動，讓事先套好的人物坐上冠軍寶座。

「喔，原來如此，是這麼回事啊。」

伊雷文瞇眼一笑，彷彿要把他逼進死路，一陣顫抖竄過男人的身體。

之所以舉辦那場大賽，想必是為了宣傳這個行會的名氣吧。獲得冠軍的男人是隸屬於這個行會的礦工，至於眼前這男人被選為主持人，當然是因為他會使用強化魔法的緣故。

換言之，這是整個行會聯手造假的行為。

「輸給大哥的傢伙還好嗎？要是都強化過了，手還被折斷，那就太好笑啦。」

事務所裡的所有人都倒抽了一口氣。

說中啦，伊雷文伸出舌頭舔舐嘴唇，模樣酷似捕食獵物的蛇。

「是說啊，你們還記得我一開始說什麼吧？」

大賽的本意是宣揚行會的名聲，礦工卻輸給了冒險者，其他行會肯定嘲笑他們丟盡了礦工的臉。萬一他們使用強化魔法作弊的消息再傳開來，會發生什麼事？

這是這間事務所主辦的大賽，他們百口莫辯，這個魔礦國裡不會再有他們的容身之處。

「我說，有個坑道我想進去。」

「是……是。」

就是這麼回事。

對於伊雷文來說，要脅手段要多少就有多少。不過原來如此，只要事前準備夠周全，講兩句話就解決了，真是輕鬆。

他在心裡感謝利瑟爾做好準備，接過對方顫抖著雙手奉上的通行證，看起來心情很好。那是行會幹部用的通行證，只要出示這張證明就能進入坑道。

「好，謝啦。」

伊雷文滿意地笑了，他把玩著手中的通行證，掃視了周遭一圈。

眾人的目光各色各樣，有警戒，也有恐懼。在眾人注目之中，他想起利瑟爾，於是粲然一笑。那笑容一點也不沉穩，親切友善的笑意當中，藏著露骨的白刃。

「我們觀光完就會離開啦，現在就好好相處吧。」

言下之意就是：這件事我們不會說出去，所以不許你們輕舉妄動。

事務所裡的所有人都不敢吭聲，全場只有伊雷文一個人在走動。他判斷他們同意了，於是在眾人的凝視當中，愉快無比地走出行會。

「（隊長應該覺得這樣最好吧。）」

要是只有伊雷文自己一個人，這是憑暴力就能解決的問題。但利瑟爾無法這麼做，所以他動腦。

他只用輕柔的聲音，即可達成目的。他會直指對方的過失，不留下怨恨的餘地；掌握對方的弱點，教對方無法對他出手。即使行會出手，這三人組他們也無法招架，腕力大賽已經證明了這一點。

要不是伊雷文自願處理這件事，利瑟爾十之八九會親自到這裡來吧。一切都是為此打點的事前準備。

「果然隊長最棒啦！」

伊雷文愉快地笑了。來完成交辦的任務吧，他踏著輕快的腳步走向坑道。

「隊長、隊長！我按照你的計畫去恐嚇，不對……勒索……不對，應該說是威脅他們，然後調查過坑道了喔！」

「原來你計畫幹這種事？」

「不，我想用的是更和平一點的方法……」

36

三人完成所有準備、進入魔力聚積地，已經是三天前的事了。

一路上發生了不少事情，不過利瑟爾一行人還是按照老樣子，繼續他們的魔礦國觀光旅程。今天，利瑟爾打算為王都的史塔德和賈吉買點當地特產，於是三人由利瑟爾帶路，走在魔礦國的街道上。

上次造訪商業國的時候，他們是為了護衛委託過去的。在工作途中採買土產恐怕會顯得太過隨便，因此利瑟爾沒有買什麼東西帶回去。不過這次只是普通的觀光，加上平常又受到他們二人諸多關照，利瑟爾很想買點東西送給他們。

「該怎麼說，比想像中還要整潔呢。」

「整潔？」

「應該說，沒什麼塵土。」

這裡是魔礦國知名景點之一，洞窟商店街。利瑟爾他們在商店街當中前進，時不時拐進岔路。

洞窟內部由無數的提燈照耀，幾乎沒有塵土的氣味，也沒有洞窟裡那種灰撲撲的空氣。內部砌著石塊，壁面刻畫出紋樣、甚至刻有雕花，卻不損傷洞窟的外觀，形成粗獷卻美麗的街區風景，不愧是眾多匠人聚集的國家。

「隊長，你要買什麼啊？」

「我本來覺得消耗品比較適合……」

礦石反射著提燈的燈光，利瑟爾望著這副情景，前進的步伐毫不遲疑，目的地似乎早已決定。

「不過難得送禮，後來還是決定挑個有魔礦國特色的東西。」

老實說，應該是消耗品比較妥當吧？劫爾暗自想道。

對那兩個年輕人來說，這可是第一次正式收到利瑟爾的禮物。他們倆如此仰慕利瑟爾，還真擔心他們會不會一輩子把那份禮物供起來膜拜。

利瑟爾本人看起來倒是樂在其中，因此劫爾沒有說出口，在一旁靜觀其變。

「我之前逛街的時候找到了適合的店，你們覺得實用類的東西如何？」

「喔，感覺不錯啊！」

「只要你送禮的時候交代他們拿去用，也不至於擺著不用。」

「啊，就是這裡了。」

穿過熱鬧的街道，三人踏入了更加高雅的空間。

路旁店舖販賣的多是魔礦國特有的知名產品，比如寶石或稀有礦石、精密魔道具、精緻的室內擺飾等，整排都是販售高價商品的店面。這不是買特產的地方吧？利瑟爾領著詫異的二人，走進其中一間商店。

「歡迎光臨。」

店內排列著滿滿的時鐘、時鐘、時鐘。從老爺鐘到掛鐘都有，為數最多的則是手錶，一一排列在玻璃櫃當中。挑哪一只才好呢？利瑟爾湊近端詳那些錶，劫爾他們一副習以為常的樣子，半放棄地看著他。

「這確實是實用類的東西沒錯啦……」

「但不是土產。」

不論在這裡、還是利瑟爾原本的世界，時間的概念都是共通的。

時間的計量單位是時、分、秒，不過人們不太會意識到這些單位。大部分的都市設有每小時敲響一次的鐘，居民的日常作息皆以鐘聲為基準，至於小村落則連鐘聲都沒有。

因此，時鐘與其說是生活用品，倒不如說裝飾品的意味比較濃厚。由於精密度使然，鐘錶價格不斐，當然也就只有極少數人能夠持有。

「隊長一副覺得這是小東西的樣子欸。」

「對他來說是小東西吧。」

「感覺隊長一定有鐘錶！」

「倒是沒看他在用。」

利瑟爾雖然說這是實用物品，不過他並不是要賈吉他們經常使用鐘錶的意思。手錶當成裝飾品配戴在身上，也有提升形象的效果，臨時需要看時間的時候也很方便，理由僅此而已。

「當作土產送人也很好呀，我想他們兩人戴起手錶會很適合的。」

「賈吉沒有手錶喔？」

「他店裡的商品裡面應該有吧，但好像沒有他自用的手錶。」

聽到「土產」這個詞，站在一旁的店員全力控制住差點抽筋的面部肌肉。

這手錶可是魔礦國的技術結晶，沒想到居然有人把它當成送禮的安全牌。不過店員判斷利瑟爾是個貴族，因此表面上什麼也沒說。

「這種禮品要考慮到每個人的喜好，真傷腦筋。」

「只要是你挑的，他們收到什麼都開心吧。」

「這點也滿令人為難的呀。」

利瑟爾端詳著玻璃櫃，認真考慮，伊雷文也湊到他身邊去看。

品味高雅的鐘錶琳瑯滿目。錶面下轉動的精細齒輪、手錶上鑲嵌的魔石、隨著時間行進的指針，全都相當精美，難怪喜歡把手錶當成裝飾品的人如此眾多。

「幫史塔德挑個簡單纖細的……啊，稍微帶點色彩的設計，和他搭配起來應該很有趣吧？」

「畢竟他本人沒啥色彩嘛。」

伊雷文指的應該是他的特質吧。

「至於賈吉，應該挑個古董風的……」

「那傢伙身材那麼高，粗獷一點的比較好喔！」

「這個如何？」

「喔，這種型的不錯欸，那個冰棒就給他配個金屬感重一點的說不定也不賴！」

「那就挑這個鑲嵌彩色玻璃的？」

劫爾斜倚在門口附近，看著二人興高采烈地挑選手錶。他不打算幫忙挑。

利瑟爾和伊雷文在這種時候絕不妥協，看利瑟爾是怎麼幫某子爵包裝禮物，還有伊雷文對裝備堪稱吹毛求疵的條件就知道了。劫爾只要東西實用就無所謂，因此這時候幫不上忙。

「這一款沒有其他顏色了喔？順便拿這個型號的新款讓我們看一下吧。」

「請問這是發條還是魔石驅動？不，兩種我都想看看……」

店員奔波了老半天之後，二人終於找到了滿意的款式。

「劫爾，你看怎麼樣？」

「不錯啊。」

利瑟爾將手錶拿過來讓他確認。設計確實符合那二人的形象，劫爾看了也點點頭。不過老實說，隨便挑哪個都好，看利瑟爾那副心滿意足的樣子，這句話還是藏在心裡就好。

「那就決定囉。」利瑟爾點點頭，跑去請店員包裝了。看來還要花點時間，劫爾嘆了口氣。

「你不跟去？」劫爾問。

「收到什麼東西才是重點，包裝隨便啦。不過要是隊長特地為我包裝，那當然就不一樣啦！」

利瑟爾再度和店員展開討論，另一方面，伊雷文好像挑完手錶就滿足了。

事到如今，他還表現出一點遲來的不滿，大概是因為利瑟爾沒送過他東西吧。「反正隊長都讓我加入隊伍了。」伊雷文自顧自開始辯解，劫爾無奈地看著這一幕。就在這時——

「——、——！」

店外忽然傳來一陣騷動，二人立刻閉上嘴，探查外面的氣息。

「這一個用緞帶包裝。嗯……就用那一種飾繩吧。至於禮盒的設計……嗯，這個不錯。」

利瑟爾想必不可能察覺，他的說話聲清晰傳入二人耳中。

店員不知何時為他準備了椅子，利瑟爾正坐在椅子上挑選店員拿過來的品項。那架式看起來真是個道地過頭的貴族，劫爾邊想邊解除了警戒，而伊雷文也一樣大笑出聲。

騷動規模比想像中更大，周遭也瀰漫著緊迫的氛圍，但還不到情緒激動的地步。看來短時間內不會發生什麼事，二人倚靠在店門口附近，一邊留意外頭的動靜，一邊望著利瑟爾。

「馬凱德……、……、遭到襲擊……」

「侵襲是……、……大群魔物……這裡……、……？」

對話內容斷斷續續傳入耳中，但二人按兵不動。對他們而言，那不是足以打擾利瑟爾購物的事。無論面臨什麼狀況，他們心目中的優先順序都不會改變，因此二人氣定神閒地等候利瑟爾挑選包裝。

「你們可以跟我說一聲呀。」

「你挑這種東西很講究吧。」

「我多少還是可以挑快一點的。」

但不會停止挑選包裝，看來劫爾他們的判斷也沒什麼不對。

商業國正遭遇大群魔物侵襲。周遭滿是憂心忡忡的人群，大家都擔心魔物會不會也湧到魔礦國這邊來。

儘管想取得情報，利瑟爾他們對於混亂的謠言也沒有興趣，因此一行人漫不經心地聽著各處的喧鬧聲，邁開腳步走向旅舍。

「原來在這一邊也有大侵襲呀。」

「不太常發生。」

「原因也一樣是迷宮嗎？」

「沒錯喔，迷宮超級不甘寂寞的啦！」

「魔物大侵襲」是一種罕見的現象。

遭人忽視太久的迷宮會敞開大門放出魔物，好像在叫人快點注意到它一樣。當然，大侵襲也存在並非迷宮導致的案例。

既存的迷宮不可能長期遭人忽視，所以魔物大侵襲大多發生在人們沒有注意到新迷宮出現的時候。這也不是任何人的錯。

「冒險者必須參加討伐對吧？」

「但你那時候還在挑土產嘛。」劫爾說。

發生魔物大侵襲的時候，附近的冒險者會在公會集合，組成討伐隊派遣到當地。

但是，當時利瑟爾他們還在慢條斯理地挑選禮物，錯過了集合時間，魔礦國的冒險者公會已經把冒險者派遣出去了。

「是說隊長，你要去喔？」

「畢竟我是冒險者呀。」

利瑟爾微笑道，伊雷文看向他的眼神中滿是難以接受的色彩。

基本上，只要對自己沒有直接危害，利瑟爾不會主動干預任何騷亂。隔壁座位有人吵架他會冷眼旁觀，縱使路中間有人拿劍亂揮，他也會若無其事地走過去。

甚至有冒險者聽說了「貴族冒險者」的傳聞，撒謊說自己就是貴族，還打著這名號為所欲為，但就連這件事，利瑟爾也只是笑著旁觀而已。

「伊雷文，你覺得我這麼做很奇怪嗎？」

「有一點欸。」

「那我就舉出一個理由吧。」

即使在這種關頭，依然不知從哪裡傳來敲打鐵槌的聲音。

匠人們只要一心一意完成自己該做的事就好。利瑟爾聽著敲打聲，有趣地笑了。

「因為子爵託我關照的人、還有賈吉的爺爺都在那裡。」

「關照？啊，你是說陰鬱的那個中年美男喔？」

「你是聽誰說的呀？」

「大哥說的。順便告訴你，王都那個是爽朗的中年美男。」

利瑟爾看向劫爾。劫爾微微蹙起眉頭，覺得自己好像說過類似的話。順帶一提，他的說法是「長得很顯眼的陰沉男人」。

伊雷文的形容也不是全錯，還真難否認，利瑟爾邊想邊走進旅舍的門扉。旅舍主人用一種「你果然不是冒險者」的眼神看著他。

「只是老實說，我對於普通的大侵襲沒有什麼興趣。」

一行人登上稍嫌陡峭的狹窄階梯，走向房間。

「嗯，也是啦。不過想搶業績的冒險者還是會衝過去，幹勁滿滿喔。」

「那邊也不太可能陷入苦戰。」劫爾說。

「不必擔心物資問題，這是相當強大的優勢呢。」

商業國這種等級的大都市，原本就能夠成為堅固的防守據點。馬凱德不論城牆或指揮體制都相當穩固，都市本身不太可能毀滅。只要憲兵負責防守市街、冒險者負責討伐魔物，這場混亂應該可以平穩解決。

「萬一有大量的深層魔物跑出來，沒有S或A階的在還是沒辦法應付就是啦。」

「畢竟人海戰術只有在中層以前有用。」

「即使如此，領主大人也能想出對策吧。」

三人走進房間，在各自偏好的地方面對面坐下。劫爾坐床上，伊雷文坐地板，利瑟爾則坐在椅子上，思量似地垂下目光。

魔物大侵襲。利瑟爾原本的世界也有這種現象，有時候，魔物大侵襲並不是自然發生的。縱觀歷史，人為造成的大侵襲一共發生過兩次。在數百、數千年的紀錄當中也不過兩次，可說相當罕見。

這種人為造成的魔物大侵襲，和普通的大侵襲不可相提並論，假如只採取以往的應對措施，可能會面臨難以收拾的局面。還不確定這一邊是否也可能發生人為的大侵襲，至於這一次碰巧就是人為造成的機率，更是幾乎等同於零。但是……

「隊長？」

「沒什麼。」

利瑟爾微微一笑，將落到頰邊的頭髮撥到耳後。

「不論事態再怎麼惡化，沒有情報還是無法擬定對策。不要著急，先等一下吧。」

「不愧是領導者的發言欸，我喜歡這種說法！」

伊雷文哈哈笑著說完，忽然以戲劇化的動作彈指一聲。

從窗口照進來的陽光應聲暗了下來。往窗戶一看，有個戴嘴套的精銳盜賊無聲踩在窗框上，宛如打從一開始就站在那裡一樣。這正是利瑟爾他們回到旅舍的原因。

「告訴我現階段能掌握的訊息就好，即使只知道襲擊規模也很值得慶幸了。」利瑟爾開口。

「……發生在清晨。大規模。包圍馬凱德，災情輕微。」

「即使魔物只造成輕微損害，貨物流通受阻也是致命傷吧。馬凱德的應對行動呢？」

「……沒有聽說馬凱德發動攻勢。」

「咚」一聲，一把小刀刺上精銳盜賊扶著的窗框。

是誰射出的小刀不言而喻，往旁邊一看，下一把小刀正在伊雷文手上滴溜溜轉動。

「工作這麼隨便喔，你以為現在問你話的是誰啊？」

「伊雷文，他們只用這麼短的時間就蒐集到情報了……」

「隊長老是動不動就這樣寵他們。」

伊雷文一臉不滿地射出手中的第二把小刀。刀刃「咚」一聲插在窗框上，聲音輕得出奇。

這把刀沒有把精銳盜賊的手掌釘在牆壁上，完全是因為利瑟爾在場。但刀尖其實劃過了薄薄一層皮膚，所以盜賊還是嘗到了討厭的痛楚。

「這些傢伙當盜賊全都當得比我還久，腦子都壞光了，我要是不做到這個地步，連溝通都沒有辦法咧。」

伊雷文好像只是在射飛鏢一樣，一臉興味索然的表情，利瑟爾看了不禁苦笑。伊雷文說得沒錯，確實是他應對精銳盜賊的方式比較正確。

「但我想繼續聽後續情報了。還有，別破壞旅店的房間喲。」

「好喔——」

看見伊雷文乖乖收起第三把小刀，劫爾嘆了口氣。伊雷文總愛說自己「變善良了」、「變人道了」，實際上他的本質一點也沒變。

畢竟唯一能糾正他的人只有利瑟爾，而利瑟爾又有點放任不管的傾向，這也沒有辦法。

「你剛剛說魔物包圍了馬凱德？這麼有系統的行動，不太符合魔物的習性。」

「大侵襲的魔物一般都是直接朝行進方向發動攻擊。」劫爾同意。

「……傳聞，高階魔物率領低階。最深層等級的魔物出現。」

「這樣呀。」

同種魔物組成群體並不稀奇。另外，魔物大侵襲屬於特殊情況，這時候魔物之間不會彼此攻擊，因此可以將牠們視為一支軍隊。

假如攻來的是一群烏合之眾，我方只要湊齊相當的人數就不難迎擊。但這一次，魔物卻表現出足以包圍都市的智力。

「魔物有系統喔……」伊雷文說。

「聽起來真可疑。」

劫爾他們隨口閒聊，望著利瑟爾暫停提問、陷入沉思的模樣。

「現在這一帶有沒有高階的傢伙啊？」伊雷文問。

「A階有幾組吧，之前在商業國碰過他們來找碴。」

「出名的代價！」

「哪裡出名了。」

「大哥啊，你只是做事不高調，但還是做了很多大事好嗎？而且你又那麼顯眼，很容易被記得欸，全身穿那麼黑，靠好痛！」

假如今天是利瑟爾獨自待在商業國，二人一定會不顧一切趕過去。

但並非如此，利瑟爾就在他們身邊，因此這件事與他們無關，只是閒聊的話題之一。這兩個人只做自己想做的事，要他們為別人行動是天方夜譚；但只要唯一的一個人採取行動，天方夜譚也會成真。

「我們到馬凱德去吧。」

「你去準備馬。隊長，到東門可以嗎？」

「不，我們從北門出發。方便讓精銳盜賊一起來嗎？」

「我的人就是隊長的人啦，請便！」

「目前一共有多少人？」

「八個。」

「為什麼是大哥回答啦！」

「那所有人都跟我們過去吧。」

在節奏明快的對話當中，該採取的行動一項一項敲定下來。決定出發之後，剩下的事情就簡單了。

利瑟爾站起身來，朝著精銳盜賊微微一笑。那名盜賊從窗框上拔下了小刀，正拿著刀子仔細端詳。

「準備好就請到北門集合吧。」

精銳盜賊點點頭，消失了身影。

幾道氣息也同時消失不見，不過只有劫爾和伊雷文注意到。既然那些精銳都聽見了，想必不消多久時間就能集合完畢。

「你又有什麼在意的事了？」

「那邊有棘手的魔物出沒，一刀不出擊不是太可惜了嗎？」

「胡扯。」

看見利瑟爾調侃的笑容，劫爾不悅地蹙起眉頭。

他確信利瑟爾沒有說謊，但原因絕不僅止於此。既然利瑟爾有什麼想做的事，那也無所謂了，他嘆了口氣。

三人整裝完畢，離開了房間。到北門必須走一段路。

「啊，我忘記買甜食啦！隊長，我能不能順路買點東西啊？」

「可以呀，我也幫因薩伊爺爺買點伴手禮吧。不知道收到什麼東西他才會開心呢？」

「隨便買個一般老頭子喜歡的東西吧。」

在場沒有人催促他們要去就快點去。

男孩氣喘吁吁地逆著人潮的流向跑去。

人群發出驚叫，往城門內逃竄。男孩被大人們踢開，遭遇數不清的咒罵，渾身是傷，仍然奮力鞭策自己的雙腳狂奔。不久前，他還牢牢握在手中的那隻柔軟小手不見了——原因如此微不足道，對他來說卻非同小可。

他年幼的妹妹一定還在城門外面。男孩回想起妹妹可愛的笑臉，衝出他剛剛穿過的城門。媽媽的哭喊和憲兵喝止的聲音鑽進耳中，男孩不顧一切，朝著視野開闊的城外飛奔。

「哥哥……！」

「妮娜！」

妹妹趴在地面，魔物已經直逼她身後。

不曉得是不是剛才被人撞倒在地，妹妹哭著說她腳痛。男孩抱起她嬌小的身軀，得快點逃離這裡才行。他顫抖著雙腳站起身來，一抬頭，看見眼前的景象，他咬緊牙關。

城門緩緩關閉，城牆內側的景象每一秒都越發狹窄，心急如焚的母親不顧憲兵阻止，發狂也似地朝男孩伸出手。

聲勢浩大的魔物已經逼近到眼前，不可能為了救兩個小孩子敞開城門。

「……該……死！」

門內的大人們不負責任地大喊著「快點」，男孩嚥下衝到嘴邊的髒話，邁開腳步狂奔。門縫越來越窄，魔物的鼻息聲就近在身後，一切的一切都逼他快跑，男孩鞭策自己顫抖的雙腿，拚命挪動疼痛的雙腳。

來不及——他稚嫩的腦袋竟能計算出這個結論，簡直不可思議。

看看自己奔跑的速度，再看看城門的距離。為了助男孩一臂之力，城牆上射出無數箭矢，但來不及，魔物沒有停止逼近。腳好痛，動不了。男孩行動了，那是他保護妹妹的本能。

他放下懷中的小女孩，把她往前推，像他們在外面玩耍的時候，傍晚媽媽來接他們回家一樣——男孩輕推妹妹的背，推得比媽媽更用力一點。「去吧。」他喘不過氣，喉嚨發不出聲音。

「哥哥……？」

小女孩像平常一樣朝著媽媽跑過去，嬌小的背影惹人憐愛。

真可憐，她的腳一定很痛吧。妹妹跛著腳跑進母親的臂彎，在媽媽懷抱中回頭看向這裡，呆呆的表情好像什麼都還不懂，她稚嫩的模樣看得男孩笑了出來。

城門逐漸緊閉，大人已經無法鑽過門縫，來不及了。男孩疼痛的雙腳一步也動彈不得，想到再也不必勉強自己邁開腳步，他甚至感到一絲安心。

「———！」

放聲哭喊的母親抱著懷中幼小的妹妹，透過城門的縫隙，她們最後只看見男孩滿足的笑容，以及朝著男孩猛撲而來的魔物，張開駭人的血盆大口準備撕咬獵物。

「劫爾。」

一道沉穩的嗓音落下，刺耳的爆裂聲響起。就在城門即將隔絕外界的瞬間，關到一半的石門突然靜止不動。

有個人獨自擋住了十人合力也難以推動的城門，眾人紛紛看向那個全身黑衣、霸氣凌厲的男子。

人群錯愕不已，全場霎時間陷入靜默，最清楚狀況的應屬男孩的母親和妹妹了。她們目不轉睛地盯著即將闔上的門縫，差點親眼見到慘劇發生，因此目擊了直逼男孩身後的魔物被彈飛的瞬間。

「動作快，牠們暫時後退是出於警戒，馬上又要發動攻勢了。」

「我知道。」黑衣男子應道。

「伊雷文，別讓魔物入侵。」

「好喔！」

看見此刻現身的人物，眾人紛紛屏住呼吸。

渾身黑衣的男子一手撐開巨大的石門，一頭鮮艷紅髮的男子拔劍牽制前來制止的憲兵，然後，一名氣質高潔的男子悠然走出城門。

城門打開了，原野上魔物肆虐，原本四處逃竄的民眾眼前毫無防備，他們卻茫然看著現身的三人。那三個人的氣場，足以在這種狀況下奪去人們的判斷力，群眾只能愣愣看著那道背影朝著男孩走近。

「咦……」

呆立原地的男孩，也抬起頭來愣愣看著那道朝他走近的身影。他忘了不久前的安心感，也忘了逐漸湧上心頭的恐懼，那人沉穩的微笑看得他出神。

好像聽見魔物的低吼在近處響起，但他無法思考。沉穩的微笑來到他身邊，朝他伸出雙手。男孩無力抵抗，被那人抱了起來，動作溫柔得教他困惑。

那個人抱著他，手掌撫過他的頭髮，拍撫背部，喚醒了男孩不知不覺間遺忘的顫抖。自

己在怕什麼，他完全沒有頭緒。

「……嗚……」

會弄髒大哥哥乾淨的衣服——這念頭一瞬間閃過腦海，但男孩忍不住眼淚，他顫抖著喉頭，強忍什麼似地將臉埋進那個人的肩膀，緊緊抓住眼前的衣料。

「你做得比誰都對。」

溫柔的聲音在男孩耳邊低喃。

「相信我。」

男孩緊繃的身體放鬆下來，緩緩從那人的肩膀上抬起臉來。放眼望去，一齊襲擊過來的魔物佔據了他的視野，但不知道為什麼，他不害怕了。

「我會比這個世界上的任何人都更尊敬你。」

一陣旋風咻地颳起，撲咬過來的魔物被那陣風撕裂，濺出鮮血。男孩位居旋風中心，只感受到些許微風，一時間還沒有注意到那是魔法。

「所以，別怕。」

舉止沉穩的男子從容不迫地走向城門。

男孩終於明白自己為什麼害怕了。因為他被大家拋棄了，他一心以為那道冰冷的石門就是眾人的選擇，是世界的選擇。

但現在，男孩知道這些都不值一提，因為眼前的男子肯定了他的舉動。

「不過，守護到最後一刻，才是真正的守護。萬一你死了，妹妹會變成不幸的孩子喲。」

「我不要這樣。」

「沒錯。所以，你要變得更強大才行。」

那不是命令，是春風化雨般柔和的聲音。

這句話悄然落進男孩心底，他覺得很有道理。儘管不清楚該怎麼做，這已經足以成為他下定決心變強的契機。

男孩輕輕點頭。大哥哥聽了，讚賞似地輕撫他的背，他一點也不難為情，只覺得好驕傲。

「關門囉。」

「麻煩你了。」

兩人一走過黑衣男子身邊，擋住城門的手便放開了，石門緩緩闔上。

被吹飛的魔物猛地朝這裡衝過來，不過已經來不及了。隔著溫暖的肩膀，男孩看著這一幕，這一次，逐漸闔上的門扉不再令他絕望。

城門發出沉重的聲響牢牢關上，同時，一陣小小的腳步聲朝這邊跑來。男孩露出笑容，回頭往腳步聲的方向看去。

清脆的「啪」一聲，一個響亮的巴掌打在自己懷中柔軟的小臉頰上。利瑟爾眨眨眼睛看著這一幕，接著露出苦笑。他沒有類似經驗，不過母愛有時候強烈得足以刺痛肌膚。

那位母親在他眼前大哭出聲，她懷裡的小女孩天真地笑著，朝哥哥伸出小手，利瑟爾於是將男孩放了下來。男孩抬頭看著他，利瑟爾伸手摸摸他的頭，手掌遮住了男孩那雙水汪汪的大眼睛。接著，他看向男孩的母親，看樣子她的安心、憤怒和喜悅還會再持續一下子。

也許是注意到他的目光了，那位母親帶著一雙哭腫的眼睛，朝利瑟爾深深鞠躬致謝。利瑟爾搖了搖頭。

「要不是這孩子採取行動，我本來打算放棄救小妹妹了。亂來確實該挨罵，但請您別忘了以他為榮。」

「好、好的……！」

母親話音顫抖，迭聲道謝。利瑟爾微微一笑，便逕自走向劫爾他們身邊，甩開群眾纏人的視線。事情平安落幕，憲兵也終於開始引導城門內側的民眾。

看來這道城門是第二次關閉。發生魔物大侵襲的時候，馬凱德立刻關閉了所有城門；然而事出突然，許多民眾在不知情的狀況下來到商業國，沒有補給物資又無法立刻折返，因此被困在城門外。憲兵建立起支援體制之後，才將這些民眾聚集到西門，掩護他們進城。

利瑟爾他們不是從城門進來的，不過碰巧遇上了開門的時間點。

「嗯？」

他看向劫爾和伊雷文，發現有幾位憲兵包圍著他們。

是憲兵來找他們麻煩嗎？兩人都嫌麻煩似地假裝沒看見。伊雷文竟然有辦法忍住不出手，利瑟爾邊想邊仔細一看，原來是劫爾不動聲色地壓著伊雷文的劍柄，阻止了最糟的事態發生。

伊雷文那副不滿的表情原來是這麼回事。利瑟爾面露苦笑，喊了他們一聲。

「稍微耽擱了一下呢，我們走吧。」

倚在城牆上的兩人挺起背脊，朝利瑟爾走過來。

「等一下！」

聽見憲兵出聲攔阻，利瑟爾看向他們。他大致猜得到這些人想說什麼。

「你們讓這麼多人陷入危險，只為了救一個人！這種行為根本不算正義！」

「有他們兩個人保護大家免於危險呀？」

「要是有什麼萬一……！」

「別說萬一了，就是億萬分之一也不可能。」

利瑟爾微微一笑，從容開口。

「假如這兩個人也攔阻不了魔物的攻勢，那就該棄守了吧。魔物的威脅要是強大到那種程度，有沒有關上城門已經不重要了。」

也許覺得利瑟爾在開他玩笑，男性憲兵長氣憤難當，又開口說了什麼話。

利瑟爾偶然看見憲兵長身後，有位面熟的憲兵正尷尬地別開視線。那是上次造訪商業國的時候，由於憧憬一刀，而對利瑟爾惡言相向的菜鳥憲兵。

利瑟爾朝他揮揮手，只見菜鳥憲兵把身體又縮得更小了。看來他多少認同了利瑟爾的實力，太好了。

「我在講你有沒有在聽！」

「當然。」

差不多該結束這段對話了。瞥見劫爾興味索然的模樣，利瑟爾這麼想道。

「不過，我們雙方都沒有空閒時間爭吵了，不是嗎？」

「這……但是，下次不可以讓你們再做出同樣的事情！」

「我們也許還會這麼做吧。」

利瑟爾這句話沒有什麼弦外之音，他乾脆地說完，目光飄向人群，進城的民眾在憲兵引導下逐漸走遠。

凝神一看，那男孩正不斷回頭看向這裡。萬一和媽媽走散就不好了，利瑟爾比手勢要他轉向前方，男孩見狀用力揮了揮手，便面向前方，不再回頭。

「只是我想，應該不太可能。」

「什麼……」

利瑟爾也揮手回應，接著看向面色凝重、一臉無法理解的憲兵長。

「我們為了救一個人，讓大眾暴露在危險之中，而且這麼做也可能導致事態惡化……這些我們都非常清楚。」

「那你還……！」

「我們是瞭解這些代價才行動的。」

劫爾帶著諷意嗤笑出聲，伊雷文愉快地冷笑——那是對於利瑟爾說的話由衷表示同意的笑容。

「你什麼時候誤以為我們是正義的一方了？」

憲兵長無言以對，嘴巴一開一闔，一句話也說不出來，而利瑟爾只是靜靜看著他。

「我們只是捨棄群眾，選擇了那孩子而已。一邊是為了求生，寧可推開小孩、自己往前跑的大人，一邊是為了拯救妹妹，不惜逆著人潮挺身而出的小男孩——假如讓你選，你會選哪一邊？只是這麼簡單的問題而已。」

聽見這段話的憲兵全都啞口無言。
正如這名氣質高潔的男子所言，這段話根本稱不上正義；然而，剛才在他們眼前上演的救人戲碼又美得無懈可擊，他們無法斷然反駁。
「我們走吧。」
「嗯。」
「好喔！」
利瑟爾邁開步伐。劫爾瞥了那群僵在原地的憲兵一眼，興味索然地別開視線。伊雷文則毫不掩飾嘲諷的神情，衝著他們輕聲說：
「快鞠躬道謝說『感激您大恩大德幫我們擦屁股』啊，這點事還要人教喔？雜魚。」
「伊雷文。」
「好啦——」
望著那人哈哈笑著走遠的背影，憲兵們使勁握緊拳頭。他們對於自己的行動絕不後悔，懊悔的是自己的無力。於是這群憲兵懷著複雜的心情，回歸各自的工作崗位。
走在沒有人煙的街道上，利瑟爾忽然面露苦笑，劫爾漫不經心地看著這一幕。
「不可以太欺負他們哦。」
「吼唷——」
「他們做得沒有錯，守護多數民眾才是憲兵的職責。」
在原本的世界，這人理當站在憲兵那一邊才對，劫爾暗自想道。

捨棄少數，保全大多數——對於領導國家的重臣而言，數量往往才是價值所在。不過在利瑟爾心目中，應該有唯一一人屬於例外吧。

只是換個立場，利瑟爾就敢堂堂採取這種行動。心態轉換得還真快，劫爾半帶佩服地輕嘆一口氣。

37

商業國陷入前所未有的危機當中。

這裡的街道原本比任何國家都要熱鬧，此刻卻全無人煙，一向震耳欲聾的叫賣聲也聽不見了。原本輕快的氣氛不再，空氣中瀰漫著不安，顯得沉重凝滯。

為了讓這座城市恢復原本的樣貌，沙德不斷發下避難與防衛指令。他的態度沒有絲毫動搖，但是從他忿忿蹙著眉頭的模樣，可以看出狀況還不能掉以輕心。

「這是伴手禮，大家一起吃吧。」

「哎呀，真不好意思啊！」

面臨這種狀況，利瑟爾還跟因薩伊開朗地打著招呼，沙德銳利得能殺人的視線瞪向他們兩人。

他美麗的容貌上多了幾分疲勞的神色，眼睛底下的黑眼圈濃重又醒目。魔物大侵襲無從事先預防，只能被動採取應對措施，忙得他不可開交。

偏偏利瑟爾一行人又在這時候來訪，沙德的疲勞感更強烈了。

「先前老夫家的乖孫受你照顧啦。」

「不，我沒有特別做什麼，這都是賈吉努力的成果。」

「不愧是老夫的金孫！嗯？話說回來，怎麼有張生面孔啊？」

「你好——是說賈吉的爺爺也太年輕了吧！」

「搞什麼，這新來的看起來真可疑啊。」

因薩伊和賈吉不一樣，他不會不好意思說出對伊雷文的評語。

看這時間點，大概跟盜賊團脫不了關係吧。因薩伊這麼猜測，教人不得不佩服他觀察別人的眼光。不過，他也壓根沒想過眼前這小子正是盜賊團的首領。

「誰讓你們進來的。」

忽然響起一道蘊含殺氣的聲音，將和樂融融的氣氛破壞殆盡。

這也是當然的，利瑟爾看向聲音的主人，沙德。他們不是來攪局的，但確實妨礙到沙德辦公了。

「好久不見。樓下那位店員見過我們，立刻放我們進來了。」

「因薩伊！」

「這麼說來，老夫確實是交代過他們無條件讓這些小子進門啦。」

沙德所在的這個地方並不是領主官邸，而是因薩伊的店舖。

「小子，還真虧你們能找到這裡啊。」因薩伊說。

「假如以領主大人坐鎮指揮為前提，還滿容易猜到的呀。」

利瑟爾面露微笑這麼說，聽得沙德苦澀不堪地皺起臉來，老翁則哈哈大笑。

領主官邸前的廣場位於商業國的中心地帶，現在，廣場上無數的流動攤販都已經撤除，避難的民眾擠得整個廣場水洩不通，連傳令兵都難以通行。而且，每次採取對策的時候都驚擾人民也不太恰當。

那麼，該以哪裡為據點呢？由於沙德不願在群眾面前現身，可能的地點並不多。其中，傳令人員出入最自然、物資運送流暢，又容易匯聚各方情報的場所，就是這裡了。畢竟，這裡可是貿易業的大本營。

「所以呢，你們有什麼事？」沙德問。

「我是來與您共享情報的。」

「駁回。跟一介冒險者共享情報？」

沙德冷冷啐道，但這句話不代表拒絕的意思。

他這麼說是當然的，以利瑟爾他們的身分，原本連待在這個地方都不被允許。更別說這裡還有旁人的目光，冒險者公會的公會長、率領憲兵的憲兵總長都在場，這些支持著商業國的大人物聽到「冒險者」這個詞，紛紛錯愕地看向這裡。

「請您當作是跟『一刀的隊伍』共享情報吧。」

「……說吧。」

判斷力相當優秀，利瑟爾微微一笑。

伊雷文不曉得哪裡看不順眼，只見他諷刺地吊起嘴角，正要開口，劫爾馬上狠狠往他後腦杓打下去。這一拳是叫他不要不分對象隨便挑釁。

「這次的魔物大侵襲，只採取以往的應對措施恐怕會有危險。」

「大哥打我、大哥打我！」伊雷文跑來告狀，利瑟爾面露苦笑，輕輕拍著他挨揍的後腦杓表示安慰，一面凝視著訝異的沙德。

「這是什麼意思？」

「我到城外看過了，不同種族的魔物之間形成了階級關係。」

「……什麼？」

一位女子不禁錯愕地問道。她身穿冒險者公會的制服，樣式和利瑟爾熟悉的公會制服有所差異，想必是商業國的冒險者公會長。

「高階的石巨人，率領著低階的魔狼。畢竟這件事跟迷宮有關，所以也不是完全不可能。」

「說不定這就是那個迷宮的特色咧。」伊雷文插嘴。

「什麼迷宮會有這種特色……」劫爾吐槽。

「相親相愛迷宮？」

一想到這種迷宮的魔物正在朝這邊發動猛攻，總覺得更恐怖了。

聽見伊雷文那句話，大家紛紛沉默以示吐槽。沙德則無動於衷，他一邊對著不斷進出室內的眾多傳令人員一一發下指令，一邊開門見山地問：

「異變的原因是？」

沙德的表情相當不悅。他氣自己言行不一，剛剛才將利瑟爾貶為「一介冒險者」，現在卻向對方打聽關鍵情報。我明明不介意呀，利瑟爾莞爾一笑，低頭看著桌上攤開的巨幅地圖。

「現在還沒有定論，對方不行動就無法判斷。」

利瑟爾的目光仔細掃過地圖，沙德裝作沒看見。

「啊，那我們差不多該離開了。冒險者就該有冒險者的樣子，我們去幫忙防衛吧。」

「該去哪裡啊？」伊雷文問。

「先削減敵方數量。」劫爾答。

「那就是城牆啦？」

憲兵專精於維持治安，負責在城牆內側保衛國民；冒險者專精於驅除魔物，負責在城牆外側對付外敵，適才適所。

「老夫記得，冒險者是根據階級分配崗位啊。哎，你們之前說隊伍階級是D，是吧？」

「啊，現在升上C囉。」

「小子，看你高興成這樣。照這樣看來，分配到的位置難保不會糟蹋你們的實力哪。」

因薩伊哈哈大笑。真有道理，利瑟爾看向劫爾，只見他滿臉不悅地別開視線。

「好啦，小夥子好好去大鬧一番吧。」

「我們會努力的。」

不曉得能不能滿足他的期待。利瑟爾露出苦笑，邁開腳步準備離開。

才剛踏出一步，他又停下腳步，回頭朝沙德看去。那張超凡脫俗的美麗臉龐皺成了苦瓜臉，何必這麼提防我呢？利瑟爾的嘴角染上笑意。

「您的臉色十分疲憊，伴手禮請您務必一嘗。」

「駁回。」

利瑟爾一行人告辭之後，便走出門外。

房門一關上，沙德用力揉起眉心。周遭人們七嘴八舌地問他剛剛那是什麼人，就在沙德堅守沉默的時候，難以接受的光景忽然映入視野一隅，他勉為其難朝那邊看去。

因薩伊嘴巴一邊咀嚼，一邊朝沙德遞出盒子。不用說，那是利瑟爾帶來的特產。

「不用給我。」

「很好吃哦？」

「我說不用。」

「你從早上到現在都沒吃東西，別逞強啦。」

因薩伊巴著他不放，硬要把特產塞到沙德嘴裡，最後還逼他不吃就不准繼續辦公。

「好吃吧？」

「……」

「不過，那小子還想當個稱職的冒險者啊，太不搭調啦。」

恰到好處的甜味，滑順的口感，這份魔礦國知名點心確實相當美味。

沙德不得不承認，他疲憊的大腦開始恢復轉速了。但是，連吃個點心都逃不過利瑟爾的如意算盤實在教他惱火，所以他打死也不願意說它好吃。

站到城牆上，連遠方的地平線都一覽無遺，微風吹動頭髮。

髮絲拂過利瑟爾的眼角，他微微垂下眼瞼，低頭看向下方遙遠的地面。底下有個獨立於城門之外的側門，供通行之用，眾多冒險者正在側門前作戰。

「不愧是冒險者，大家都很習於作戰呢。」

「大概想趁現在減少魔物數量吧！」

「趕在棘手的魔物出現之前。」

附近沒有深層等級的魔物，冒險者應戰的身影熟練俐落，高階級並不是虛有其名。

襲來的魔物數量眾多，難以一眼看出冒險者的戰果，不過魔物的數量確實在減少當中。唯一可惜的是，他們沒有閒工夫剝取素材。

「B階以上的隊伍到地面作戰！C階、D階負責掩護，E階以下負責搬運物資。不要忘了從城牆上掩護攻擊！」

不遠處的城牆上，忽然傳來激勵士氣的號令。

看樣子，發號施令的是位冒險者。旁邊站了一位神情緊張的公會職員，是蕾菈，利瑟爾之前在商業國的冒險者公會見過她。

「那位冒險者是誰呀？」

「誰知道。」

「不知道欸——」

利瑟爾將興趣缺缺的二人拋在一邊，回想公會規章。

不只是魔物大侵襲，凡是城市遭受魔物攻擊時的應對方法，規章當中都有明確記載。冒險者須至最近的冒險者公會集合，並遵從公會職員指示前往作戰，以及——

「原來如此，他是公會指名的指揮官呀。」

「指名？」

「發生魔物襲擊的時候，規定是盡可能由公會職員指揮作戰。假如職員無法指揮，就必須指定冒險者擔任指揮官。」

「原來還有這種規定喔！」

「除了你大概沒人知道。」

要蕾菈負責指揮冒險者，對她來說負擔確實太大了。

她的實力不弱，一對一可以將D階級冒險者打到跪地求饒，但是能不能在這種危機中帶領眾多冒險者應戰，那又是另一回事。因此，她毫不猶豫地指定了眼前的A階冒險者擔任指揮官。

冒險者基本上不遵從任何人的命令，但只要對方的實力比自己強大，他們多少願意服從。蕾菈這個決策相當英明。

「那我們負責掩護喔，從這邊就是用弓箭囉？」伊雷文說。

「大概吧。」

「伊雷文會使用弓箭吧，襲擊我的時候弓術也很高明呢。」

「隊長，你這樣講我心情好複雜喔。啊大哥咧？」

「用過幾次。」

只是揮劍作戰比較符合劫爾的性格而已。

看樣子大哥使用弓箭的技術也不會差到哪裡去，伊雷文跑到旁邊，拿了兩把閒置的弓回來。

「咦，沒有我的？」

「啥？」

「嗯？」

利瑟爾正要伸手去接，才發現沒有自己的份，百思不得其解。

「隊長，你會用弓箭喔？」

「沒有用過耶。」

碰也沒碰過弓，怎麼還想光明正大拿來用？

利瑟爾一副有點惋惜的樣子，他大概只是想試用看看而已吧。假如誤傷我軍就不好了，劫爾他們只拋下一句「下次再讓你用」，沒有把弓箭交給利瑟爾。

「你用魔法就好。」

「對嘛隊長，這是你大顯身手的好機會欸！」

前衛負責攔阻魔物，再由魔法師一網打盡。

現在利瑟爾受到堅固的城牆保護，這種作戰方式相當理想。往混戰區域施放魔法可能危及友方，不過從城牆上放眼望去，連後方群聚的魔物都可以看得一清二楚。

「這麼說來，沒有看見其他人在使用魔法呢。」

「應該分派去負責強化了吧。嘿咻！」

「哇，好厲害哦。伊雷文，你射中了耶！」

「射中啦。」

「你們這樣講也算是誇獎喔？」

伊雷文射出的箭矢不偏不倚刺中了一頭魔物。

瞄準的位置果然是腦門，他為什麼對腦門如此執著？利瑟爾和劫爾不由得定睛看著那隻頭上插著箭矢的魔物，這時，伊雷文又拉弓射中了另一頭魔物的腦門。

「來啦，大哥也來打！」

「我技術不怎麼樣喔。」

劫爾也舉起弓箭，儘管久未用箭，他拉起弓來還是架式十足。
他瞄準目標，眉間蹙得更深了，本來就凶神惡煞的相貌又多了幾分肅殺之氣。被這張臉狙殺可不是開玩笑的，利瑟爾露出溫煦的微笑看著這一幕。就在這時——
「呃。」
「啊。」
「哎呀……」
一道響亮的「啪喀」聲，劫爾手中的弓硬生生斷成兩截。
「好驚人的技術。」
「囉嗦。」
「拉弓拉到斷掉喔，根本不是人！」
「吵死了。」
「劫爾，手沒受傷吧？」
聽見利瑟爾這麼問，劫爾不以為意地朝他揮揮手，將報廢的弓丟到一旁。
伊雷文看了哈哈大笑，他揚起狡黠的笑容，拿起一支箭矢搭在弦上，接著使盡渾身的力氣拉弓。不論他再怎麼拉，弓身只發出吱嘎聲響，一點也沒有折斷的跡象。
隨著弓弦咻的一聲回彈，又一支箭矢插上魔物的腦門。
「真厲害。啊，劫爾也試試丟石頭如何？以你的臂力，用丟的也——」
「丟你個頭。」
一群射箭掩護的人當中，一個男人獨自丟著石頭，這情景太詭異了。

隔著一段距離，蕾菈也聽見了這陣歡聲笑語。儘管在這場重大危機當中傳來嬉笑聲，蕾菈卻毫不介意，既然身為冒險者，在戰鬥當中一定也有餘力開開玩笑吧。

氣氛好像很歡樂。蕾菈輕笑著這麼想道，漫不經心地看向那裡。

「——什唔啊唔啊唔啊啊啊啊!!」

「?!出了什麼事！」

蕾菈的動搖之強烈，連她身邊冷靜發號施令的冒險者指揮官，都嚇得肩膀猛力抖了一下。只見蕾菈臉上掛著不知道是歡喜、恐懼還是驚愕的表情，抬起顫抖的手，指向某個地方。指揮官順著她手指的方向看過去，但蕾菈抖得太大力了，他看了一下子才搞懂她在指哪裡。

「什麼，妳說那三人組？……為什麼會有冒險者以外的人待在這裡？」

「不、不是，不是不是不是的，他們是冒險者……應該是！」

貴族跑到這種地方閒逛實在不太尋常。負責指揮的冒險者才剛皺起眉頭這麼想，蕾菈卻說出一句教他不敢置信的話，緊接著從他眼前噠噠噠火速飛奔出去。

「好好好好好久不見！」

「好久不見，妳還是這麼有精神。」

「有精神？這應該叫做形跡可疑吧？」

一個獸人甩著鮮艷的紅髮這麼說。人變多了！蕾菈不禁嘴角抽搐。

這個隊伍擁有打倒地底龍的實力，這位新加入的獸人一定也是絕對強者。看他跟另外二人站在一起也不會格格不入，絕對不會錯，蕾菈如此確信。自從遇見利瑟爾他們之後，蕾菈看見A階冒險者也不覺得感動了。

「為為、為、為什麼你們在這種地方握著弓箭呀！不到底下嗎?!」

「？指令說階級B以上才分配到地面作戰，以我的階級……」

「E階對吧?!啊，我想起來了，你是E階！隊伍階級是C！」

「啊，後來我順利升上D階囉，不過隊伍階級沒變。」

「升階了！恭喜你！」

蕾菈朝氣十足地道出恭賀，接著崩潰跪地。

「嗚哇啊啊啊太浪費啦啊啊啊啊！」

看見蕾菈抱頭哀號，附近的人不清楚發生了什麼事，只覺得有點恐怖。

這傢伙很懂嘛，伊雷文露出狡詐的笑容。劫爾極度無奈地嘆了口氣，利瑟爾則朝蕾菈伸出手。

「請起來吧，職員小姐，弄髒妳那身整齊的制服就不好了。」

「嗚……謝謝你……」

蕾菈伸出手，舉棋不定地游移了好一陣子，最後才戒慎恐懼地放到利瑟爾的手掌上。

「話說回來，職員小姐，令堂是公會長嗎？」

「啊，是的！咦，你們見過──」

「喂，怎麼了，出了什麼問題？」

這時，指揮官暫時發完號令，終於追到蕾菈身邊來。

透過公會職員轉達，指揮官才能掌握商業國的整體動向，因此他必須與職員共同行動。

蕾菈明知如此，還是不顧一切衝出去，指揮官還以為出什麼大事了。
「不好意思，不小心跟她聊得太久了。」
「不會。…………你是冒險者喔？」
最後的最後，指揮官忍不住脫口說出真心話。
我最近明明比以前更有冒險者的樣子了呀？利瑟爾滿臉不可思議，劫爾和伊雷文則望著他心想，這傢伙又在想些莫名其妙的事了。這男人不會高估自己的實力，也不會妄自菲薄，為什麼只有扯到這一點的時候標準這麼寬鬆？
「話說回來，這次殲滅魔物是你的指示嗎？」
利瑟爾忽然這麼問，身為指揮官的男人詫異地開口回答。
「也不算是殲滅……只是側門比其他地方更容易攻陷，我才會下令優先對付集中在側門的魔物。」
「也就是說，魔物蓄意瞄準側門進攻？」
男人聽了瞠大眼睛。他在魔物大侵襲的戰場上，跟一個區區的C階冒險者交談，心裡對此卻沒有任何疑問。
「……！不，怎麼可能有那種事……」
「證據不足以完全否決這個可能呀。」
指揮官必須預先設想各種情況。
即使最後只有一個選項能夠脫穎而出，指揮官也必須準備其他備案。從眾多選擇當中挑出一個最佳方案，和除此之外無計可施，狀況可是天差地遠。

「只是猜不透牠們攻進城內的目的……嗯……」

利瑟爾沉吟道，往下看向側門前奮力搏鬥的冒險者們。

他的態度氣定神閒，要是聽不見城牆下方傳來的戰鬥聲響，利瑟爾站在城牆上遠眺的情景看起來是如此和平，甚至沉穩得彷彿無意迎戰。

「恕我僭越，現在還是專注於守備比較恰當。」

「那些冒險者在底下奮戰，我難道要叫他們假裝沒看到魔物？」

利瑟爾事不關己的表情，終於激發了指揮官早該抱有的抗拒感，於是他不悅地這麼回道。利瑟爾聞言眨了眨眼睛，接著抱歉地垂下眉頭。

「假如造成你的不快，還請你不要把這些話放在心上，我無意否定你們的努力。」

「那你到底是什麼意思？」

指揮官豎起眉毛質問，他渾身散發身經百戰的氣魄，周遭的氣氛倏地繃緊，簡直能刺痛肌膚。

利瑟爾卻泰然自若地面對他。在利瑟爾身後，原本望著城牆外閒聊的劫爾和伊雷文也閉上嘴巴，眼神緊盯著那位冒險者不放，卻不打算插嘴。

這情景看得蕾菈嘴角抽筋，她拚命來回望著利瑟爾和指揮官，然後終於下定決心，張開雙手擋在二人之間。

「等一下，指揮官大哥，要吵架也要看一下對象呀！不要這樣嘛，要是你被人處理掉，我就什麼事也做不了了！」

「放心，我不會做出那麼可怕的事情的。」

「我也想聽到後面那兩位大哥這麼說！」

後面？利瑟爾回過頭去。

劫爾興味索然地觀察著城牆外側的戰況，伊雷文露出燦爛的笑容，朝他揮揮手。伊雷文有點可疑，利瑟爾邊想邊笑著回過頭來，看向蕾菈。

「妳選了一位很好的指揮官。」

「咦……」

蕾菈睜大眼睛，利瑟爾轉而看向指揮官。

「你懂得尊重其他冒險者，是非常理想的指揮官。只不過，這次優先的重點應該不是殲滅魔物，而是保衛商業國，對吧？」

「……這我知道，所以才應該盡早削減魔物的數量。」

「但是，既然還不知道對方的策略，還是應該避免一口氣派出所有戰力。」

「策略？」

這個人在說什麼？指揮官毫不掩飾自己的詫異。

魔物大侵襲沒有初期或尾聲之類的階段之分。戰局中多少會出現突發狀況，但對手是魔物，不懂得留存體力，也不懂得牽制敵方，只會一味發動攻擊。倒不如說，壓下初期的攻勢才是我方的作戰重點，否則後續免不了陷入苦戰。

「喂，來了。」

「哇靠，太誇張了吧！」

忽然，劫爾他們望著城牆的另一端這麼說道。

利瑟爾從容不迫地回過頭去。指揮官也跟著看向那裡，眼前的景象看得他不禁瞪大雙眼。

「沒錯，策略。也可能發生始料未及的狀況，對吧？」

城牆遠方，有個龐然巨物。

陽光下，巨大的石巨人搖擺著白色的軀體，高舉雙臂。牠的體型太過龐大，乍看之下動作顯得相當緩慢，但是響亮的轟隆聲足以傳到城牆邊，可見牠不如想像中遲鈍。

然而，指揮官錯愕的原因並不是石巨人，而是因為從牠那雙巨大手腕中拋出的東西，任誰都無法想像。

「魔狼?!」

魔狼蜷起身體，朝著城牆上方、城牆內側落下。危機突然從天而降，指揮官正準備緊急發下指令——

這時，只聽見利瑟爾輕聲低喃，幾支火焰箭矢應聲出現在他周圍。就在魔狼逼近城牆的瞬間，所有火箭同時射出。

距離近得能感受到熱風，火焰霎時間包覆了那些魔物，牠們發出慘叫，往城牆外側墜落。

「看來從現在開始，戰況演變的速度會更快。」

指揮官原本啞然看著這一幕，這時忽然回過神來，看向石巨人。牠碩大的身軀只要高舉雙手就能輕而易舉攀上城牆頂端，此刻正緩緩蹲下，等待魔狼爬到牠手掌上。

「看牠的高度，應該是魔物圖鑑上最高紀錄的尺寸。」

「最高紀錄？」

「十公尺。」

「啊，差不多差不多。」利瑟爾一行人眺望著遠方，蕾菈無暇顧及他們，驚慌失措地跑近指揮官。指揮官一邊對冒險者下達鞏固防守的指示，一邊邁開步伐，焦躁全寫在臉上。蕾菈快步走在他身邊。

「指指指指揮官大哥，有沒有辦法可以對付那個石巨人呀……！」

「只有一個辦法……只能一路從這邊排除魔物，殺到石巨人旁邊解決牠……」

即使目前停留在商業國的A階冒險者都集合起來，也不可能辦到這種事，指揮官的神情中滿是悔恨。

「要是有S階在就好了。」

「原來沒有那種等級的強者就沒有辦法……天啊太絕望了……」

蕾菈放棄似地垂下肩膀。她正想回頭看向石巨人，映入眼中的情景卻看得她睜大雙眼，緊接著換上閃閃發亮的眼神。

「不，不絕望！萬歲！」

蕾菈高舉雙手歡呼，指揮官也急忙朝那裡看去，眼前的景象令人不敢置信。

「真的沒問題嗎？很高耶？」

「連我都可以，輕鬆簡單啦！出發！」

「你們待在這裡別亂跑。」

滿臉不甘願的劫爾正遭人推落城牆。

這一幕實在太令人震驚，看得指揮官一時間顧不得現在的狀況，鐵青著臉跑到城牆邊，蕾菈也興高采烈地跟了過去。

「喂！」

「指揮官大哥，你在擔心什麼啦！沒問題的！」

「為什麼妳笑得這麼開心啊！」

蕾菈知道，利瑟爾他們曾經墜落將近兩公里的距離，跟洞底的地底龍作戰之後平安歸來，所以一點也不擔心。看見她滿面的笑容，指揮官不寒而慄。

劫爾從城牆頂端落下，逐漸逼近地面，一身黑衣在風中飄揚。他沒有伸手觸碰背後的城牆，直接著地，風壓捲起一陣塵土。

「那是怎麼辦到的呀？」

「我也不知道欸。」

看見劫爾若無其事地站起身來，一臉不悅地拍掉身上的砂土，城牆上的利瑟爾和伊雷文深感不可思議。

「大哥太厲害啦，我要靠著城牆緩衝幾次才有辦法跳下去欸。」

「你也很厲害呀，換作是我就直接摔成肉泥了。」

劫爾從城牆上摔下去還毫髮無傷，利瑟爾他們看見這一幕還不以為意地閒聊，蕾菈在一旁使勁拍手，這一切指揮官都無法理解。太超脫常人的理解範圍了，甚至有點嚇人。

「他到底是何方神聖……」

「是一刀呀，一刀！指揮官大哥，你一定聽過吧?!一刀斃命的那個一刀！」

「劫爾的別名有點令人害臊呢。」

「大哥之前也咕噥說他不喜歡。」
那個人物在冒險者之間無人不知、無人不曉，傳聞他的實力甚至凌駕S階級，一向獨行，卻擁有最強冒險者的頭銜。他一揮劍能斬殺一切，從來不和任何人搭檔。
傳聞總是比實情誇張幾分，指揮官也半信半疑。
「沒想到都是真的……！」
劍身纖細的大劍每一次揮下，魔物的鮮血就在半空中飛舞，只消一劍，襲擊而來的魔物便倒地不起。
數量在他面前不具意義，那劍法毫不矯飾，帶有俐落的美感，使得旁人錯覺他所做的事情易如反掌。劫爾殺出一條血路，抵達巨大石巨人的腳邊。
站在城牆上方的冒險者看得出神，甚至忘了要牽制魔物。
「啊。」
「嗯？」
「不，沒什麼。」
「什麼啦？」
聽見利瑟爾忽然輕呼一聲，伊雷文堅持追問原因。
「我只是想看看那個尺寸的石巨人的魔石。」
「啊，從這邊喊大哥應該也聽得到吧……大哥──！隊長說他想要魔石──！」
竟然在這種時候要求這個？周遭人群忍不住多看他們一眼，劫爾似乎也聽見了伊雷文的聲音。

他背朝這裡，將大劍換到另一手，舉起單手示意。群聚在石巨人周遭的魔狼一口氣朝他襲來，劫爾閃身避開，揮劍將牠們斬落在地，銳利的目光緊接著鎖定石巨人龐大的身軀。

「謝謝你，伊雷文。」

「嗯。是說大哥連聽覺都是怪物等級喔？」

劍影一閃，速度快得不像大劍。

牠岩石般堅硬的身體本應彈開所有劍刃，卻沒能擋下劫爾的攻勢。他斜劈一劍，打橫又是一斬，一回身順勢砍向其他襲來的魔物。巨大的手掌從上方伸來，劫爾瞥了手掌落下的陰影一眼，面不改色地揚起腿。

那鞋跟就這麼往牠粗大石柱般的腿部踢下去，不偏不倚砸進兩道刀痕相交之處。

「喔，幹得好！」

伊雷文喃喃說完，石巨人龐大的軀體也同時倒向一邊。牠單手撐到地上穩住身子，雷鳴般的重低音轟隆隆傳到城牆邊。

但那隻手也被劫爾擊碎了。白色的巨大身軀翻轉過去，緩緩倒落地面，周遭的魔物也急忙跳開。唯有劫爾一人往前走近牠巨大岩塊般的頭顱，上頭有兩個空洞直盯著他看，他舉劍朝著空洞之間一刺。

「嗯？」

那具龐大軀體逐漸崩毀，所有人都無法移開目光，這時劫爾卻回頭望向城牆。

他的視線筆直向利瑟爾投來，儘管距離遙遠，利瑟爾總覺得對上了劫爾的眼神，於是眨了眨眼。接著，只見他笑了開來。

「大哥說什麼啊？」

「他好像砍到核心了。」

「哎呀，太可惜啦！」

利瑟爾露出溫煦的笑容，伊雷文也哈哈笑出聲來，指揮官在一旁看著他們兩人。他為什麼沒有注意到那是一刀？原因無他，因為那個人身邊有利瑟爾他們在。剛才他和人說笑的模樣，令人一時之間無法聯想到傳聞中的那位最強冒險者。

「原來他組了隊伍啊……」

不可思議的是，一刀和他們站在一起，卻顯得如此自然。

「一般大概會覺得他墮落了吧，但是——」

「作為冒險者的水準反而提升了，對吧？我懂。」

望著面帶微笑的利瑟爾，指揮官和蕾菈一臉嚴肅地點點頭。

劫爾回到側門，在場的冒險者紛紛讓路。

連一滴魔物的血都沒濺到他身上，冒險者投來的目光裡有畏懼，也有憧憬，但劫爾絲毫不以為意。他逕自穿過側門，正準備立刻回到城牆上，卻忽然停下腳步。

「辛苦了。」

利瑟爾正好從他身旁的樓梯走了下來。不是交代你別亂跑？劫爾蹙起眉頭，看見伊雷文跟在利瑟爾身後，才沒再多說什麼，只是嘆了口氣。

要不是有伊雷文在，即使利瑟爾再怎麼拜託他，他也不會獨自跑去對付石巨人。

「魔石壞了，抱歉。」

「沒關係的，我只是想看看而已。你累不累？」

「不累。」

不愧是劫爾。利瑟爾滿意地點點頭，接著不動聲色地打量周遭。

所有冒險者都震懾於一刀的強悍，這件事本身沒有問題，若能藉此激起冒險者們的鬥志，那當然很好。但是，萬一他們產生依賴心態，覺得凡事只要有劫爾擋著就好，那問題就嚴重了。

利瑟爾思考了片刻，仰頭望向城牆頂端。視線另一端，蕾菈正興奮地向他揮手，指揮官也在她身邊。

「其他地方或許也出現了這種異常狀況，方便讓我們先離開一下嗎？」

利瑟爾稍微扯開嗓門這麼說，周遭的冒險者聽了，一下子全都看向他。

魔物之間彼此聯手，試圖以出乎意料的手段侵入城牆，這種反常的事態足以擾亂他們的平常心。劫爾是能保全他們性命的強者，利瑟爾卻想將他帶走——投向利瑟爾的目光當中，下意識混雜了些許敵意。

「雜魚。」

伊雷文低聲啐道。他邁開腳步，正準備為利瑟爾擋住那些傢伙的視線，利瑟爾卻委婉拒絕了他，反而朝著那群冒險者粲然一笑，開口說道：

「劫爾很厲害吧？但我不會把他讓給你們的。」
嗓音裡帶著幾分自豪，冒險者們一瞬間無言以對。
同時，先前險惡的氣氛也煙消雲散。劫爾無奈地嘆了口氣，伊雷文則一臉「這人在說什麼」的表情，多看了身邊的人一眼。
「沒有人在身邊扶持，你們就無法靠自己的雙腳站起來嗎？」
他的嗓音安穩沉靜，像善意的勸告。
「不可能吧？因為你們是崇尚自由的冒險者呀。」
這裡是側門門口，手中仍然握著劍柄的冒險者也站在他眼前。
但是，利瑟爾仍然直言不諱。不是因為有劫爾和伊雷文保障他的安全，也不是因為確信冒險者們不會對他動手。這是他對這群冒險者的挑釁，他要藉此告訴他們，在殺氣騰騰的戰場上，自己比誰都還要自由、不受任何事物拘束。
「你們沒興趣當保家衛國的英雄，你們也不是憲兵，沒有義務守護國民。驅除魔物只是日常生活的一部分，對你們而言沒有什麼特別。」
所有人都側耳傾聽這道嗓音，聆聽他的一字一句。
「即使如此，你們還是選擇站在這裡。」
看見那人紫水晶般的眼眸當中，高潔的色彩顯得更加深沉，一陣激昂的震顫攀上人群的背脊。
「你們憑著守護自身尊嚴的意志，憑著冒險者特有的自由，選擇挺身而出，保衛馬凱德。這樣的勇士，事到如今還需要介意什麼？」

側門外側傳來與魔物交戰的聲響，除此之外，周遭一片寂靜。利瑟爾悠然掃視周遭一圈，露出微笑。

「擋在你們面前的不是絕望，只是每天賴以為生的食糧，請你們輕鬆解決這項任務吧。」

他打趣地瞇起眼睛，笑著說出接下來的話，鼓動眼前這群人內心的勇氣。

「去吧，好好大玩一場。」

話聲剛落，緊繃到極點的氛圍立刻爆發。

冒險者們手執武器高聲吶喊，此呼彼應，所有人都在無法抑遏的衝動之下殺進戰場，爭相衝向魔物。他們奮力揮劍，斬殺敵軍，那身影裡面沒有剛才對一刀的憧憬。

「你剛剛才說剛開戰不要使出全力……」

「大家好像比我想像中更有衝勁呢。」

冒險者本來就情緒高昂又熱血，一旦激起鬥志，氣勢可不能小覷。

關於這方面，只要有人能夠駕馭他們就沒有問題。利瑟爾心想，朝著城牆頂端揮揮手。

蕾菈激動得說不出話來，指揮官站在她身邊，眼中一樣帶著滿溢而出的激昂色彩，使勁朝他點點頭。

「改變編制！C階半數改派至——！」

聽著指揮官意志堅定的宏亮嗓音，利瑟爾一行人靜靜離開現場。

三人走在街道上，稀罕地看著市區空無一人的景象。

「你率領過大軍？」

「咦？」

聽見劫爾突如其來的疑問，利瑟爾稍微回想了一下。

在他原本的世界，貴族除了爵位以外也相當重視軍階，這是貴族的一種門面。因此，利瑟爾也曾經以總司令的身分上過一次戰場，但只是待在陣營深處，被我軍視若珍寶一般層層保護而已。

「如果形式上掛名也算的話，我小時候算是有過類似經驗吧。」

「形式上喔。」

劫爾他們看向利瑟爾的目光滿是狐疑。

激勵眾人的士氣並不簡單，更別說這次的對象還是自由奔放、不臣服於任何勢力的冒險者。假如利瑟爾所言屬實，他鼓動人心的卓越手腕究竟是哪裡學來的？

「啊，不過我有個學習對象哦。」

也許是察覺劫爾和伊雷文想說什麼，利瑟爾的臉龐一下子亮了起來。

「陛下很擅長做這種事。」

「不難想像。」

「看他那副樣子嘛。」

劫爾和伊雷文回想起在巷子裡見過的那位王者，立刻領會過來，沒有多加反駁。

當時由於眼前這男人的父親攪局，很多事情一下子拋到了九霄雲外，不過利瑟爾的王確實擁有絕對王者的風範。正是因為這種威儀，年紀尚輕對他而言不構成任何阻礙，看了甚至相信他憑著眼神就足以使人下跪。

「但是隊長，你跟他是完全相反的——」

伊雷文說到一半，忽然噤口。

「找到了嗎？」利瑟爾問。

「賓果。東邊？」

「是的。先解決第一個吧。」

伊雷文將目光投向某處，揚起一道樂於踐踏別人的笑容。這種時候他總是特別愉快，利瑟爾有趣地笑了。

精銳盜賊想必就在附近，但利瑟爾完全無法察覺他們在哪裡。看見伊雷文以手勢朝著看不見的人物打暗號，利瑟爾環顧周遭。「在那裡。」劫爾伸手為他指出精銳盜賊的位置，利瑟爾瞧見了一點點人影。

他邊看著屋頂邊往前走，就在這時——

「喂。」

劫爾伸手停下了他的腳步。怎麼了？利瑟爾看向前方，一名男子不知何時出現在那裡，悠然擋在道路中央。

男子一身隨處可見的商人打扮，利瑟爾沒有表現出任何警戒，反而叫住了正要擋到他身前的二人，彷彿早已等待許久般開口。

「是領主大人吧？」

「是的，有請各位移駕。請往這邊走。」

在男子敦促之下，利瑟爾一行人跟在他身後走去。

38

三人從容不迫地跟在領路人身後。

「你本來說要去看看其他地方的狀況欸，這樣好嗎？」

「沒關係的，那本來就只是離開現場的藉口而已。」

「喔。」儘管不明白背後的原因，伊雷文還是點點頭接受了。既然利瑟爾如此判斷，這麼做肯定有其必要。

但是……他以手指彈了彈自己的劍柄。難得碰到大侵襲，魔物大軍近在眼前，自己卻什麼也沒做，只拿弓箭削減了兩三隻魔物而已，有點意猶未盡。

「伊雷文，怎麼了？」

注意到他一副有點不滿的樣子，利瑟爾這麼問道。聽見這句話，伊雷文露骨地鬧起彆扭來。

「沒有啊？你只叫我手下那些傢伙去辦事，只讓大哥上陣，我一點都不覺得無聊喔？」

「原來你嫌無聊呀。」

利瑟爾面露苦笑，斜眼打量伊雷文的神色。艷紅的馬尾在他身後甩動，他是想大鬧一番，還是希望自己派上用場？是想大開殺戒，還是想幫上忙？若是後者，雖然對於滿臉不服氣的伊雷文有點不好意思，利瑟爾還是忍不住覺得好笑。事到如今，他怎麼還這麼想？

「多虧你守在我身邊，我才有辦法拜託劫爾哦？」

伊雷文一瞬間瞠目結舌地張開嘴巴，說不出話來。劫爾無奈的眼神，告訴他利瑟爾所言不假。

「你覺得這傢伙看起來像是甘冒任何一點風險的男人？」

「啥？」

「看就知道他只對零風險高報酬有興趣嘛。」

「那當然最理想囉。」

利瑟爾沒有自我犧牲的精神。

既然君主需要自己輔佐，自我犧牲等於是對君主的反抗，同時也等於拋棄了跟隨自己的臣下。貶低自己的價值，就是貶低他們的價值。

因此，不論採取任何行動，維護自身安全永遠是利瑟爾的前提。這次也一樣，他會盡可能避免在魔物大侵襲的戰場上落單。

「這樣太不重視你了，不好意思。裝備換新以後，你交手過的強敵確實也只有精靈之王而已，玩得不夠盡興吧。」

利瑟爾認真反省。

看著那張側臉，伊雷文愣愣地睜大眼睛，彷彿聽見了什麼難以置信的話。接著，他別開視線，藏起逐漸發燙的臉頰。

「算了，當我沒說……」

「下一次我會拜託你的。」

「算了啦。」

「你不用忍耐哦？」

「就跟你說算了嘛！」

伊雷文抱頭哀號，彷彿在說「饒了我吧」。

他覺得自己只是稍微鬧一下彆扭，卻遭遇慘痛的反擊——不過，與其說是慘痛，倒不如說是甜到蛀牙的反擊比較貼切。

「既然這樣，還是隨你愛怎樣就怎樣比較好啦。」

言外之意，暗示這件事對他來說根本算不上忍耐。利瑟爾不禁面露微笑，劫爾也心想「這傢伙自作自受」，兩人雙雙看著伊雷文，無疑是落井下石。

「那就麻煩你多多指教囉。」

「嗯。」

利瑟爾高興地笑了。伊雷文瞥了他一眼，沒有放緩腳步，只點頭應了一聲，視線又飄往別處去了。

「話說回來，那傢伙才剛說你是區區的冒險者，事到如今又有什麼貴幹？」

「那聽起來倒不太像領主大人的真心話。」

一行人完全不把走在前頭的領路人放在心上，就這麼聊起了商業國的領主沙德，領路人心裡捏了一把冷汗。

「你怎麼知道？」

「一看就知道他的思維很靈活呀。」

「看他那張臭臉？」

「這個嘛，與其說是靈活，倒不如說……嗯……」

利瑟爾尋思道，將頭髮撥到耳後，不疾不徐地開口。

「為了商業國好，他不惜利用任何派得上用場的東西。」

劫爾聽了明白過來，別開視線的伊雷文也心領神會，領路人在一旁悄悄聽著這段對話，心裡也忍不住點頭。工作狂的工作態度，博得了眾人深厚的信賴。

「而且，假如他真的覺得我們只是區區的冒險者，當初就不會請我們吃晚餐了。雖然表面上說是賠禮，但他也不是造成那起事件的直接原因呀。」

這麼說來也是，劫爾點點頭。

利瑟爾向他搭話的時候，沙德只要說一句「你認錯人了」，就可以忽視他直接離開。之所以沒有這麼做，是因為利瑟爾識破了他的身分，沙德對他有所警戒，另一方面也是為了打探情報。

「今天旁邊也有其他人在，他那麼說才是最妥當的。」

「貴族在這種時候還是一樣麻煩。」

「保持靈活的身段固然重要，但他身為領導人，總不能改變領主該有的態度呀。」

利瑟爾有趣地笑了，看見領路人放緩步伐，他也跟著停下腳步。

「魔物大侵襲結束之後，統治還是會繼續下去，當然不能做出動搖組織的行為囉。」

不愧是當過貴族的人，談起這方面的事情充滿說服力。他們抵達的這棟建築物，正是不久前拜訪過的因薩伊宅邸。距離也沒有多遠嘛，利瑟爾一行人邊聊邊踏進屋內。

領路人帶著他們走進其中一個房間，一路上沒有遇見半個人。這並不是商業國要人雲集的那個房間。

「領主大人，屬下將他們帶過來了。」

「進來。」

房間不大，窗戶與窗簾全部緊閉，不過室內有魔道具的燈光照明，因此亮度足夠。正中央有張桌子，上頭平攤著幾張地圖。

「不必跟您打聲招呼嗎？」

「駁回。快坐下。」

領路人沒有進房。

沙德冷哼一聲，彷彿叫他別浪費時間。利瑟爾他們聽了也不再介意，直接走向桌邊。沙德坐在桌前，因薩伊站在他身邊，只有這兩個認識利瑟爾的人在場。

「劫爾，你剛才大顯身手耶，不坐嗎？」

「蠢貨。」

看見椅子只有一張，利瑟爾試著請劫爾坐下。

伊雷文已經重新打起精神，聽見這句話，他擺出一副無言以對的表情看著利瑟爾，劫爾也嘆了一口氣，叫利瑟爾快點就座。這段意想不到的對話，聽得沙德一瞬間僵在原地，因薩伊則有趣地笑了出來。

「你們看起來還真像邪惡地下組織的老大和幹部啊。」

看見利瑟爾坐在椅子上，二人隨侍在他後方，因薩伊促狹地吊起嘴角。

「之前，旅店的女主人倒是說過我們像『流浪王子和別有隱情的侍衛』。」
「之前我去教大哥打撞球的時候，人家說我們是『賭場老大和保鑣』欸。」
「至少不是『綁架犯和被害人』就好。」劫爾說。
為什麼這群人看起來就是不像正義的一方？
這話題聊起來出乎意料地熱絡，不過眾人察覺沙德的焦躁即將衝破臨界點，於是結束了這個話題。面臨前所未有的危機，領主大人忙到神經衰弱，得體諒他的辛勞才行。
「那麼，請問您找我們過來有什麼事呢？」
「你們握有什麼情報？」
沙德邊喝下咖啡邊說道，一看就知道那杯咖啡泡得很濃。他的語氣忿然不悅，卻問得理所當然。明知道他忙得不可開交，利瑟爾他們剛才為什麼還過來露面？理由只有一個。
為了告訴領主，他們手中握有可以提供的情報……還有，為了帶特產過來。
「關於石巨人的異常行動，我也接獲報告了。」
「一聽說冒險者獨自殺進敵陣，打倒了石巨人，咱們就想，除了你們絕對不可能是別人啦！」
因薩伊哈哈大笑，沙德卻神色險峻。
魔物行為異常的報告接二連三傳來，再加上利瑟爾不久前用了「對方」一詞，他據此推測出背後的原因。儘管只是猜測，這仍然令人難以置信，手中的情報太少了，他無法肯定。
「先說結論。這次的大侵襲是人為造成的嗎？」
竟然向冒險者尋求這個問題的答案，沙德對自己感到錯愕，對於利瑟爾握有答案與否卻確信不疑。明明只見過一次面，為什麼信任他到這種地步？這些疑問，現在都無關緊要。只要確定這是守護商業國最好的方法，那就夠了。

「我想，應該是一半一半。」

「什麼？」

這個事實誰也猜不到，利瑟爾卻毫不遲疑地表示肯定。

沙德不知道幕後主使者是誰，對於他的手段、目的也一無所知，但利瑟爾看來已經有了一定程度的猜測。

「這次的大侵襲本身應該是自然發生的現象……不，迷宮有可能是對方刻意隱藏起來的。即使如此，這仍然只是普通的魔物大侵襲而已。」

至於對方究竟是隱蔽了新出現的迷宮，還是以某些方式藏起了現存的迷宮，利瑟爾也無從得知。這一點並不重要。

「最接近實情的說法，應該是對方利用了大侵襲當中的魔物。」

「既然都知道這麼多了，老夫倒是希望你們剛才就直說啊。」

「我也是看見石巨人的行動才確定的。明知道會遭人反駁，我總不能自信滿滿地說出口呀。」

利瑟爾微笑道，因薩伊聽了也乾脆地點頭同意。

即使在那時候警告眾人這次的大侵襲是人為造成，也沒有人會相信。既然只是徒增混亂，利瑟爾也就沒有多說。

「我們剛剛在東門作戰，那裡的石巨人出現了異常行為。其他地方有什麼狀況嗎？」

「……東西南北四個城門附近，都出現相同的情況。」

「同時嗎？」

「大概沒錯。除了你們以外，沒有能殺到石巨人腳下的怪物，所以只能一一解決牠拋過來的魔物。」

怪物。利瑟爾和伊雷文看向劫爾，只見他擺出一副不悅的表情。

沙德看著這三人，並沒有拜託他們出馬。他的確希望盡早驅除石巨人，以免避難民眾遭遇不測，但是現在必須優先阻止幕後黑手。

眼下冒險者已經成功抵擋敵方的攻勢，他不能奢望太多而誤了大局。

「要阻止這場大侵襲，只能揪出主謀，或按照以往的方式將魔物全數殲滅？」

「不論選擇哪一種對策，都必須殲滅魔物。即使抓到罪魁禍首，自然發生的魔物大侵襲還是會持續下去。」

「但總不能以殲滅魔物為優先吧。」

暫且撇除劫爾不談，就算所有冒險者聯手清除魔物，也無法在兩、三天之內全數殲滅。這段時間，主謀不可能保持沉默。

「主謀是什麼人？」

沙德血紅的眼眸直盯著利瑟爾，目光鋒利，像是要揭發所有隱情。

「我沒有十全的把握喲。」

「說。」

儘管語調不客氣，沙德的眼神當中絕沒有任何命令意味。

假如利瑟爾要他低頭懇求，沙德肯定會讓因薩伊退出門外，然後低頭乞求利瑟爾幫忙。假如要求他展現誠意，他一定不惜動用所有積蓄。

即使如此，沙德也絲毫不會引以為恥。他會守住馬凱德這個城市，依舊保有領主的榮光與高貴。

「（雖然我不會做出那種事。）」

正因如此，利瑟爾才願意回應他的決心。沙德為了應該守護的事物拚盡全力，利瑟爾對他深感尊敬。

「『Variant=Ruler』，異形支配者。」

利瑟爾沉穩的嗓音道出一個名字，沙德聽了不禁咬緊牙關。

這種話怎麼可能相信，別騙人了——若不是他緊緊咬住牙齒，反駁的詞句早就脫口而出。聽見這個意想不到的名號，就連因薩伊都露出險峻的神情。

「我好像聽過這個人欸？」

「撒路思的魔物使。」

「對喔——」

同樣是第一次耳聞這件事，利瑟爾身後的二人看起來卻興趣缺缺。

只不過，縱使興味索然，二人仍然聽過利瑟爾口中的那個名字，不難想見這號人物有多麼知名。

「……我就相信你吧。」

「深感光榮。」

沙德從喉間硬擠出一句答覆，利瑟爾也瞇起眼笑著回應。

「老夫倒是搞不懂鄰國有什麼必要為難我們。」

「假如真是如此，你就中斷撒路思的物流運輸吧。」

撒路思是帕魯特達爾的鄰國，坐擁魔法學院，與魔法淵源匪淺。這個魔法之國最有名的魔法師，正是「異形支配者」。他位居所有魔物使的巔峰，是舉國無雙的天才，是魔法技術的開拓者——比起他的本名，為數眾多的別名反而更廣為人知，凡是魔法相關領域的人士，都視之為值得景仰的典範。

「假如？」

伊雷文不屑地啐了一句，因薩伊擺擺手要他冷靜。

「老夫的意思是，撒路思不太可能動什麼手腳啦。這時候跑來找咱們的碴，頭疼的是他們自己啊。」

「是喔。為啥？」

「沒有糧食誰都會頭疼吧？」

也就是說，萬一這是撒路思舉國謀劃的陰謀，馬凱德會斷絕他們的糧食供應。

沙德冷哼一聲，他和因薩伊都一臉事不關己的表情，看來不是開玩笑的，真可怕。

「看來是主謀單獨犯案了。」

「單獨犯案就能做到這個地步，真不簡單呢。」

換作是自己可辦不到。利瑟爾佩服地點點頭，又忽然看向沙德。

沒想到他二話不說便相信了。「異形支配者」聲名遠播，除非實際將罪魁禍首帶到面前，否則沒有人會相信他就是主謀。至少利瑟爾是這麼想的。

「不過，這也算是不幸中的大幸吧。」

抵達這個結論之前，沙德內心想必也是百般糾葛。瞧見他臉上的神情彷彿做了逼不得已的決定，利瑟爾重新打起精神，明朗地開口說道。

「畢竟比起單純的魔物行為異常，背後有人謀劃還比較容易解決。」

「什麼意思？」

聽見沙德詫異地這麼問，利瑟爾反而露出了不可思議的表情。

「魔物的行動沒有人能夠預測，不過只要有人為意志干預，我們就能推測今後的動向了，不是嗎？」

看見利瑟爾沉穩的笑容，沙德高速運轉的思緒一瞬間凍結了。

舉出異形支配者的名號，代表利瑟爾也風聞過這號人物，不可能不知道他的權威有多絕對、這位魔法師又有多麼超越常人認知。即使如此，利瑟爾的語調中卻沒有故作輕鬆的從容，也沒有嚴陣以待的緊張，像閒聊一樣說得理所當然。

「城門遭到對方擊破的可能性相當高。」

然而，沙德暫時停止的思緒，也立刻在強制之下開始運轉。

利瑟爾拿起桌上的筆，筆尖滑過攤開的地圖。他在圓形的城牆西側，標示著西門的地方打了個大叉，又畫出箭頭，從外側指向城內。

「那不是魔物有辦法破壞的城門。」

「我想，支配者大概已經動過手腳了。」

「你怎麼知道的？」

沙德響亮地咋舌一聲，狠狠瞪著地圖。

他不再懷疑利瑟爾了，無論是多麼難以置信的消息他都會接納。沙德也擁有身為商人的一面，既然說過要相信利瑟爾，他就不會食言。

「如果要潛入城內，只能從這邊進來，沒錯吧？」

「等一下，你的意思是，那傢伙已經——」

「已經混入城內了，應該不會錯。對他來說，待在城裡也比較方便。」

利瑟爾挪動手指，指向距離商業國有一段距離的地方。

「魔物大侵襲發生的時候，支配者必須待在城外，才能確認自己的魔法範圍是否涵蓋了所有魔物。」

利瑟爾指出的地方，正是魔物湧來的方向。

只要知道是哪一座迷宮引發了大侵襲，即可預測遭遇襲擊的是哪一座城市。等待大侵襲發生的期間，他有充分的時間可以準備。商業國遇襲，恐怕不是對方蓄意選擇的結果，只是這座城市剛好位於出事的迷宮附近而已。

沙德響亮的咋舌聲在室內響起，感受得到他的煩躁。

「成功操縱魔物之後，支配者就沒有必要待在城外了，他只要進入城內，從容不迫地指揮大侵襲就好。留在外面可能會遭遇其他魔物襲擊，城內不但安全，情報也會自動送上門來。」

接著，利瑟爾轉而指向西門。

「商業國遭到包圍的時候，城門已經全部關閉了。不過，其中一座城門打開過吧？」

「啊，原來是這個意思喔！」

伊雷文正百無聊賴地玩弄利瑟爾的頭髮，一聽之下，他驀地放開手叫出聲來。

「小子，你們沒聽他說過啊？」

「現在聽到啦！」

在劫爾和伊雷文看來，假如利瑟爾有意告訴他們詳情，不必多問他自然會說；而利瑟爾也覺得，同一段話沒有必要讓他們聽兩次。真搞不懂這些小子到底信不信賴彼此，因薩伊兀自點點頭。

「通往城外的地下密道只有一條。我們過來的時候走過一次，已經確認沒有遭人使用的跡象了。」

「你留了備份地圖？交出來。」

「別擔心，我只是記在腦中而已。」

總覺得利瑟爾話中帶著幾分得意，聽得沙德有點不悅。這段對話當中值得他洋洋得意的時機多得是，為什麼偏偏選在這個時候？

「話是這麼說，但那傢伙也不一定會在西門動手腳吧？」因薩伊開口。

「你剛剛特地看過城門吧。」劫爾問。

「結果咧？」

「不清楚。支配者那種等級的魔法師認真隱藏起來，老實說我也看不出所以然。」

細看之下，頂多只會覺得好像有什麼機關，卻無法肯定。若非經過隱藏，利瑟爾甚至能夠辨認那是什麼樣的魔法。

「不過依照他的性格，他一定很喜歡精心策畫的戰術，而且關鍵的一擊非由自己親自動手不可。嗯……」

利瑟爾尋思似地輕觸唇邊。

「城門是眾人拚命守護的關口，假如能控制住城門，那就代表一切都在自己的掌控之中。他不曾懷疑自己的天分，卻喜歡證明自己有多優秀，是那種看見別人東奔西走會產生優越感的類型。」

利瑟爾描述的人格特質，並不是傳聞中異形支配者的性格。

傳說中的支配者充滿謎團，他鮮少在人前露面，厭惡與人來往。至於人格特質，也只有零星的傳聞指出他是個態度高壓的人，除此之外沒有任何線索。

既然如此，為什麼利瑟爾說得如此肯定？

「你見過他？」

「不，沒有當面見過。只是……」

利瑟爾說著，拿出一本書。雖然他沒幫自己配上「鏘鏘」的音效，不過可以感受到幾分得意。

「各位也許覺得這只是紙上談兵，不願意聽信，不過作者的性格其實不難看穿。」

利瑟爾說道，指向書籍作者的名字。從書名可以看出那是一本魔法研究書，標題底下寫著作者姓名，正是話題中心那位魔法師的名字。

「他的書非常難讀。乍看之下好像是創新的寫法，但是對於我們這些看過無數研究書籍的讀者來說，這本書只是刻意偏離基礎，因此顯得新奇而已。」
內容確實是很厲害沒錯，這位書痴又補上一句。一反平時沉穩的態度，批評書籍的時候，他的措辭也顯得有些嚴苛。
「字裡行間彷彿在說『反正也沒有人能夠理解』、『我的理論才是真理』，自我意識高得都從文章當中流露出來了。」
「爛透了。」
「讀起來反而有點意思，所以我忍不住買了好幾本。」
利瑟爾接連拿出幾本研究書，並排在桌上。跟書迷只有一線之隔嘛，劫爾看了心想。利瑟爾那副說得興高采烈的模樣，看了更是一言難盡。
「你是叫我把那些書當成判斷依據？」
「我沒有強迫的意思。」
沙德那樣想也很正常，利瑟爾說得乾脆。
但是，利瑟爾從小閱書無數，對於作者感興趣的時候，他也有不少機會與對方直接會面。加上利瑟爾識人的眼光優秀，這些經驗足以將他的推論昇華為確信。
「剛才東側魔物的中樞，也就是石巨人已經剷除了，東門的冒險者也正以驚人的氣勢討伐魔物。」
利瑟爾他們不久前才剛離開東門一帶。
東門的事態是誰造成的，自然無須多言。異形支配者還沒有發現，這裡出現了足以搖撼他自尊心的人物。

「出現了實力高強的戰士，能夠瞬間斬殺最深層等級的石巨人，再加上消滅魔物的速度也隨之提升，這絕對不是支配者樂見的情形。他的自尊不會允許這場大侵襲像以往一樣，透過單純的殲滅魔物收場。」

利瑟爾再次指向西門。

「所以，現在就是他破壞城門的最佳時機。」

這一次，所有人都深深理解了他的意思。

有人忿然不悅，有人兀自沉思，有人興味索然，有人則顯得相當愉快，四個人的視線落在桌上，看著那一點也不像冒險者的平整指尖。

「他打算藉此減緩殲滅魔物的速度？」

「讓魔物衝進城內，分散冒險者的人手？該怎麼說，好拐彎抹角喔。」

「如果這是場實驗，主謀一定不希望太早結束吧。」劫爾說。

「畢竟是難得的機會呀。」

既然這只是擾亂敵方的戰術，魔物應該不會全數湧進城內。採取適當對策，即可將受害程度壓到最低。

「這也就是說……小子，你刻意把破壞城門的時機誘導到這時候啦？」

「比起城門不知道什麼時候會遭到破壞，還是速戰速決比較妥當吧。」

不好嗎？利瑟爾露出不可思議的表情。因薩伊見狀哈哈大笑，接著伸出手。

那隻大手覆上利瑟爾頭頂，毫不客氣地揉了幾下，又離開了。利瑟爾眨了眨眼睛，立刻露出溫煦的微笑。

「被誇獎了。」
「開心嗎？」
「沒想到還滿開心的。」
聽見劫爾的問句，利瑟爾老實點點頭，沙德則在一旁定睛凝視著他。
確實如此，這時候破壞城門，總比士兵筋疲力竭之後遭到破壞好太多了。一旦知道破門時機，也不必白費多餘的兵力時時戒備。利瑟爾第一次前來會面只是不久之前的事，在這麼短的時間之內，他便能想到這一步，還付諸實行。
「……那麼，我方的對策還是掩人耳目為上。」
利瑟爾說，異形支配者是「對於優美的戰術抱有優越感」的人。
既然如此，他的水準根本無法與利瑟爾相提並論。利瑟爾這麼做無所謂優越感，也沒有任何情緒。他完美達成目的，卻做得如此自然，手腕顯然遠遠凌駕於支配者之上。
「是啊，難得掌握了這個時機嘛。」因薩伊附和。
「對方動的那些手腳，其他魔法師無法應付嗎？」
「和他同樣等級的魔法師也許有辦法，至少憑我的能力是辦不到的。」
異形支配者好歹也是人稱魔法權威的男人，看來希望渺茫。
沙德立刻捨棄了這個可能。他將門外待命的引路人叫進房內，接連指示魔物湧進城內的對策，以及強化避難民眾聚集場所周邊的圍欄等等。
聽完指示，引路人迅速退出門外。沙德目送他離開，銳利的目光沒有因此放緩，他立刻瞪向地圖。

「你說主謀已經潛伏在城裡了？」

「是的。」

地點沒有人多問。

「領主官邸前廣場，沒錯吧？」

「應該不會錯。」

混在避難民眾當中進城，前往廣場也完全不會顯得突兀。情報自然匯集於此，他的安全在此受到保障，廣場的位置也適合他掌控東西南北所有方位。

幕後主使者，此刻正安坐在擠滿了避難民眾的廣場上。

糟透了。沙德蹙起臉來，利瑟爾安慰他道：

「支配者應該不想暴露身分才對，他不會對避難民眾出手的。」

「也就是說，一旦有身分敗露的危險，身邊多得是人質隨他用喔？」

「嗯，就是這麼回事啦。」

伊雷文這句話充滿不可思議的說服力，因薩伊乾脆地點頭同意。

本來還以為多少會有人駁斥幾句的，伊雷文一臉掃興，嘟起嘴嫌無聊。劫爾受不了地嘆了口氣。

「即使事情演變成那樣，我想應該也不會有事。」

「駁回。為什麼這麼說？」

「這方面我也完全無法預測，請您不要有所期待。」

接下來，利瑟爾他們開始討論逼出支配者的方法。談了一會兒，遠方忽然轟地傳來爆炸聲，窗戶也隨之微微震動。

「伊雷文。」

是西門遭到破壞了。明白過來的瞬間，利瑟爾頭也不回，直接喚了伊雷文一聲。

伊雷文聞言吊起唇角，握住袖口滑落的兩把小刀，一揚手射了出去。在爆炸傳來的些微震動當中，小刀宛如抵銷震幅般刺上天花板，同一時間，不知何處響起一聲高亢的笛聲，聽起來近似鳥鳴。

「原來你們是用聲音聯絡呀。」

「也是，活動範圍這麼廣，大概沒別的方法。」

「是不常用啦，太引人注目了。」

三人的對話一如往常，利瑟爾卻忽然向沙德露出苦笑。

「這是必要的暗號，請您原諒他吧。」

「看這樣子，該乞求原諒的應該是咱們才對啊。」

因薩伊哈哈大笑。沙德則是苦澀地咋舌一聲，他眼中映著自家護衛的身影，伊雷文手中握著劍，直指護衛的脖頸。

劍尖抵在頸子上，力道即將刺破皮膚，不允許任何輕舉妄動。護衛潛伏在暗處，實力足以在緊急時刻迅速行動，此刻卻被眼前面露嘲笑的男子消遣似地攔了下來。

「……放開他吧。」

「伊雷文。」

劍尖乾脆地移開，護衛退到沙德身後。「不必提防這些傢伙了。」沙德交代下去，護衛行了一禮，便從屋內消失了。

「西門那邊的對策已經傳令下去了，也沒有必要發下新的指令。你們解釋一下剛才的行為吧。」

沙德像要轉換氣氛似地深深呼出一口氣，揉著眉心。那聲嘆息聽起來疲倦到了極點。

「這是老夫的房子啊。」

「欸？我也是不得已嘛。」

「至少把刀子拔下來吧，小夥子。」

所有人的目光都集中在天花板那兩把小刀上。

因薩伊抱怨個沒完，伊雷文也同樣抬頭看著天花板。「搆不到啦……」才剛說完，只見他忽然揚起胸有成竹的笑容看向劫爾。「哪可能隨便讓你踩？」劫爾不留情面地回絕了。

「那是請他們現在動手破壞的暗號……不，本來我也不知道實際打暗號的方式就是了。」

「破壞什麼？」

「魔力增幅裝置。」

利瑟爾接連在地圖上指出幾個位置。一共八個點，圍繞在商業國周邊，以都市為中心，大致分布於均等的位置。

「即使是位居巔峰的魔法師，也不可能獨自操縱這麼大量的魔物吧。」

對方想必準備了某種裝置，藉以補助魔力、朝各個魔物發下指示。因此，甫一抵達商業國，利瑟爾便立刻指示精銳盜賊搜索周遭。他只告訴他們概略的可能位置，精銳盜賊便找到了目標，實在相當優秀。

「無法破壞嗎？」

「沒有實際看到裝置，我也無法肯定……不過，還是避免完全阻絕對方的支配比較好。」

隨便破壞主謀的計畫，可能導致廣場上的避難民眾身陷險境，這麼做並非上策。看不透對方的下一步行動令人焦急，沙德蹙起眉頭，表情苦澀不堪。

「不過，第一個裝置已經破壞掉了。」

「什麼？」

「打倒東門的石巨人之後，我們立刻破壞了一個裝置。那隻石巨人想必位於指揮系統的頂點，剷除牠本來就足以造成命令系統發生差錯，運氣好的話不會被主謀發現。」

畢竟，支配者應該也是首度嘗試將魔物化為一支軍隊。

發生前所未料的狀況也是理所當然。即使是以天才自負的異形支配者——不，正因為他自詡為天才，所以一定明白意料之外的狀況本來就有可能發生，他絕不會認為這是因為自己力有未逮。

假如支配者發現裝置遭人破壞，利瑟爾本來打算採取其他對策，不過看對方事後的反應，應該還沒有被發現。

「也就是說，剛才的暗號是第二個了。這次是哪裡的裝置？」

「西門。」

第二個裝置，正位於剛才遭到擊破的城門附近。憲兵早已有所準備，他們想必正在確實剷除衝進城內的魔物。

「東門的魔物殲滅速度提升，並不只是因為士氣高昂的緣故。魔力增幅裝置遭到破壞之後，魔物的統率出現漏洞也是一個原因。」

「破壞了第二個裝置，等於阻礙魔物入侵？」

「希望這麼一來，魔物稍微容易應付一些。」

異形支配者必須全神貫注誘導魔物，不一定會發現裝置遭到破壞。

當然，沒有發現是最理想的，利瑟爾沉穩地這麼說道。對於眼前這個人，沙德已經放棄了所有驚愕與猜疑，他皺起那張染上疲勞色彩卻依舊美麗的容顏，硬是說服自己。

「嘿咻！」

「哦，小子，差一點啊。」

「動作快點。」

伊雷文正將手撐在劫爾肩膀上，朝著天花板上的小刀奮力跳躍。利瑟爾以眼角餘光瞥見這一幕，逕自站起身來，表示該說的話都說完了吧。

沙德沒有多說什麼，只是切身感受到，以利瑟爾為優先確實是正確的判斷。

「拔下來了！」

「那麼，我們差不多該告辭了。」

「小夥子，你們要到哪去啊？」

「總之先去看看西門的狀況……啊，一般這種情況該在哪裡過夜呢？」

「都是在城牆前面隨便打地鋪吧？」

「冒險者的待遇大抵都是這樣。」劫爾也回答。

「搞什麼，那可不行啊。」因薩伊說。

一行人帶著和樂的氣氛漸行漸遠，沙德略為放鬆了肩膀的力道，望著他們離去的背影。該處理的事還多得是，但不可思議的是，他緊繃的神經似乎稍微鬆懈了一些。確認房門已經闔上，他雙手抱頭，將手肘撐到桌上，手掌遮住眼睛，喉間漏出低沉的輕笑。

「雷伊那個笨蛋，沒想到偶爾也懂得做點好事。」

想起將利瑟爾引導到自己面前的那位舊識，這恐怕是沙德生平第一次對他心懷感謝。他站起身來，再次抬起臉的時候，那張面容上已經沒有疲倦的色彩。

39

他煩躁難耐地望著眼前嘈雜的人群。

同時，看著眼前的光景，他心中懷有一股確切的優越感。

民眾在恐懼中失去冷靜，憲兵們為了安撫群眾而四處奔走。自己帶來的現象掌控了一切，這種感受卻不足以使他沉浸到陶醉的地步。

這也就表示，他一向認為與一國抗衡只是易如反掌的小事。

「（以樹狀方式支配的情況下，果然只要頂點遭到打擊，就連末端都會受到影響。）」

為了解除民眾的不安，憲兵會在每一次傳來重大戰果的時候加以公告。他剛剛發現一部分的魔力無法順利傳導，果然聽見憲兵宣布關鍵的石巨人遭到討伐了。

「（不過要支配如此大量的魔物，讓高階率領低階個體是必要條件。）」

這本來就是一場實驗，即使多少有些失控，但仍然在容許範圍之內。

這點程度的打擊不可能動搖自己的掌控，他將支配的關鍵轉移到下一頭魔物身上。支配力量多少會減弱一些，但不會中斷他的操縱。

「（沒想到有人能打倒那隻石巨人。）」

東側戰況不利，假如足以討伐石巨人的戰士就在東側作戰，這也不意外。

冒險者全都是些頭腦不靈光的肌肉莽漢，不過他也知道，有些人憨直地將此道修鍊到了極致的境界。正因為明白自己的天賦之才，儘管領域不同，他不會懷疑他人的才華。

物以類聚，自己出眾的才華，果然也吸引了優秀的人才嗎？他諷刺地冷笑一聲，將意識集中到西門。

「好了，你們就拚盡全力阻止看看吧。」

他爆破城門，同時下令低階魔物衝進城內。

沒辦法親眼見到眾人無計可施的狼狽模樣，多少令人有些惋惜。

「在國家的守備力量面前，就讓我試試大批魔物可以進攻到什麼地步吧。」

基本上，迷宮的魔物在白天活動較為旺盛。

迷宮若有晝夜之分，魔物會按照天色作息；即使是常晝、常夜的迷宮，魔物也會按照外界的時間活動。在迷宮引發的魔物大侵襲當中，這點依然不變。

「再過不久太陽就要下山了，只要撐到那時候就好。」利瑟爾說。

「嗯？晚上不能操縱喔？」

「異形支配者也無法違逆迷宮的規矩呀。」

這裡是因薩伊旗下的一間店鋪，從這個房間可以清楚看見西門的破壞情形。

臨時打造的堅固護欄擋下了入侵的魔物，利瑟爾他們三個人正好整以暇地望著這幅光景。衝進城內的魔物也順利剷除，看來這次的事件不會引發太大混亂，狀況再過不久即可控制住。

「那入侵行動差不多要停止了。」

「對啊，不然把那些魔物弄進來也沒用嘛。」

「迷宮的魔物在晚上有那麼不好動呀？」

利瑟爾不曾造訪過夜晚的迷宮。

他坐在窗邊的椅子上，訝異地看向另外二人。劫爾和伊雷文都經驗老到，他們同樣望著窗外，邊回想邊開口說道。

「該說是不好動嗎，總之不太會主動攻擊就對啦。」

「走過牠眼前還是會被攻擊就是了。」

「那只要待在原地不動就可以休息囉？」

「話是這樣講啦，但有的魔物還是會到處閒晃啊。」

夜晚的魔物比白天棘手許多，在迷宮裡過夜仍然必須保持警戒。

不過商業國有城牆保護，晚上安全無虞，憲兵和冒險者一定也可以安心歇息。

「喂，一隻。」

「啊，終於有一隻了。」

夕陽即將西沉的西門門口，一頭魔物以意想不到的方法越過了柵欄。

利瑟爾一揮手喚出魔銃，槍口鎖定西門的方向。一道槍聲響徹商業國的市街，那頭魔物隨後倒落地面。

追著魔物跑來的憲兵環視四周，但沒有發現利瑟爾他們。憲兵警戒了一會兒周遭的狀況，便戰戰兢兢地將魔物屍體拖走了。

「嚇到憲兵了呢。」

「不意外。」

「平常踐成那樣，結果連一隻魔物都攔不住喔，雜魚。」

「剛才那隻不能怪他們呀，那是支配者的玩心。」

幾隻魔物彼此合作，發動了出其不意的聯合攻勢。

大部分的魔物已經逐漸失去戰意，正因如此，支配者才在一天即將結束之際發動這種攻擊。明天以後，憲兵勢必得持續戒備類似的攻勢。

「策略相當精明呢。」

「隊長，你辦不到喔？」

「我沒有操縱魔物的資質呀。」

「倒是很懂得怎麼使喚人。」

怎麼說得這麼難聽，利瑟爾不禁苦笑。這時候，門口忽然傳來敲門聲。

「打擾了，晚餐已經準備好了。」

「我餓扁了！」

房門打開，站在門外的是先前造訪商業國的時候，將利瑟爾和劫爾帶到因薩伊面前的那位男店員。

聽見伊雷文這麼說，店員微微一笑。他是正值事業巔峰的年紀，沉著的態度與年齡相應，一點也不像身在魔物大侵襲當中，不愧是在因薩伊身邊工作的員工。

「再請各位方便的時候移駕到餐廳。」

「謝謝你。」

在因薩伊的介紹之下，這位店員帶領利瑟爾一行人來到這間店鋪，之後便留在這裡為他們打理生活起居。這想必是因薩伊的指示，不過……利瑟爾有些不可思議地目送他離開。
「有他在確實幫了大忙，所以沒什麼關係……但這位店員是派來監視我們的嗎？」
「那只是部分原因吧。你以為那老頭是誰的爺爺？」
「啊……我還覺得他們一點都不像咧，原來是像在這種地方喔！」
原來如此，利瑟爾也恍然大悟。
他常常好奇自己究竟擁有什麼特質，才驅策賈吉如此賣命，沒想到這點連因薩伊也一樣。對於他們細心體貼的照料，利瑟爾總是感激不盡。
伊雷文說他快餓得前胸貼後背了，於是三個人在他的催促之下走出房間。
「他們祖孫原來像在這種奇妙的地方呀。」
「賈吉我還可以理解啦，但那個爺爺一點也不像會為別人付出的人欸。」
「反正那老頭自己愛這麼做，你就隨他去吧。」
有價值的人物，就必須擁有相應的待遇。祖孫這種商人獨特的堅持，總是朝著意想不到的方向全力發揮。
後來，三人享用了一頓豪華全餐等級的晚餐，一回到房間，床鋪已經優美地鋪整完畢，其他雜務也打理得完美無缺。看見店員最後鞠躬道了聲「請好好休息」，退出房間，一行人忍不住想：店員的定義到底是？
賈吉也好、這位店員也罷，未免也太全能了。
到了準備就寢的時間，利瑟爾沒有鑽進被窩，只是坐在窗邊往外眺望。

市街中夜幕低垂，城牆上點著篝火。清風吹來，從西門的方向帶來幾許喧囂，反而襯得夜色加倍寂靜。

平時，這裡攤販的燈火徹夜不熄，此刻卻僅有行人手中的提燈，偶爾孤零零晃過街道。看在商業國的居民眼中，這光景一定落寞得令人心酸吧。利瑟爾這麼想著，翻開了一本書。

伊雷文看著這一幕，嘴巴嚼個不停，含混不清地開口：

「隊長是不是又有啥心事啊？」

「不要邊吃東西邊講話。」

他朝著正在保養大劍的劫爾走過去，只換到冷冰冰的一句訓話。

伊雷文也不在意，逕自吞下手中的溫熱三明治，那是店員給他的宵夜。閒著也是沒事，他判斷劫爾不會搭理他，於是走到利瑟爾身邊，一屁股坐到地板上。

「你在想什麼呀？」

高度正好，伊雷文將頭靠到利瑟爾腿上，那人纖細的手指便伸過來，溫柔地梳理他的頭髮。那觸感使得伊雷文唇邊浮現心滿意足的笑意，他又接著開口。

「趕快揪出幕後黑手，把他幹掉不就解決了？」

「嗯……這件事確實是早日解決比較妥當。」

伊雷文抬眼望向他。利瑟爾微微一笑，手指仍然梳理著他的紅髮。

「尤其商業國更是如此。」

商業國是人潮、物流絡繹不絕的都市。

光是交易停止一天，就足以造成莫大損失，盡早解決這次的大侵襲不僅能贏得群眾的掌聲，城市的損失也能早日止血。反過來說，一旦時間拖長，人潮與物流停滯不前，有可能造成商業國致命的損傷。

「更別說領主還是平民出身。」劫爾說。

「他們家從平民變貴族都已經過了三代了欸？」

「只有三代遠遠不夠呀。」

利瑟爾苦笑道。是這樣喔？伊雷文完全不懂，劫爾在一旁無奈地嘆了口氣，他也無法理解。

利瑟爾這麼說，並不是對沙德有什麼意見，這點他們都明白。言下之意在於，嫌沙德礙眼的那種貴族都是死命抓著昔日榮光不放的人，三代的歷史對他們而言實在欠缺說服力。

「只不過，最快的方法也不一定是最好的方法。」

利瑟爾的嗓音裡帶著笑意，他觸碰髮絲的指尖撫上伊雷文頰邊的鱗片。

中指輕觸鱗片的觸感，舒服得伊雷文瞇起眼睛，抬頭看著那張沉穩的臉龐。他不滿那雙寵溺的眼睛仍盯著書頁，於是轉過頭去，雙唇湊近那人滑過臉頰的手指。

伊雷文緩緩含住他的指尖，輕輕啃咬。利瑟爾這才看向他，那雙紫晶色的眼瞳裡帶著無可奈何的笑意。伊雷文見狀，終於鬆開嘴唇。

「怎麼了？」

「沒事！」

利瑟爾開玩笑地捏了捏他的臉頰，伊雷文吊起嘴角笑了。啪答一聲，傳來書籍闔上的聲音。

「喂，你別這樣打擾人。」

「我一點也不打擾好嗎——」

劫爾受不了地念了他一句。伊雷文回話的語調中滿是愉悅，他翻過身，後腦杓往利瑟爾的膝蓋上蹭了一陣。這時，他察覺利瑟爾準備站起身，於是抬起頭來，回身看向他。

「伊雷文看起來也閒得發慌，我們稍微出門一趟吧。」

「真假，太棒啦！」

伊雷文輕巧地站起身來，看著利瑟爾一邊跟劫爾交談，一邊披上冒險者裝備的外套。這時間出門，不太可能只是去散步。他自己也迅速披上外套，繫好雙劍，搶先走出房門。

「要外出嗎？」他聽見店員這麼問道。

「大哥，感覺你在外面會隱形欸。」

「吵死了。」

伊雷文探頭看向房內，看見劫爾換上一身黑衣，於是開玩笑損了他一句。

這時候，只見利瑟爾忽然看向窗外。夜空深沉，連月光都幾不可見，他仰頭望天，輕啟雙唇。

「——……」

他輕聲呢喃，面露微笑，但伊雷文聽不出他說了什麼。

即使是夜半時分，商業國的要人也無暇休息。

眾人致力於擬定對策、掌握現況，連睡覺的時間也捨不得浪費。沙德身為所有要人之首，自然沒空休息，也不打算休息，所有人都為了守護商業國四處奔走。

縱使撐過了一天，還是不容許任何鬆懈，今天實在發生太多事了。

沙德沒有將幕後主使者的事告訴任何人，畢竟這件事太過難以置信，恐怕有引發內部不和之虞。眾多要人因此無法掌握全局，但是他們完全沒有亂了陣腳，依然勉力完成工作。

「沙德，休息一下吧。」

「駁回。」

為避難民眾發放的援助物資、炊煮餐食都已經安排完畢，也報告過冒險者和憲兵的損害狀況之後，各單位的要人已經前往各自的工作現場露面。沙德在空蕩的室內長吁了一口氣。

「別說這個了，物資還能撐幾天？」

「遠近馳名的商業國不可能一兩天就斷炊啦，不必跟商店徵收物資，也可以撐過兩週。」

「那就好。」

沙德頷首，開始瀏覽傳令人員剛拿過來的文件。

那是西門損害狀況的報告。西門正一邊戒備魔物的動向，徹夜趕工修繕城門。當然不可能立刻恢復原本的狀態，只是加固現有的圍欄重新打造出簡易城門而已。

只是……沙德蹙起眉頭。

「主謀會輕易放棄手中的優勢嗎？」

「咱們已經增加警備人力啦，現在魔物也按兵不動。」

幕後主使者真的會眼睜睜允許我方重新築起城門嗎？

利瑟爾說，主謀安插在城門上的機關只能發動一次。所以沙德才將西門的警備兵力加強數倍，以防事態有變，同時一邊進行修繕工程。另一方面，幕後主使者恐怕不會離開廣場。

「能夠做出這種驚人之舉，他毫無疑問已經到達魔物使的最高峰了。明明可以在群眾簇擁之下享受高人一等的優越感，為什麼要做出如此瘋狂的行為？真是費解……這個，拿去給憲兵總長。」

「人一旦握有力量總會想活用它，就是這麼回事囉。不管是庸才還是天才，這一點都一樣啦。」

這裡只有沙德和因薩伊，以及幾位護衛在場。

接下沙德的命令，其中一名男子走出門外。他本來是護衛，卻被當成文件遞送員使喚，看他習以為常的模樣，顯然領主平時就常常交辦這種工作。

男子前腳剛走出去沒多久，宅邸內忽然掀起一陣騷動。

「請恕屬下失禮！」

「怎麼了？」

剛走出門外的護衛匆匆忙忙衝了進來，神情焦急，看來不是好消息。沙德於是皺著臉問了一句。

「魔物發動了奇襲，現在這棟宅邸正遭到眾多魔物攻擊。」

「沒有傳來城門被攻破的消息。」

「啟稟領主大人，是魔鳥。」

魔鳥——那是鳥型魔物的通稱。

沒想到敵方會從空中發動攻勢，沙德響亮地嘖了一聲。魔物展開大侵襲至今從來沒看見魔鳥出現，他們因此疏忽了對空的警戒，怎料被對手將了一軍。

說到底，幾乎沒有聽說過魔鳥飛進城牆內側攻擊人類的案例。魔鳥個性謹慎，總是在遠離人居的地方築巢，從來不會接近城市。

「被鎖定了嗎……！」

「看來領主的行蹤敗露啦。」

周遭只覺得這是魔物的異常行為之一，但通曉內情的人一看就知道不對勁，這次襲擊顯然是瞄準領主而來。

「哎，畢竟利瑟爾那小子也自己找到這裡來啦，猜到領主的所在地並不是不可能。」

「再怎麼墮落還是個天才嗎……」

對方的陰謀在利瑟爾手中輕易敗露，他們差點忘了幕後黑手是個坐擁無數響亮名號的魔法師，知道領主坐鎮的地點也是理所當然。

無視於周遭攔阻的聲音，沙德走向窗邊，從窗簾的縫隙間窺視外頭。幽微的照明當中，有道影子一瞬間飛過。今晚月光微弱，在黑暗中與這種敵人交手實在太過不利。

「對方不像這麼早就來直取敵將的人物哪。」

「應該不是吧。那傢伙說這是主謀的實驗，如果真是這樣，對方肯定另有目的。」

「沒想到你這麼信賴他。」

因薩伊哈哈大笑。沙德聞言滿臉不悅，卻沒有回嘴。

從門的另一端，傳來憲兵總長發下號令的聲音，想必他打算召集各處的憲兵前來支援。

這麼做等於宣告領主就在這裡，不過既然所在地已經敗露，那也無所謂了。

「…………」

「啊？」

這時，忽然響起「叩」一聲，是敲擊窗戶的聲音。

「伯爵──」

「開窗。」

護衛正準備請領主退出室外，沙德卻一聲令下，打斷了他的話。

那顯然不是魔鳥發出的聲音。護衛先請沙德退到安全距離之外，接著拉開窗簾。下一秒，在場所有人都在震驚之下提高戒備。

一名男子頭下腳上地懸吊在窗外，他看著沙德，手上拿著一封信揮呀揮。

「伯爵大人，該怎麼辦？」

「……放他進來。」

「這……不，太危險了……」

「駁回。他大概不會造成危害，把窗戶打開。」

那人確實是沙德從來沒有見過的生面孔。

男子明明倒吊在窗前，額前的長瀏海仍然文風不動，完全遮蓋住他的眼睛。服裝也是輕裝打扮，看起來不像憲兵，也不像冒險者，但沙德見過他手中那封信。

利瑟爾交給沙德的那封雷伊親筆信，用的正是相同的信封。至於利瑟爾再次弄到這東西的管道……肯定是某位快活男子親自交給他的吧。沙德如此想道，狠狠瞪向倒吊在眼前的男人。

「殺氣這麼濃厚，我會不好意思啦。」

男子滑進打開的窗戶，降落在狹窄的窗框上。他靈巧地蹲下身來，手肘撐在腿上大剌剌地說道。

這不是晉見領主該有的態度。護衛紛紛顯露敵意，男子卻滿不在乎地遞出手中那封信，由護衛轉交到沙德手中。

「寄件人就是你猜的那個人沒錯啦。」

男子輕佻地笑著說道。沙德瞥了他一眼，俐落地單手打開摺疊好的信紙。

信件內文出乎意料的簡短，省去型式上的繁文縟節不提，大意只說了「詳情請您詢問那個人」而已。

「那小子在奇怪的地方還真隨興啊。」

聽見因薩伊這麼說，沙德深感同意。既然還有餘暇寫那些節令問候語，怎麼不寫清楚眼前這男人是誰？

又或者，他可能是刻意不寫的。沙德看向那名蹲坐在窗沿的男子，只見他唇邊浮起好整以暇的笑容。

「解釋清楚。」

這傢伙相當習於挑釁別人。沙德在心裡嘀咕道，表面上不改平靜的態度，敦促對方開口。男子聞言放下了撐在腿上的手臂，直起上半身。

「不，我也只負責轉達那個人的口信而已。『假如遇上敵襲，眼前這些人就是您的援軍。對方這波攻勢的目的不在於襲擊領主大人，只是為了誇示他已經掌握了您的所在位置，因此最好不要將戰力集中到這裡。情勢雖然危急，不過這是今天最後一波攻擊了，請加油哦。』以上。」

「……戰況已經不利到需要援軍了？」

「是，屬下深感慚愧。照明不足，難以應付來自上空的奇襲，已經有三成憲兵因此負傷。」

這也不意外。魔鳥是棘手的魔物，甚至有許多冒險者不擅長對付，現在卻得由憲兵出面迎戰。事前沒有機會進行對抗魔鳥的訓練，再加上時間又是夜晚，勢必陷入苦戰。

「你們有辦法應付那些魔鳥？」

「誰知道呢？」

男子說得輕佻，沙德咋舌一聲，毫不掩飾自己的不快。換作是膽子小一點的人，看見領主這種態度會立刻心生畏縮，眼前的男子卻反而加深了笑容，看起來愉悅得不得了。

儘管令人不快，這男子仍然是利瑟爾派來對抗敵襲的人物。既然如此，他就不可能無計可施，沙德也沒有理由回絕。

「傳令給憲兵總長，不必從其他地方調派兵力。」

「你也懂得變通了嘛。別擔心啦，口才是商人最大的武器，藉口儘管交給老夫來掰吧。」

因薩伊說完便走出門外。沙德沒有回頭看他，只是直盯著遮住雙眼的男子。

「我撿回一條小命啦。」

男子笑道，從腰間拔出小刀，動作自然俐落。

身邊的護衛見狀加強了警戒，沙德沒有加以制止，眉間的皺摺蹙得更深了些。

「不過，既然貴族小哥願意幫你，這反應也不意外。」

「難道我看起來就這麼愚鈍，連最好的做法都分辨不出來？」

「幸好不是，否則我們就要被修理啦。」

言下之意，是有人不允許利瑟爾的善意遭人拒絕吧。一旦遭到拒絕，眼前這些傢伙身為那個「某人」的手下，一定也沒有什麼好下場。

「我接受援軍。告訴我，你們是什麼人？」

利瑟爾在信中提到「他們」，可見有數人潛伏在附近，卻連沙德手下擅長隱匿行蹤的護衛也無法察覺他們的氣息，其實力可想而知。

「什麼人喔？你可以說我們是道具，也可以說是用過就丟的棋子，或者說是……寵物？」

男人說得輕描淡寫。

接著，只見他把玩著手中的小刀，側過肩膀，手指朝著窗外招了招，應該是暗號。下一秒，魔鳥短促的慘叫聲立刻響起，有什麼東西從窗外掉了下去。

真快，這些人的實力無庸置疑。

「那傢伙說你們是道具？」

「不，我們的飼主不是那個人啦。只是飼主對那個人著迷得要命，所以我們也聽令於那個人……而已！」

男子一回身，順手砍向襲來的魔鳥。

那把刀砍在魔鳥長有利爪的腳掌上，牠撞上牆壁，往下墜落。失去腳爪的魔鳥發出淒厲的叫聲，奮力振翅往上飛，男子看也不看牠一眼，逕自抓住窗框，穩住身體。

他隱藏在瀏海底下的目光，直勾勾盯住沙德。

「不過，你可別誤會啦。」

男子就這麼緩緩後仰，向後倒下。

「我們是道具，但選擇使用者的是我們自己。」

身影即將消失之際，他嘴邊浮現一道深沉幽暗的笑容，精準體現出他的本質。

膽敢妄想使喚我們，我們會殺了你。還愛惜小命的話就別跟我們扯上關係，我們也不會輕易把發號施令的地位交到你手上──笑容裡包藏了這所有暗示，顯得過於奇異詭譎，所有人眼睜睜看著男人從窗口落下，沒有一個人跑向窗邊。

「無法駕馭的道具，我也沒興趣使喚。」

一片寂靜當中，沙德獨自低語。接著，他立刻重新開始辦公，好像沒空在乎魔鳥一樣。身邊的護衛顯得不知所措，沙德只下令他們加強守備，又望向男子消失的那扇窗戶。窗簾已經拉上，那裡什麼也看不見。

「（真虧他有辦法使喚那種人物。）」

縱使飼主命令他們服從於誰，那群人也不可能老實聽話，但他們卻聽令於利瑟爾。對於沙德而言，知道這一點，已經是足夠的收穫了。

這表示利瑟爾制住了那群人──制住了那群盜賊團的餘黨，那個對商業國造成重大損失、現在已經毀滅的盜賊團。

「連冠冕堂皇的理由都準備好了，想得真周到。」

簡而言之，利瑟爾的用意就是叫他們「去好好賠個不是」。

不過，沙德身為商業國的領主，可不能欠盜賊人情，因此利瑟爾才會讓盜賊帶信過來。如此一來，盜賊們就成了道具，同時沙德積欠人情的對象也換成了利瑟爾。

沙德正是隱約察覺到這點，才會問他們究竟是「什麼人」。

「（他說，這是今天最後一場襲擊……）」

想到這裡，一個念頭忽然掠過腦海。預測到這波攻勢，又及時採取對策的那號人物，現在不曉得身在何處？

聽因薩伊說，利瑟爾一行人好像在他的其中一家店鋪落腳。沙德覺得他不像是那種派援軍過來勞碌，自己卻從容入睡的人……這也難說，利瑟爾這麼做好像也不奇怪。既然都說這是最後一波攻擊，那就更不意外了。

「……！」

想到這裡，沙德忽然猛地站起身來，力道差點沒掀翻椅子。

他突然間理解了這場襲擊的用意。利瑟爾說，這波攻勢目的不在於襲擊領主，又斷言攻擊會就此結束。他不是說過嗎，幕後主使者偏愛精密策畫的戰略，所以這場襲擊的意義在於——

這才不是最後一波攻勢。正確來說，是利瑟爾打算親自為今天的攻勢畫下句點。

「聲東擊西嗎……！」

距離沙德遇襲不久之前，沒有月光的幽暗森林當中。

利瑟爾他們經由地下通道來到城牆外側，正稀罕地看著聚集在城牆周遭的大群魔物。三人站在後方的森林當中，群聚在平野上的魔物看不見他們。

再說，依照魔物夜晚的習性，他們也不可能輕易被發現。

「從這個角度看，果然和站在城牆上的感覺不一樣呢。」

「感覺好像沒多少，這樣一看又好像很多欸……」

「劫爾居然有辦法從這群魔物裡殺出血路。」

「真的不是人欸。」

「喂。」

光是想像這些魔物同時襲來的情景就令人生畏，可說是一種災害了。

「是誰叫我殺進去的？」聽見利瑟爾和伊雷文悠哉地閒聊，劫爾不禁吐槽。不只殺進去，還指定要石巨人的核心咧。雖然核心沒拿到就是了。

「所以咧，隊長，你最重視的防守重點是哪裡啊？」

「對我來說，最重視的當然是領主大人那邊呀。」

利瑟爾邁步走進森林，面露苦笑。

只要有任何一點失去領導者的可能性，就應該優先防守，所以那裡是利瑟爾最重視的據點。幕後主使者算準了這一點，卻沒有算到他們不必調動守備軍力，就能守住領主。

「精銳盜賊是不是說裝置在這附近？」

「喂，注意腳下。」

「劫爾，謝謝你。」

「隊長，你不要再絆倒了啦。」

由夜視能力優秀的伊雷文帶路，三個人正準備前往西門外稍微偏北方的魔力增幅裝置。利瑟爾派遣少數精銳阻止了魔鳥襲擊，主戰力也因此沒有聚集到沙德身邊。然而，幕後主使者不可能放過這個大好時機。

西門尚未完全修復完畢，時間又是夜晚，所有人都認為魔物不會攻來，必定疏於戒備。

「啊，找到啦！」

「沒想到這麼大。」劫爾說。

伊雷文停下腳步，一座巨大燈籠狀的東西佇立在他面前。它有一個人那麼高，位於中心的水晶發出蒼白燐光，幾個魔方陣、魔法式浮現其中。

魔法陣隱約浮現又消失，消失之後又浮現出別的魔法陣，無限往復循環。三人佇立於這座裝置前方。

「料是料到了，但這座裝置真的非常複雜耶。」

「我只看得懂『哇，會發光』而已……」

「正常吧。」

真不簡單，利瑟爾佩服地端詳那座裝置。另外二人對魔法沒什麼涉獵，正閒聊著這有多麼費解。說著說著，只見他們忽然拔劍出鞘。

「喂，來了。」

「跟隊長說的一樣欸！」
三人周遭幽暗的森林當中，亮起無數紅光。
那是魔物的眼睛，紅眼睛表示有魔物使正在操縱牠們。看來這不是夜間會停止活動的迷宮魔物，而是異形支配者從其他地方找來的魔物。
控制大侵襲的同時不可能操縱大量魔物，不過眼前的數量已經足以實行支配者的計畫。
「半夜操縱牠們去攻擊大侵襲的魔物，強制引發牠們的戰意……魔物在那種狀態下大概只有一半的機率聽從指令，不過只要將牠們引誘到西門——」
「魔物就會衝進城門。」
「然後大侵襲就再度揭幕啦！」
西門正在修繕當中。一旦修復完成，更加堅固的圍欄將會層層包覆西門，除非再度設法爆破，否則不太可能擊破城門。今晚是唯一的機會。
「把牠們殺光就行了？」
「趁著這段時間，我會試試看有沒有辦法對這座裝置動手腳。」
聽見劫爾的問句，利瑟爾點點頭，指向魔力增幅裝置。
利瑟爾沒有斷言「一定可以」動手腳，表示他正確理解了異形支配者的實力。雖然利瑟爾也擁有一定程度的魔法知識，但這是專業領域，對方又是將專長窮究到極致的人物，他沒有把握乘隙而入。
「精銳盜賊，麻煩你們負責狙殺逃跑的魔物，不要讓牠們接近大侵襲的魔物群。」
精銳盜賊並沒有全數派到沙德身邊，有幾位盜賊跟著他們過來。

利瑟爾對看不見的對象下達指示的同時，大批魔物也一步步逼近。

「……他們應該還在吧？」

「在啦在啦！」

有點不安。

「啊，還有……」

「啊？」

伊雷文正愉快地把玩手中的短劍，利瑟爾看著這一幕，忽然抬頭看向劫爾。怎麼了？劫爾不明所以地低頭看去，只見利瑟爾微微一笑，指了指自己的手背。

「操作魔道具需要用到血。能不能幫我在這邊劃開一道傷口？」

「啥?!用我的血不行嗎！」伊雷文聽了大叫。

「當然不行呀。本人的血液是傳導魔力最好的媒介，冒險者到公會登記的時候也會用到血吧？」

「……」

「自己割出傷口實在需要一點勇氣。」

劫爾儘管一臉不悅，仍然握住了利瑟爾伸過來的手。

他褪下他的手套，露出底下沒有任何傷疤的肌膚。劫爾苦澀地嘖了一聲，將手中的劍插在地面上。

「喂，你的劍借我。」

「大哥，劍你自己不是就有了？」

「你的劍刃比較薄啊。」
「劃破一點點就好了哦，一點點……」
聽他們的對話，好像要砍出什麼驚人傷口一樣，利瑟爾不由得出言制止。就在這時，伊雷文交到劫爾手上的那一把雙劍，一瞬間以肉眼看不見的速度劃過他的手背。
「……不痛耶。」
「你以為我是誰？」
血液從他的手背流向手腕，但傷口一點也不疼。
在公會登記的時候，用細針刺破手指頭那次還比較痛呢。利瑟爾訝異地眨眨眼睛，劫爾他們卻一臉理所當然，看來真正銳利的傷口就是這麼回事。
「劫爾，謝謝你。」
流過手腕的血液就要沾到劫爾手上，利瑟爾抽回手。
劫爾眉頭微蹙，目光追著那隻手看去。血即將滴落地面的時候，原本還在衡量距離的大群魔物一口氣朝這裡襲來。
「大哥，劍還我！」
「拿去。」
「哎呀，那一刀真是太完美啦！但我絕對不想幹那種事！」
劫爾和伊雷文揮劍迎擊，嘴上一邊開著玩笑，戰鬥的姿態仍然從容不迫。不愧是實力高強的戰士，利瑟爾見狀點點頭。
接著，他伸出手。一碰到魔力增幅裝置，魔物的紅眼睛便帶著敵意看向這裡，但牠們還來不及撲過來，已經被另外二人斬倒在地。

「嗯……不知道會不會成功。」

水晶散發著淡淡光輝，利瑟爾將手掌沉入其中。

他的血一口氣在水晶之中擴散開來，描繪出複雜、立體的魔法陣和魔力式。異形支配者的法陣一個接一個浮現，利瑟爾眼睛眨也不眨，憑著雙眼與直覺緊追著它們不放。

解析，解析，解析，解析，分解，入侵，解析，解析，解析，重新構築。水晶當中呈現幾何形狀的文字與紋樣，每隔幾秒便改變一次形態。

「劫爾他們都在努力，我也會稍微加把勁的。」

他瞇起眼睛，微微一笑，絲毫沒有表現出此刻感受到的頭痛。

仰望著隱藏在雲層之後的月亮，支配者兀自沉思。

雖然他不打算攻陷領主坐鎮的那間貿易商總店，但那裡討伐魔鳥的速度再怎麼說都太快了。從城牆上方篝火的數量看來，這次襲擊也沒有引開兵力。

守在領主身邊的，果然都是萬中選一的優秀士兵嗎——他想這麼說服自己，但是在夜間迎戰成群的魔鳥，應該沒有那麼簡單才對。

「（憲兵……不對，是冒險者嗎？）」

然而，他已經確認過了，現在這個城市裡沒有階級S的冒險者，只有幾組階級A。這些A階冒險者是各個方位城牆守備的核心戰力，不太可能離開自己的作戰區域。

「……不，還有一個例外。」

有個冒險者將巨大的石巨人一刀兩斷，摧毀了東邊的指揮關鍵。

根據傳聞，那個冒險者的別名正是「一刀」。他一向獨行，甚至擁有最強冒險者的頭銜，孤高不群，一個人抵達了超凡的境界，可說是與自己相近的人物。

聽說他沒有魔法素養，太可惜了。只要具備魔法資質，一刀說不定還有可能贏得與自己不分軒輊的地位呢。在他的觀念當中，魔法才是唯一至上的學問，支配者臉上略微浮現扭曲的笑容。

「不過，只要弄到手，他就是最好的棋子。」

異形支配者坐在領主官邸前寬廣的階梯上，周遭的避難民眾裹著毛毯靜靜入睡。

無法成眠的人也不少。煩人的憲兵時不時走來關心幾句，他視若無睹，自顧自集中注意力。

沒有成功削弱城牆的警備兵力，不過這不成問題。一刀負責保護領主正好，這麼一來，誰也阻止不了接下來的攻擊了。

「（夜晚不可能操控迷宮裡的魔物，但是……）」

魔鳥的數量已經減少許多，實力高強的戰士沒有離開領主身邊。

月亮終於從雲層後探出頭來，他露出笑容，仰望夜空。即使有人猜到魔物即將來襲，也不可能阻擋大批魔物湧入，西門再怎麼不屈不撓地持續修繕，再過不久也會被蹂躪成一片廢墟。

「（好了，給我叫醒那些愚蠢的魔物！）」

他朝著西門附近，在森林中待命的魔物發下指令。

「……什麼？」

他臉上勝券在握的笑容，立刻轉變為驚愕。

接收命令的魔物數量在眨眼間銳減，遠超過魔鳥討伐的速度。實力高強的戰士都聚集在領主身邊才對，待在那裡的究竟是──

這時，他覆蓋所有魔物的魔力網當中，侵入了微小的異物。恐怕是魔力裝置遭到干擾了。

「竟然膽敢入侵到我細緻又龐大的魔力結構當中……一般人光是介入就會失去意識，太不自量力了。」

無法抑遏的笑意湧上喉頭。
支配者坐在原地，彎下身去。路過的憲兵擔心地朝他伸出手，他冷冷揮開對方的手，憲兵便嘆了口氣走遠了。平常這對他來說堪稱屈辱，但現在，他一點也不在乎。
「（不像是一刀。）」
看來，這裡的領主在身邊留置了相當優秀的魔法師。
笑容扭曲了支配者的嘴角，他完全不覺得這是什麼危機。膽子夠大就入侵看看吧，你會後悔莫及。難道對方當真以為自己是個不懂得預防外人入侵的傻子？
「（難得接觸到魔法的真理，你就懷著感恩的心發狂而死吧。）」
魔力的干預戛然而止。這一次，月亮終於露出全貌，男人仰頭望月，嘴角揚起笑容。

負責照顧利瑟爾他們生活起居的店員敲了敲門，準備通知他們早餐準備好了，但是從門後現身的只有劫爾一個人。
「咦，請問另外二位在……？」
「還在蒙頭大睡。」
「原來是這樣，畢竟各位晚上出去了。」
劫爾為了回話特地來應門，店員向他道了聲謝，朝門內瞄了一眼。
另外二人正安然睡在各自的床上，不過伊雷文連頭都縮在毯子裡，利瑟爾則背朝門口，看不見他們的臉。
「那麼，就等各位醒來再用早餐吧。」

「嗯。」

劫爾隨便點了個頭。他赤裸著上半身，看來也剛醒。

昨晚目送三人出門之後，因薩伊捎來情報，他才知道他們這一趟去辦的事情相當危險。看起來沒有負傷，店員安心地鬆了一口氣，忽然想起什麼似地開口。

「因薩伊老爺十分擔心，方便讓我轉達各位平安無事的消息嗎？」

「……好。」

他不會隱瞞自己監視的職責，只要別引發當事人反感就好。因為這次的監視絕不是出自於敵意。因薩伊也囑咐過他，千萬不要讓利瑟爾一行人誤會了。

「你等一下。」

「？……好的。」

店員正要行禮告退，沒想到劫爾出聲叫住了他。

他站在原地等候，看著那道背影回到房間，走近利瑟爾的床鋪，又回到門口，交給他一封信。

「那傢伙請你去跟老頭或領主報告的時候轉交。」

「這樣好嗎？我使用的是因薩伊老爺的傳令人員，各位應該有更優秀的友人幫忙傳令才是……」

昨天晚上，利瑟爾他們辦完要事回來，店員理所當然地出面迎接。

當時，他親眼看見負責保護沙德他們的精銳人員悄無聲息地降到地面，報告任務完成。

而且利瑟爾請他準備了那些精銳的宵夜，他還親手把宵夜交到對方手上呢。

附帶一提，對方立刻吃了一口，大喊「好吃！」伊雷文嫌他吵，一掌抓住他的臉，痛得那男人半死不活……這一連串經過，他也全部都看在眼裡。

「就算不會被發現，那種人反覆出入領主身邊也不太好。」

「這樣啊。」

那種人？店員不太清楚劫爾的意思。

不過說得也是，外人隨便進出領主坐鎮的場所確實不太恰當。店員接受了這個理由，接過那封信，小心收在衣服內側。

這段時間，劫爾已經轉身走回自己床邊，不曉得是要睡回籠覺，還是要等候另外二人起床。店員朝著他的背影低頭行禮，盡可能輕手輕腳關上門。

「（回來的時候已經很晚了，不過即使考慮這一點，他們仍然算是早上起不來的類型吧。真想不到……初次見面以來一直覺得他們異於常人，現在看見這一面真令人意外……）」

店員微微一笑，轉而走進附近的空房間。

走進房內，他關上門，取出懷中的信。那封信沒有信封，只有一張信紙對摺而已，總不可能讓誰看見信件內容都沒問題吧。

「（好了，信裡寫什麼呢……）」

因薩伊允許他過目相關情報。

他有義務考量情報本身的價值，選擇合適的方式為利瑟爾傳遞情報；也有義務掌握利瑟爾的動向，做好各種準備，使他行動時沒有後顧之憂。

不過，現在他打開這封信最主要的理由，只是他身為店員，長年培養下來的直覺而已。在他眼中，利瑟爾對周遭相當體貼，也從來不忘對領主與因薩伊表示敬意。這樣的人，有可能將信紙隨手一摺就交給他們二人嗎？

「（既然如此，這就表示我該讀這封信。）」

這種做法是一種暗示，暗示某人可以讀信，而且是轉交給領主和因薩伊途中經手信件的某人。既然利瑟爾指名要將信交給他，這個「某人」很可能正是自己。他的目光一行行掃過信紙上的文字。

『昨晚的襲擊，辛苦二位了。有沒有稍微休息一下呢？

支配者昨晚為止的計謀，應該已經被我們成功阻止了。原本我還打算奪取一部分魔力裝置，沒想到比想像中還要棘手，看來得花費不少功夫，於是先放棄了。一方面也是因為中途稍微出了點差錯，被對方發現了。非常抱歉。

不過，由於我多少更動過裝置的魔力結構，支配者又是個完美主義者，他會優先修復魔力裝置，中午前應該不會有所行動。上午不妨當作普通的魔物大侵襲進行指揮，不知您意下如何？

稍晚，大約中午時我會再前往拜訪，望您允許接見。

PS. 我好想睡。』

讀完信，店員忍俊不禁地呼出一口氣。

信中寫了不少重要事項，不過寫給自己看的只有一句話。對於利瑟爾而言，這句話的重要性大概不亞於其他事項。

這果然是重要機密。他摺起信紙，開始著手準備信封，接著邊走邊看了一眼戴在手腕上的錶。

「這意思是希望我中午前別叫醒他吧。」

看來利瑟爾真的相當疲累，昨晚自己竟然沒有注意到這一點，實在太疏忽了。

準備好的早餐，不如再做得更容易入口一些吧。店員邊想邊將信件交給待命的傳令人員，接著走回廚房。

順帶一提，沙德和因薩伊讀完這封信，也下了同樣的結論。

「再怎麼說也睡太久了。」沙德按著自己睡眠不足、微微發疼的眉心。因薩伊則是把握時間小睡過了，因此帶著神清氣爽的表情哈哈大笑。

店員離開之後，微暗的房間當中，劫爾走到利瑟爾床邊坐下。

手一撐上床鋪，床架便發出吱嘎一聲，但劫爾毫不在意，自顧自端詳床上那人的睡臉。反正利瑟爾不會醒來。

劫爾不知道他昨晚對魔力增幅裝置動了什麼手腳，只知道他頭好像有點痛。

利瑟爾什麼也沒說，所以這只是劫爾自己的猜測，但大概八九不離十。

「…………」

他撈起那人略微暴露在被單外頭的手背，拇指滑過自己昨晚劃破的地方。

傷口已經不見蹤影，那就好。利瑟爾的手一離開裝置，伊雷文便把大量的回復藥灑了上去。那種傷口只用低級回復藥也能治好，他灑的卻是上級，不過劫爾也絲毫不覺得浪費。

那是迷宮出產的藥，癒合的傷口一點痛楚也沒有。當時利瑟爾一臉佩服地端詳著自己的手，劫爾記得一清二楚。

「（竟然交給我這種苦差事……）」

這總比利瑟爾自己割出傷口，挨上不必要的痛楚好。

只是……劫爾深深呼出一口氣，凝視著自己的右手。至今他斬殺了無數魔物，從來不曾記得劍刃劈砍敵人的觸感，昨天切開利瑟爾肌膚的感覺卻揮之不去。

交到他手中，那隻手的溫度。剝下纖薄的手套，肌膚裸露的觸感。握住那隻手，手心傳來的態度如此放鬆，毫不矯飾，彷彿將一切交到他手上，眼中沒有任何對痛楚的戒備或膽怯。

「……」

聽見自己忍不住咋舌一聲，劫爾自嘲地握緊右手。

他從那人床邊站起身來，走向自己的床鋪。平常一旦醒來，他不會再睡下，今天卻難得再度蓋上毯子，一副準備睡回籠覺的態勢。人家說，這就叫做賭氣蒙頭大睡。

夢鄉。

那聲咋舌當中蘊含什麼情緒，連他本人都不甚瞭解。劫爾就這麼放棄思考，沉進安穩的

「攻擊方式太無聊了吧，看要用炸的還是怎樣，幹一票大的啊！」

「有這麼堅固的城牆，攻擊方式自然會趨於保守囉，這是正常的策略。」

聽見伊雷文嫌無聊似地嘀咕，利瑟爾微微一笑，眺望眼前的情景。

這裡是城牆上方，清風吹過身邊，帶來泥土的氣味。大群魔物在下方蠢動，冒險者和憲兵揮劍應戰，四處奔走。波濤洶湧的大侵襲，再度從殲滅魔物開始展開作戰。

「而且還有領主大人在，必須確保領主的安全呀。」

利瑟爾他們站在緊急修繕完畢的西門上方，那位絕不在人前現身的領主，正站在他們身邊。他筆直凝視著前方，舉止中看不出疲態。

「領地的民眾一定想見領主大人想得不得了。」

「所以場面才有點混亂嘛。」伊雷文說。

「但士氣確實也提升啦。」劫爾說。

聽見身旁傳來的對話，沙德不悅地皺起臉孔，瞪了利瑟爾他們一眼。

憑他超脫凡塵的美貌，只消這麼一瞥就足以教人畏縮，但利瑟爾卻被逗笑了。他壓低聲音不讓旁人聽見，輕聲開口。

「您害羞了？」

「駁回。再說，分明是你叫我出面指揮的。」

「您一定也考慮過這件事吧？」

利瑟爾望過來的目光彷彿看透一切，沙德響亮地咋舌一聲，又將視線轉回前方。

他知道大侵襲以來，不安有如野火燎原般在居民之間傳了開來——領主遲遲沒有現身，該不會已經逃跑了吧？這種不安，龐大得足以推翻至今累積的信任。

然而現在，一向隱居幕後的領主不僅在城市面臨危機時現身，還親自站上最危險的西門，士氣也因此水漲船高。

「（該怎麼說呢……）」

利瑟爾瞥了沙德一眼，深有感慨。

外表果然也是一種武器。沙德的相貌與一般貴族、領主的印象相去甚遠，美得超越常人認知，帶有他那個年紀的色香。如此超凡的美貌出現在戰場上顯得突兀，但他俊美得足以反過來利用這種突兀感，強烈凸顯自己的存在。簡而言之，就是視覺上的暴力。

看見沙德一句話也不必說就能激勵士氣，利瑟爾呼出一口氣。真令人羨慕。

「不過，還是我的愛徒比較厲害。」

「怎麼突然炫耀這個？」

「沒有，只是突然想到而已。」

聽見劫爾無奈的聲音，利瑟爾帶著心滿意足的微笑，獨自回想往昔。

他效命的君王親臨戰場，帶著大無畏的笑容站在無數士兵前方，至今那英姿他仍然記得一清二楚。聽見年輕國王的喊話，士兵紛紛奮起，激昂得幾乎忘記理性。

也許是因為陛下的氣場太過強烈，他不必開口，一股「還不快跪下」的氣勢就呼之欲出，所以上戰場親征的時候，不要說是我軍了，就連敵軍都常常屈膝下跪。

「喔，隊長是不是想起以前的事情在偷笑啊？」

「咦，我笑出來了？」

「很明顯欸，我都忍不住想把你藏起來了。你在女生面前絕對不可以那樣笑喔！」

「什麼意思嘛。」

利瑟爾沉穩地笑了，在一旁待命的憲兵總長看著這一幕，心情複雜。

他效忠的領主向他介紹過這三個人，說他們是重要的協助者。憲兵總長在大侵襲第一天見過他們，明明那個人怎麼看都是貴族，後來卻聽說他只是個冒險者。這樣的人，本來是不可能站在沙德身邊的。

「（能將一刀留在這裡保衛領主，確實是相當有利……）」

周遭不知道內情的人，反而以為是哪裡的貴族帶了援軍過來，一點也不覺得奇怪。但是……

「看來我們沒有完全受到接納呢，這也是當然的。」

利瑟爾瞥了憲兵總長一眼。

保衛商業國是憲兵的職責，從他下達指示威風凜凜的模樣，不難感受到他身為憲兵的自負。像他這樣的人物，不可能輕易接納一個初出茅廬的冒險者。

對於這種評價，利瑟爾反而有所好感。

「一方面也是因為這次做法比較強硬，但你趕時間吧。」

「您不是想要盡早解決嗎？」

「既然有辦法在今天之內阻止幕後黑手的陰謀，我沒有不贊同的道理。」

來到城牆之前，利瑟爾先向沙德提出建言，而沙德也接受了他的提案。

他也可以選擇拒絕採納利瑟爾的建議，身為商業國的領主，他擁有最終選擇權。歸根究柢，沙德不必仰賴利瑟爾幫忙，也擁有撐過這次大侵襲的實力。

但他卻接受了。沙德只猶豫片刻便接受了這個提案，當時他直盯著利瑟爾，銳利的眼神真誠得令人意外。

「方便請教您一個問題嗎？」

「駁回。……說歸說，還有時間的話你就問吧。」

從城牆上方，大群魔物一覽無遺。

看來異形支配者還沒有發下指令，魔物沒有任何異常舉動。面對習以為常的敵手，冒險者們意氣風發地揮劍劈砍、拉弓搭箭，時不時施放魔法，將魔物吞噬殆盡。

「您為什麼願意信任我？」

一陣大風颳過身邊，搖動二人的頭髮。

利瑟爾將吹落頰邊的頭髮撥到耳後，悠然看向沙德。他這麼問沒有其他意思，只是個單純的疑問。

「難道你無意博取我的信任？」

「不，我當然是這麼打算的。」

沙德沒有看向利瑟爾，仍舊俯視著城牆下方。
關於利瑟爾的問題，老實說，他沒有確切的答案。
雷伊在信中臭罵了他一頓，或許是其中一個原因。「難得我好心介紹你們認識，他竟然說他可能被你討厭了！」雖然是個一大把年紀還寫信來發牢騷的傢伙，但雷伊看人確實很有眼光。
因薩伊的建言也是。那老翁曾經笑著說，「與其對那個人保持戒心，還不如接納他比較英明。」他知道因薩伊判讀時勢的直覺相當敏銳。
我信任這個人嗎？沙德自問。但這種感覺說是信任，實在太過——
「你的提案最有效率。」
「原來如此，相當簡單易懂。」
沙德只說出自己確信的部分，利瑟爾竟然乾脆地接受了。
面對意料之外的反應，沙德不由得按住眉心，劫爾朝他投以同情的目光。二話不說先試著動搖對方的情緒，這大概是貴族社會特有的職業病，只能請沙德早日習慣。
「嗯，重新構築完成了。」
這時，利瑟爾忽然仰望半空。
並不是因為他「看見」了什麼，應該說是「感覺到」比較貼切。異形支配者已經重新掌握了大侵襲的操縱系統。
「偷看不會被他發現喔？」
「因為昨天對方察覺之前，這方面已經篡改完成了呀。」

昨天晚上，利瑟爾干涉魔力增幅裝置不只是為了拖延時間，而是為了將自己的意識悄悄埋進支配者打造的魔力網當中。

順帶一提，途中露出馬腳，入侵一事被對方發現了。當時伊雷文拿巧克力給他補充營養，利瑟爾一瞬間覺得「啊，真好吃」，因此分散了注意力。看來自己的修為還不夠。

「你真的有辦法在今天之內擊敗主謀？」

「是的，不過您會很忙哦。」

「我習慣了。」

沙德無意間稍微放鬆了嘴角，這表情或許是笑容也不一定。

「敵方即將進攻，準備迎擊！」

他向前一步，斷然開口，一舉一動備受全場矚目。

周遭彌漫起一股緊張的氣氛，利瑟爾開始取捨、篩選流入腦中的大量情報。魔力裝置當中甚至埋藏了專門混淆視聽的魔法式，負責加入冒牌的指令。支配者明明不認為有人能夠解析這些資訊，預防措施仍然做得滴水不漏，真是個完美主義者，利瑟爾看了不禁苦笑。

「魔力，流向元素精靈。」

這些對策原本只是裝飾性質，此時卻發揮了實質作用，而且還遭人看穿，支配者想必還沒有注意到。重新構築之後的第一波攻擊聲勢還真浩大，利瑟爾微微一笑。

「目標城門，複數魔法同時發動。」

「城門前的士兵立刻撤離！」

誰也聽不見利瑟爾的低語，沙德有磁性的低沉嗓音卻響徹周遭。

領主現身之後一直保持沉默，聽見這第一道指令，憲兵總長立刻採取行動。他大聲號令防守城門的憲兵撤退，下一秒，巨大的火柱便襲向城門。

「魔物竟然施放出集體魔法……！」

有人錯愕地這麼喊道。

「城門沒事吧？」

「是，只有表面燒焦而已。」

城門以磚塊和護欄搭建而成，不可能輕易損壞。

異形支配者刻意攻擊城門，想必是為了煽動群眾的不安，此時卻造成了反效果。眾人響亮的歡聲簡直撼動大地，沙德成功預測了魔物的攻勢，他的號令顯得更加有力。

「以爆炸的風沙干擾視線，對蜥蜴人發動突擊指令，攀爬城牆。」

「魔物準備攀爬城牆，不要被牠們佔領了。」

「弓兵預備！魔物要爬上城牆了！」

身為領主的同時，也是手腕最高明的商人——這是沙德在商業國的普遍評價。

一般認為他不諳戰事，但此刻的他推翻了這項評價，看在任何人眼中都無庸置疑。領主親臨戰場，發下精確的指示，所有人見狀都肅然起敬，等待號令。

「北邊和南邊的石巨人準備行動，小心城牆不要被擊垮了。對魔狼發動突擊指令。牠們打算踩著攀附在城牆上的魔物爬上來，弓箭可能來不及迎擊。」

利瑟爾雖然能接收到支配者的指令，但其中當然不包含目的。魔狼的突擊指示也一樣，無從得知牠們是否打算爬上城牆。

但一味等待指令來不及採取對策，如果只有西門也就罷了，這裡到其他城門之間還有一段距離。

「注意不要讓魔狼佔用所有戰力，石巨人也正在接近這裡了。」

「我看得出來。」

「哇，還好我們已經先打倒東邊的石巨人啦！」

「是呀。」

東門的石巨人已經剿滅，目前東邊也沒有出現什麼異常行動。

由於東門附近的一座魔力裝置已經遭到破壞，魔物的支配力量不強，冒險者能夠穩定應付。東門距離西門這裡最遠，無法輕易下達指示，不過看來沒有太大問題。

「大哥，你覺得這是隊長算好的嗎？」

「是也不意外。」

聽見劫爾他們的對話，利瑟爾只露出沉穩的微笑。

「請不要讓南北側的石巨人接近城牆，牠們會從正下方將魔物送上來。」

「已經下令將A階冒險者分派到那兩處了。但白石巨人有那麼容易應付嗎？」

「沒問題的，他們可是A階呀。」

A是公認的高階級，實力不容置疑。

同為冒險者，利瑟爾由衷敬佩這些比自己更優秀的前輩，他一點也不擔心。

「這裡的石巨人也很巨大呢。」

利瑟爾定睛凝視著西門正前方逐漸逼近的龐大身軀。

石巨人緩緩走來，大地隨之發出撼動內臟的轟然巨響。以牠的高度，舉起雙手就能輕易搆上城牆。

「還真性急。」沙德說。

「表面上先假裝蜥蜴人要爬上城牆，然後把牠們當成踏腳石，派魔狼上來欺敵，再趁機讓石巨人靠過來破壞城牆喔？」

「石巨人比較像是把魔物送進城牆內側的階梯吧。」利瑟爾回答。

「其中一環出錯就沒意義了。」劫爾說。

「看就知道這人沒啥實戰經驗。」

眼前的情景令人屏息，利瑟爾一行人看在眼裡，態度依舊從容。

他們一點也不緊張。不過，也許是第一天討伐石巨人的消息傳了開來，不少人因此紛紛看向劫爾，看得他一臉厭煩。

「根據各方報告，還是這裡的攻勢最為激烈。」

「是呀，支配者也是為了挽回昨晚的失態吧。」

但沙德從來沒有將期待的視線轉向劫爾。

這場大侵襲出現許多反常現象，所以他才毫不猶豫借助利瑟爾的幫忙。即使這只是普通的魔物大侵襲，白石巨人也一樣會攻來；能用的資源他會盡量利用，但他無意倚賴單一一位冒險者。

「其他城門派來援軍，南北側的魔物大約各有三分之一正往這邊過來。」

西門這邊的戰略全都被一一擊潰，這點想必主謀也已經注意到了。

支配者引以為傲的優秀戰術在發動之前就遭人破壞，表示他在爾虞我詐的心理戰之中淪為敗將，他絕對無法容忍這種事發生。

「明明只是一場實驗，支配者還真是執著。」

「還不是你刻意刺激他的。」

感受到劫爾的視線，利瑟爾刻意聳了聳肩膀。

「畢竟這裡還有領主大人在場，我已經很守分寸了。要是出了什麼萬一，難得的目的就吹了。」

「吹了……隊長……」

「……等一下，你說目的——」

沙德說到一半，上方忽然落下一片陰影，是來到城牆邊的石巨人高高舉起了牠的手臂。

城牆上的人們愣愣仰望牠巨岩般的拳頭，聽見憲兵總長高喊退避，才紛紛回過神來。魔物團團圍在石巨人腳邊，地面上的冒險者無法靠近。

憲兵總長緊接著衝向前去，保護自己效忠的領主，就在這時——

「劫爾。」

短短一個詞化為命令，凌駕了支配者對魔物的指令。

劫爾拔出大劍，一閃身逼近那隻襲來的巨大手臂。牠轟隆隆揮下拳頭，距離近得簡直要碰到劫爾漆黑的背影。

這時，一陣銳響劃破空氣。看不見大劍的劍尖，只見巨大的拳頭被劈碎成千片萬片，碎岩從城牆邊滾落，響起沉重的轟隆聲砸到地面。

風壓稍遲片刻席捲而來，吹動衣角，利瑟爾面不改色地開口。

「敵方打算將石巨人當作墊腳石。」

「不要放鬆戒備，魔物的攻勢還沒結束。」

石巨人舉起剩下的一隻手臂，劫爾站在牠身前，回頭看了過來。利瑟爾見狀帶著笑意瞇起眼睛，好笑地開口：

「魔石我還是放棄吧。」

石巨人完全崩落地面，所有人都像親眼見證天方夜譚一樣，不敢置信地看著這情景。

「支配關鍵變更。」

其中唯有利瑟爾刻不容緩地採取行動。

他揚起手臂，指向眼下無數的魔物，魔銃緊貼著手臂浮現。伊雷文移動位置，擋住槍身，不讓周遭人群看見。

「高階魔狼，『銀月狼』。」

利瑟爾低聲念道，同時幾聲槍響劃破長空，準確射穿標的。

「變更，高階石像鬼『青銅翼獸』。變更，高階哥布林『獸人士兵』。」

聽見不知名的爆裂聲，附近的人們紛紛環視周遭，但過一會兒，眾人也不把這件事放在心上了。雖然不知道那是什麼聲音，但他們現在得專心對付眼前的魔物。

每一次高階的魔物倒下，魔物的陣容都顯得越發亂無章法。原本集體作戰的魔物開始單槍匹馬衝進敵陣，原本負責充當肉盾、保護後衛詠唱魔法的魔物，也放棄了崗位。

冒險者殲滅魔物的速度確實一點一點提升。

「隊長，那是什麼順序啊？」

「喂，現在——」

「沒問題的，謝謝您。」

沙德正想勸阻，利瑟爾只是微微一笑，視線仍然牢牢鎖在目標身上。

在利瑟爾後方，伊雷文銜著沙德吐了吐舌頭，臉上滿滿的優越感。沙德見狀不悅地皺起臉，看上去卻依然俊美，只能說令人佩服。

「支配者並不是一隻一隻分別操縱魔物。數量太龐大了，所以他仿照軍隊建立了指揮體制。」

「學者還想學用兵？」

大概是看他不順眼，沙德冷哼一聲這麼啐道，利瑟爾聞言也露出苦笑。

「在頂點配置一隻魔物，底下有隸屬的高階魔物，再下來是低階魔物。末梢的支配能力會顯得比較薄弱，不過效果相當卓越。至今為止，位於頂點的魔物是石巨人。」

「啊，原來是這樣喔。因為頂點掛了，所以他在設定下一個頂點？」

「沒錯。」

對方每設定一個頂點，利瑟爾便立刻將之擊潰。

擊潰的速度逐漸加快，從設定之後幾秒、幾瞬不斷逼近，後來在設定為頂點的那一瞬間，目標也同時斷氣。主謀對此不知作何感想？

最後，槍聲終於在設定之前響起。

「即使不偷看，猜得到的事情就是猜得到。」

利瑟爾撤回魔銃，放下手臂，微微一笑。
「只是被動採取守勢，那就太無趣了吧？」

41

「王都的公會也派了冒險者過去吧？」

「不派人過去會影響聲譽。」

賈吉和史塔德面對面坐在王都的街角用餐。

他們絕不是事先約好的，只是偶然遇見。賈吉難得拉上店門，享受一天假日，結果剛好碰上史塔德外出的時間。

史塔德則是因為沒有其他事可做，休假的日子仍然一如往常到公會露面，結果其他職員為了讓他透透氣，拜託他出門採買東西。採買清單也是為此特別累積下來的，這已經成了冒險者公會的慣例。

二人在市場巧遇，正好到了午餐時間，他們也都還沒有吃午餐。「不如一起吃飯吧？」他們已經是老交情了，自然而然就決定共進午餐……雖然史塔德顯得有一點點不情願。

「車上載了不少援助物資，最快也要五天後才能抵達就是了。」

「魔物大侵襲也需要一段時間才有辦法平息，我想一定不嫌晚的……」

魔礦國距離商業國不遠，因此全城瀰漫著一股緊張氣氛，不過王都的氣氛並沒有那麼緊繃。居民雖然提心吊膽地議論這件事，日常生活仍然過得相當平穩。

一方面也是因為這裡貴為王都，戰力方面不需要擔憂的緣故。

「不知道爺爺還好嗎……」

「我認為那位老翁完全不需要你擔心。」

「這……是沒錯啦。可是……還有損失之類的……」

賈吉帶著複雜的表情點點頭。

儘管心情複雜，他也不得不同意史塔德的話。他確實有點擔心，不過商業國不太可能蒙受重大損害，賈吉心裡也不認為情況有那麼危急。相較之下，他反而還比較擔心貿易業的損失。

商業國是個素有一國之稱的大城市，也有堅固的城牆保護。再說，魔物大侵襲也不曾對國家造成毀滅性的災害。如果這是迷宮為了強調自己的存在感才引發的現象，殲滅國家就沒有意義了。

「啊，不過很久很久以前，是不是有個地方差點毀滅呀？」

「那只是沒有根據的傳說。」

「就像童話故事一樣呢。」

很久以前，某大國曾經遭到魔物大軍襲擊，不過那並不是迷宮造成的大侵襲。那個國家受害慘重，幾乎毀滅，最重大的損傷並不是來自大批魔物，而是來自蛋被人偷走、陷入狂怒的一條古代龍。有人說這件事找到了歷史紀錄，也有人說沒有，真假莫辨。

「利瑟爾大哥他們，不知道什麼時候會回來……」

賈吉轉著手中的叉子，捲起帕斯塔麵，回想那人柔和的微笑。

「誰知道，要是為了委託外出的話還有辦法估算一下時間。」

「不知道什麼時候才能等到他們回來，總是覺得好寂寞哦……」

「去商業國的時候你不是跟他同行嗎蠢材。我是第二次了，比你寂寞十倍。」

看來對於他們二人而言，這件事還比不會造成直接損害的大侵襲更重要。

二人爭相吵著說「我比較寂寞」、「不對是我比較寂寞」，最後賈吉辯輸了，用一副快哭出來的表情結束這場爭論。絕對是我比較寂寞，賈吉最後在心裡嘀咕一句，忽然偏了偏頭。

「利瑟爾大哥他們，該不會被派到大侵襲那邊作戰了吧……？」

「這不像是他感興趣的事情，他沒有理由過去。」

史塔德斷言道，冒險者的義務現在全被他擺在一邊。

「他們現在大概還在悠悠哉哉泡溫泉吧。」

「說得也是。」

史塔德執起水瓶，邊將冷水倒進玻璃杯邊這麼說，賈吉聽了也點點頭。

看見自己的玻璃杯裡也快沒水了，賈吉試著遞出杯子，不知道史塔德會不會幫忙倒？結果水瓶好像什麼事也沒發生一樣，直接擺回桌上。這也不意外，賈吉苦笑一下，自己倒了水。

「發生大侵襲的時候，領主大人不知道會不會露面？」

「你說那個神秘兮兮的可疑領主？」

史塔德這種說法害他很難貿然說「對」。為了轉移話題，賈吉的目光游移了一會兒，忽然刷地抬起臉說：

「啊，不過先前利瑟爾大哥好像跟他見過面哦！」

「……誰？」

「領主大人呀。」

很厲害吧——賈吉還沒說完，一道匡啷聲便打斷了他的話。

什麼聲音？不用想，他跟史塔德都認識這麼久了。賈吉戰戰兢兢地往前方一看，只見史塔德正要端到嘴邊的水已經整杯結冰，膨脹的冰塊撐破了玻璃杯。

碎片零零落落從史塔德手中掉下來，賈吉茫然看著這一幕。

「為您整理一下盤……咦……」

店員嚇得面無表情。

「不、不是的！等等，那個，是魔力失控的關係！我們會賠償的……！」

原來如此，是魔力呀。店員聽了點點頭，將碎裂的玻璃杯收拾乾淨，賈吉也鬆了一口氣，目送店員離開。不熟悉魔法的人，在這方面不會多加懷疑。順帶一提，假如其他魔法師在場，一定會說「哪有這種事」。

「這麼重要的事你為什麼現在才說啊蠢材。」

至於當事人史塔德，則是毫不在意這場混亂，理所當然地質問賈吉。

「咦？什麼？」

「現在立刻出發……不，來不及了。」

史塔德一個人冷冷嘀咕道，模樣有點嚇人，但賈吉習慣了，並不覺得特別恐怖。

他拚命思考。史塔德如此動搖——不，從那張面無表情的臉上看不出他是不是真的動搖，不過既然史塔德有所反應，原因除了利瑟爾以外沒有其他可能。然後，再加上剛才那句話……

「……咦？」

賈吉的臉色越來越差。「後知後覺。」史塔德見狀罵道。

「什麼，可是，為什麼，你不是說他不會去……！」

「直到剛才為止他沒有理由過去，蠢材。但是，既然特地跟躲在幕後的人物接觸，他一定有自己的目的。」

他們二人都知道利瑟爾和雷伊有所交流，也不難想像應該是雷伊介紹領主給他認識的。但他們也知道，即使是受人介紹，利瑟爾也不會隨便增加貴族的人脈、自找麻煩。他看起來對於權勢也沒什麼興趣。

「假如在你說的上一次接觸當中，目的已經達成，那就沒有問題。」

「那麼，萬一目的還沒有達成……」

這肯定是再次接觸的大好機會。

「但、但是，區區的大侵襲，不可能危害到利瑟爾大哥……」

「我可惜的是錯過了受他重用的機會，閉嘴蠢材。」

什麼嘛，原來是這麼回事呀，賈吉的心情平靜下來。

這麼想來，劫爾和伊雷文也陪在他身邊……而且總覺得劫爾一個人就足以收拾整場大侵襲了。

賈吉悠哉地這麼想道。劫爾要是聽到他的心聲，一定會說「老子絕對不幹」。看來賈吉也沒有把劫爾當人看，不過他在本人面前不會說出口，太可怕了。

「沒有危險就好。不過還是好擔心哦，等到他們回來的時候，我就第一個出去迎接吧。」

「說什麼蠢話，第一個出面迎接的是我。」

「是我」、「不對是我」，二人又爭了起來。真是和平，一旁的店員走過他們身邊，忍不住露出微笑。

幸虧魔物集中到了西門，其他城門的戰況轉為有利。

北門經過一番激戰，終於討伐了白石巨人，南門則是死守城牆，不讓敵方接近。東門也採取穩健的戰略，順利削減魔物的數量。

至於問題最大的西門，雖然魔物增加，眾人手忙腳亂，不過還是一步步採取對策，戰況穩定。

「敵人這樣一直攻過來都不會膩喔。」

「比撤退好吧。」劫爾說。

「是沒錯啦……」

「這是大侵襲的魔物，我想應該沒有辦法命令牠們撤退。」利瑟爾說。

有許多迷宮法則是人類無法違逆的。

大侵襲的魔物會攻擊城鎮，誰也沒辦法阻止，不過可以控制牠們攻擊的方式。即使是異形支配者，也無法命令牠們違反原本的行動目的。

「迷宮的規矩嘛。」劫爾說。
「是呀，迷宮的規矩。」
利瑟爾仰望著半空，說完忽然輕輕搖了一下頭。
動作像是甩開落到眼睛的瀏海，劫爾見狀微微蹙起眉頭。
「怎麼了？」
「趁著對方還沒有發現，我停止監看了。」
「為啥？」
「要是他以為馬凱德能反擊都是拜此所賜，會有點礙事。」
得跟領主大人報告才行。利瑟爾正準備走向沙德，劫爾早一步抓住了他的手臂。他眉間蹙得更深了，低頭緊盯著利瑟爾，那張臉怎麼看都像在逞兇。
「發生什麼事？」
「大哥正在用超級兇惡的表情擔心他啦。」
沙德注意到這件事，詫異地問道，伊雷文聽了從旁幫忙解釋。兇惡那句是多餘的。
「會痛？去休息。」
「只有一瞬間而已。」
利瑟爾口中的「監看」，指的是迴避主謀的支配，同時又能接收命令的狀態。
換言之，就像把自己的意識埋進異形支配者的魔法式當中一樣。違背施術者的意願強制脫離，一定會招致反彈。
他揮開痛楚的動作是如此不著痕跡，但假如只是輕微的痛楚，利瑟爾完全不會表露出來，可見反彈造成了一定程度的負擔。

「結束之後我們順道回卡瓦納一趟，悠哉泡個溫泉吧。」

利瑟爾微笑道。劫爾毫不掩飾他無奈的表情，嘆了口氣。

「……隨你高興。」

「謝謝你。」

劫爾和伊雷文都注意到了。這次的魔物大侵襲，利瑟爾已經幫太多忙了。

雖說支援大侵襲是冒險者的義務，本來以利瑟爾的個性，他留在魔礦國盡情觀光也不奇怪。這樣的男人為什麼會幫助沙德，而且還幫得如此露骨？假如認真起來，他明明可以暗中解決這件事，不讓任何人發現。

「（那個目的，是他相當渴望的東西？）」

關於利瑟爾口中的目的，劫爾並不是渾然不知。既然如此，利瑟爾就不會讓步。

「……不知道你在想什麼，但你別做蠢事。」

「都到了這個年紀，我不會不顧後果衝動行事的。」

「我也不覺得你會。」

倒不如說，這傢伙會充分瞻前顧後，在不造成妨礙的範圍內亂來，所以才麻煩。

利瑟爾有趣地笑了笑，便朝著沙德走去。目送他的背影離開，劫爾嘆了口氣。還好「自保」是那傢伙的基本準則，真是不幸中的大幸。

「隊長怎麼說，他還好嗎？」

伊雷文走了過來，望著同一道背影這麼問。劫爾放棄似地隨口答道：

「誰知道。反正他承受不了自己會去休息。」

「對喔。」

即使身在刻不容緩的緊張場合，也不難想像利瑟爾露出溫煦的笑容，說句「我去休息一下」就自顧自離開。

為了維護利瑟爾的名譽補充一下，他在原本的世界是個正常的貴族，懂得看場合行事，也會注意維護聲譽，只是風格有點自由而已。

他現在如此為所欲為，也是在享受那個世界做不到的事情吧。總覺得利瑟爾干涉了太多事情，不太像在休假，不過只要本人樂在其中就無所謂。

這兩位隊員絕對支持隊長，一點也不在乎旁人是如何被他耍得團團轉。

「從現在開始，我就接收不到操縱魔物的指令了。」

「是嗎……魔物的威脅性不高，大概不會有問題。」

「不過支配者一旦現身，將會再度帶來威脅。」

「他不是不會現身嗎……不，只要身分不會敗露，他確實有可能採取行動。」

異形支配者備受眾人尊敬，他肯定不打算拋棄現在的地位。

這也是利瑟爾和沙德的共識，因此沙德才認為主謀不可能現身。但對手是魔法師當中的權威，有可能運用某些方法隱藏身分，藉機行動。

「他不行動就傷腦筋了。」

利瑟爾悠然瞇起眼睛，沙德只是默默看著那道側臉。

「我們正是為了引他出來，才不斷挑釁呀。」

沙德並沒有從利瑟爾口中得知異形支配者完整的動向，也沒有細問利瑟爾打算如何在今天內解決這件事。

反正謎底遲早會揭開，假如自己沒有必要提早瞭解，多問也只是浪費時間——這是沙德自己決定的。

「他是不折不扣的天才，而且小時候就找到了一展長才的領域，從小在眾人的掌聲之中長大，大概沒有嘗過挫折或失敗的滋味吧。」

現在，戰鬥方面的指示由憲兵總長和冒險者的指揮官下令已經足夠，沙德從剛剛開始就不再開口干預。他還留在城牆上，只是因為領主有必要站在這裡而已。

「對他來說，現在的狀況想必是奇恥大辱。」

利瑟爾請沙德接連破壞對方的計謀，集中在西門採取行動，全都是為了將支配者感到異常的要素集中到這裡，誘使主謀現身。

因為，讓支配者察覺形勢不利、終止實驗，是我方最應該避免的狀況。如此一來，這場混亂會恢復為普通的大侵襲，主謀會混在避難民眾當中，好整以暇地離開商業國。深愛商業國的人們，絕不可能容許他這樣揚長而去。

「如果要在今天之內分出勝負，引出主謀是最快的方法。」

利瑟爾微笑著說完，又忽然垂下眉頭。

「至於將領主大人當成誘餌一事，就容我來日正式向您致歉……」

「駁回。」

沙德立刻回絕。

「我說過了，求之不得。」

那雙紅玉般的眼睛如此美麗，銳利的目光筆直望過來。利瑟爾也回以粲然一笑，水潤的紫晶色眼眸顯得更加深沉。

「——√……——……」

就在這時，沙德彷彿聽到了什麼聲音，他環顧周遭。

那是優美的音色，聲音微小得幾不可聞。他原以為自己聽錯了，卻看見利瑟爾望向都市中心，劫爾和伊雷文也是。

「接下來，請不要讓任何人接近這裡。」

由於有一刀在場，利瑟爾他們身邊本來就只帶著最低限度的護衛，旁人也沒有異議。沙德瞥了憲兵總長一眼，於是那些僅存的護衛也撤了下去。

「他來了。」

城牆上方，喧鬧聲遙遠得不可思議，一道沉穩的嗓音如此宣告。

「（問題在於對方掌握了多少情報。）」

魔物之間的合作，自我犧牲擋下攻擊，階級意識……這場實驗的結果令他相當滿意。無論是命令的通用程度，還是同時操縱大量魔物，一切都按照計畫進行。

反正魔物再怎麼聚集成大軍，也無法攻下一個國家，他對於這件事沒有不滿，但有人妨礙這些計畫就令他不悅了。

「（沒想到竟然有人注意到魔物受人操縱。只要對方不是白癡，一定會把我列入嫌疑名單……既然這樣，接下來還是躲在幕後為上。）」

但是——他搖搖頭。這豈不是好像自己戰況失利一樣嗎？

庸才不可能預測他的戰略，他不允許自己操縱的魔物，像正常的大侵襲那樣遭人殲滅。對手不可能只是普通的雜兵。

「（頭腦還算靈光嘛。）」

自從領主現身以來，敵方的戰況一口氣變得相當有利。

假如對手正是領主，也能解釋敵方的反應為什麼如此迅速。他站起身，刷地披上斗篷。

「聽說領主不在人前現身，看來也不是躲在地洞裡的窩囊廢。」

支配者不打算光明正大暴露身分，他的理智還沒有喪失到那個地步。他展開魔法，沒有人看得見他的身影，連影子都能掩去，這種高等魔法對異形支配者來說易如反掌。

憲兵團團守在避難民眾周遭，支配者臉上浮現嘲諷的笑容，直接從他們身邊走過，高聲放話。

「好了，與我為敵的愚者，讓我拜見你的尊容吧。」

忽然響起的優美音色沒有傳入他耳中。於是他就這麼泰然自若地邁開腳步，沒有注意到某種存在正目送他離開。

支配者站在西門的城牆上方，感受吹拂全身的風。

居高臨下，戰況一覽無遺。他動身的同時，也停止了對魔物的支配，面臨冒險者的攻勢，牠們的數量緩緩減少，恐怕在幾天之內便會全數殲滅。

「（是哪一個？）」
支配者凝神細看眼前的光景。
一個是生有絕世俊美容顏的壯年男子，另一個是氣質清靜的沉穩男子。二人站在戰場上都顯得突兀，其中一定有一個是領主。
「隊長！」
「嗯。」
引人注目的紅髮獸人，忽然喊了沉穩男子一聲。
男子點點頭，有禮地向俊美男子說了些什麼。支配者看見這一幕，終於知道一頭烏黑長髮的壯年男人才是領主。
「（那麼，另一個人就是貴族……不，他跟冒險者彼此合作，是護衛嗎？）」
如果是護衛的話，他一定是魔法師了。
支配者下意識露出滿意的笑容。他一向認為「魔法師至上」，那位沉穩男子優雅高貴，彷彿體現了他的信條。
「（喜歡帶著有教養的護衛，滿像是貴族的想法。）」
他在內心低語，準備接近到聽得見對話的距離。就在這時——
「抓到你啦！」
一道習於嘲諷的嗓音傳來，同時，一柄刀尖突然出現在他眼前。
刀尖迫近眉睫之際發出聲響彈開，哐啷啷滑過鋪在城牆上的石板。那是一柄銳利的小刀，要不是他事先展開魔力護盾，那把刀早已貫穿喉嚨。

支配者並未動搖，他拍了拍根本沒有弄髒的斗篷，抬起臉來。

「沒想到會被野蠻的冒險者發現。」

他看向對方，那人把玩著手中的小刀，一雙嗜虐的眼睛正盯著這裡瞧。

支配者只發出聲音，沒有現身，但那雙眼睛仍然筆直鎖定這個方向。

「不懂得藏住氣息和腳步聲的雜魚，囂張個屁。」

「我也是雜魚所以感覺不到，不過看樣子他來了？」

「隊長不算啦，我只是覺得不懂得善用專長的魔法使很智障而已。」

「……真敢說大話。」

果然被識破了。對方好歹也是獸人，靠得太近了嗎，他撇了撇嘴。

接著，他解除了魔法。無法肯定對方是否知道他的真實身分，因此支配者仍然披著斗篷。

「一見面就攻擊要害，真有禮貌。」

「對襲擊者還需要講什麼禮儀？」

「看來領主大人相當生氣呢。」

領主聽了皺起臉，毫不掩飾自己的不快，支配者顫動喉頭笑出聲來。

「我知道你是誰。」

笑聲戛然而止。

「……到了領主這麼高的地位，果然還是存在優秀的人才嗎。」

他不覺得對方是為了套話才這麼說，沒有當場說出名字就是最好的證據。

在魔法大國撒路思，異形支配者建立了無可撼動的地位，國家也給予這位魔法師鉅額補助，說他背後有國家作為後盾也不為過。即使他真是襲擊商業國的主謀，也不能輕易指名道姓。

「發現的不是我，是冒險者。」

「區區冒險者竟然揭穿了我的身分？」

「你的謀略終究不過這點程度。」領主冷笑道，支配者臉上的笑容消失不見。

這事實嚴重撼動了他的自尊心。他不可能相信，只是斥之為無稽之談。

「別說這個啦，能不能把他抓起來啊？這樣不就萬事解決了？」

獸人原本在一旁興味索然地聽著這段對話，這時忽然無趣地開口。

支配者看了獸人手上那把小刀一眼，露出譏嘲的笑容。在魔力護盾的保護之下，那把刀根本動不了他一根寒毛，這傢伙難道忘了？

「你以為我是特地為了被捕才現身的？」

「那種無聊的問答我沒興趣啦，雜魚。」

獸人張開嘴以示嘲弄，艷紅的口腔彷彿帶有毒性，接著又倏地看向一旁。

只見他一瞬間換下了先前惡質的笑容，親切討喜地笑了開來。

「好嘛，隊長？」

支配者重新看向獸人口中稱作「隊長」的那號人物。

這人該不會是冒險者吧？自己特地在此現身，那男子卻一副事不關己的模樣，自顧自和另一名渾身黑衣的男人交談。驚愕蓋過了他此刻感受到的不悅。

「原來如此，冒險者嗎……」

他明白過來。

領主口中那個揭發主謀身分的冒險者，想必是這個人了。若當真如此，自己倒還能保住自尊，支配者這麼想道。他下意識將眼前的人物擺到了崇高的位置。

接著，沉穩的男子微微一笑。

「這個嘛……既然已經將主謀引開廣場，其他就無所謂了。」

言下之意，彷彿一切都在他的算計之中，支配者聽了挑了挑眉。

「你自以為能控制我的行動？」

「實際上，你已經站在這裡了。只不過……」

柔和的嗓音繼續說道。

「我也不認為你會毫無準備就到這裡來。」

「那就儘管阻止我吧！」

在沉穩男子有如看透一切的目光之中，異形支配者揚起挑釁的笑容。

不可能阻止得了。支配者釋放出經過淬煉的魔力，在裝置的增幅之下，魔力化為奔流，在他身邊颼然捲起旋風。準備萬無一失。

「這算是小試身手吧，別讓我失望啊！」

猛烈的爆炸瞬間炸開城牆。

經過修繕的城門到城牆一帶被轟出一個大洞，支配者立刻恢復操控魔物。數百頭魔物從塌陷的城牆湧入城內，衝進街區，由上方俯瞰宛如一道洶湧的濁流，人們束手無策。

「本來打算等到你們筋疲力盡，再用這招為你們賜下絕望的！」

正如他所言，在場的所有人都只能絕望地看著這一幕，支配者高亢的笑聲在城牆上迴響。領主立時咋舌一聲，正準備發下號令，這時——

「不用擔心。」

柔和的聲音這麼說道，同時，莊嚴的音色包圍了整座城鎮。

宛如聲音獲得了色彩、化為具體的流動，從都市中心向外擴展。音量之大，即使所有人都忍不住塞住耳朵也不奇怪，但人們聽得入迷，早已顧不得音量——那是歌聲。

緊接著，一座美麗的光之圓頂出現，籠罩了避難民眾聚集的廣場。圓頂彷彿由雪花結晶排列而成，亮著溫暖的金黃色光芒。

「我說過了吧？」

歌聲唱著意義不明的曲子，綿延不斷。

沉穩男子帶著惡作劇般的笑容轉向領主。

「『應該不會有事』。」

支配者這才察覺，那是眼前這男子帶來的現象。

那個魔法全方位超越了人類認知，他甚至不知道能不能稱之為「魔法」。湧來的魔力如此絕對，超越了恐懼的範疇，簡直教人崇拜。

「絕對沒有魔物能夠突破那道護盾，即使無數的迷宮頭目合力攻來也一樣。」

「你說那是護盾?!」

支配者不禁怒吼。

他正逐漸窮究魔法的極致，因此才能夠理解那座圓頂是什麼東西——不，或許該說，正因如此，他無法理解。

和那東西比起來，自己的研究不過是——

「凡是沒有敵意的對象都可以進入圓頂內部，請優先保護還留在街上的民眾。」

「……事後請你好好解釋清楚。」

在利瑟爾的敦促之下，沙德奮力壓抑伸手按住眉心的衝動，向憲兵總長下達指令。

利瑟爾在一旁聽著他們的對話，冷不防轉向歌聲傳來的方向，朝著官邸前廣場微微開口，呢喃般輕輕動了動雙唇。

「——……——……——」

「——……」

太好了。聽見傳回來的簡短音色，利瑟爾點了點頭。

「廣場上沒有傳出災情。能夠借助她們的力量真是萬幸。」

「隊長，你說大聲一點嘛，不然我們聽不見欸？」

「我會害羞耶。」

「搞不懂你害羞的標準。」

莊嚴優美的音色仍然持續傳來，利瑟爾剛才吐露的音節與這陣歌聲相當近似。雖然有點害羞，但這也沒辦法，她們所使用的古代語言就是這麼溝通的。

這種語言是現今音樂的基石。古代語言本身擁有強大的力量，但如今已經失傳，唯有音色流傳到現代，為了取悅人們的耳朵而存在。

只有唯一一個種族還能以原有的形式運用這種語言，引出它原本的力量。

「妖精真是美麗絕倫的種族。」

利瑟爾悠然瞇起眼睛，享受悅耳的音色。

妖精，已經是傳說中的種族了。她們只存在於口耳相傳的故事當中，即使偶爾聽說有人目擊她們的身影，也無從辨別真偽，人們聽了大多一笑置之，只覺得是有人看見美女認錯了。

「隊長竟然有辦法找到她們。」

「根本是憑著一股毅力辦到的。」

利瑟爾他們遇見妖精絕非偶然。若只說這是偶然、是機緣巧合，那未免太糟蹋利瑟爾的努力了。

他標下某攻略本，憑著無窮無盡的好奇心比對真偽，親自取得迷宮品地圖。此後他更是把握空閒時間，一一瀏覽手邊能夠取得的所有地圖，最後才終於查出魔礦國坑道有可能是他要找的地方，再從無數的坑道當中比對出目的地。

然後，那張地圖標示的魔力聚積地中央，正是她們居住的地方。

「能跟她們結下友誼真是太好了。」

「雖然過程一言難盡。」
「真的是很一言難盡欸……」
「你們先適可而止吧。」
沙德忽然叫住他們，他的目光正筆直望著支配者。
差點忘記他了。利瑟爾他們也跟著朝那個方向望去，只見那男人靜靜佇立在那裡，不久前高亢的笑聲已經蕩然無存。
那張臉面無表情到了異常的地步，渾身醞釀出一股奇妙的氛圍，任誰看了都會不由得提高警戒。彷彿有什麼東西即將破裂般，緊張感一觸即發。
「沒想到真的被你阻止了。」
即使所有計畫都遭到妨害，敵方一條一條切斷他的命脈，「撤退」這個選項對他而言仍然不存在。
因為他擁有絕對的自信，堅信自己才是至高無上的存在，足以將所有人踩在腳底下。
「從來沒遇過這麼難分高下的人物……我就率直感到高興吧。」
「啥，你以為還沒分出高下喔？其他人看起來，你已經輸到落花流水了啦。」
「也不算是那麼壓倒性的勝利吧。」利瑟爾說。
「沒差吧，反正你應付得綽綽有餘。」劫爾說。
「說得也是。」
三人說得輕描淡寫，支配者在強烈的屈辱當中握緊拳頭。
但也到此為止了。魔物也好、大侵襲也罷，全都是為了現在這一刻而存在。已經蒐集到足夠的實驗結果，最完美的魔法式也已經構築完畢。歸根究柢，他不可能容忍自己的實力受到區區的魔物左右。

「哈哈、哈哈哈哈……！」

魔物使的巔峰？那不過是研究過程當中，周遭擅自為他冠上的稱號罷了。

魔物根本無足輕重。他切斷一切魔力連結，將所有魔力匯聚於此。佈滿血絲的雙眼，牢牢鎖定那張依舊微笑的清靜臉龐。

「來吧，你已經爭取到足夠時間了吧？」

「正合我意……！」

至高無上的棋子近在咫尺，上天站在他這邊。他確信自己的勝利，猙獰的笑容刷地從斗篷底下露出來，那是意圖以蠻力支配一切的笑。

「把『那個棋子』交出來！」

巨大的魔法陣在城牆上方展開，位於法陣中心的人是劫爾。

他急忙退開，雙腳卻離不開地面，被魔法陣牢牢釘在原地。劫爾咋舌一聲，高舉大劍，準備將魔法陣連同城牆破壞殆盡。

下一秒，有人從背後推了他一下。魔法陣發出強烈的光芒，劫爾硬是踏穩腳步，回過頭去，視線另一端，他看見利瑟爾微笑的臉龐。

「我們不是約好了嗎？」

伊雷文的嗓音因焦躁而嘶啞，沙德的面孔染上驚愕之色。撲通，自己的心臟猛地跳了一下，那聲音在劫爾的知覺中顯得特別鮮明。

「這個……蠢貨……！」

劫爾伸出手，卻被魔力的光芒彈開，搆不著那個人。

42

「該怎麼說啊，那傢伙根本只是沒見過世面，還自以為很厲害而已嘛。」

時間是利瑟爾他們抵達商業國那天晚上，一行人已經對魔力增幅裝置動過手腳，正踏上歸途。

夜空晴朗無雲，月光照亮寂靜無聲的街道，三人邁開步伐，朝著落腳的據點走去。

「操縱那點程度的雜魚就滿足了，那種人根本不是隊長的對手啦。」

「是嗎？」

「是喲！」

睡前這一趟算是活動到了筋骨，伊雷文邊說邊拎起衣襟，啪答啪答搧著風。晚風吹過滲著汗水的肌膚，令人神清氣爽。

「能操縱我和大哥的人，全世界找得到幾個？對吧，大哥！」

「你這叫自賣自誇。」

「我又沒說錯。」

伊雷文哈哈笑出聲來，利瑟爾聽了苦笑。

他從來不打算站在他們二人頭上，二人也從來不認為自己屈從於利瑟爾。利瑟爾一向認為他們之間關係對等，因此總是相當感謝劫爾他們願意為自己行動。伊雷文肯定也明白這點，只是刻意調侃他而已吧。

「我想，他應該沒有滿足才對。」
「啊？」
「我是說支配者。」
利瑟爾忽然尋思似地開口，二人聽了雙雙朝他看去。
「他的研究應該不只有操縱魔物而已。」
「可是他是魔物使欸？」
「正因為他已經到達了魔物使的頂點，我才會這麼說。」
讀過他撰寫的研究書不難明白，不論怎麼想，異形支配者都是學者氣質的人物。即使徹底鑽研魔物使的技術，成為宮廷魔法師，他仍然不會停止探索。抵達巔峰之後，為了到達更高的境界，他會追求什麼？
「他恐怕打算研究出操控人類的技術。」
又或者，他可能已經成功了。
「啊？只要能操控魔物，就能操控人喔？」
「怎麼可能，這兩件事天差地遠呢。差別就像我們使用的魔法，和迷宮當中的魔法那麼遙遠。」
若非如此，魔物使早就遭人屏除殆盡了，人們不可能接受這一門學問。理論上，這種魔法絕不可能運用在人類身上才對。
「雖然我不知道位居巔峰的人怎麼想，不過應該沒有錯。」
「你一定知道吧。」

「大哥說得對。」

「你們太看得起我了。我之所以注意到這件事，也是多虧了這個。」

利瑟爾興沖沖拿出幾本書。

又來了，劫爾他們默默望著這一幕。老實說他們都料到了，所以沒有太大的反應。眼見利瑟爾一副有點不滿的樣子，二人忍不住在心裡吐槽：你為什麼覺得有人會在這種時間點發出佩服的讚嘆啊？

「他最近的研究著作有點不自然，感覺像是理論發展到一半就結束了。」

「不可能沒人注意到吧。」

「當然，我想注意到的人應該不少。不過戰鬥相關的魔法，不是也有許多人不願意外傳嗎？」

「啊，也是欸。」

兩位憲兵經過他們身邊，想必是出來巡邏的。

「不要到處亂跑喔！」憲兵叮嚀道，利瑟爾也朝他們揮了揮手。「咦？冒險者？剛剛那是冒險者？」剛走過他身邊，憲兵馬上回頭多看了一眼。

「也是，大概不會覺得不自然。」

劫爾喃喃回道，瞥了身邊清靜的側臉一眼，月光在那人眼角投下陰影。

這種事誰也沒想過，那為什麼利瑟爾有辦法抵達這個結論？從書中推論得知的線索，不過是微不足道的佐證而已。

一定是因為，他熟知位居巔峰的人俯瞰世界的眼光。劫爾想起曾幾何時見過的那位君王，一頭銀髮有如星光，琥珀色的眼瞳蘊藏強烈的意志，弭平一切隔閡，君臨萬物頂點的王者。利瑟爾一直隨侍在那種人物身側。

「可是，操縱人類要幹嘛啊？何必那麼麻煩，要嘛塞錢、要嘛威脅就解決啦？」

伊雷文踢著夜路上的石子開口，聽起來像是他發自內心的疑惑。

從那副理所當然的口吻當中，聽得出那是他實踐至今的做法。說話經過事實佐證特別有說服力呢，利瑟爾有感而發。

「啊，難道是要操縱國王，從幕後掌控國家之類的喔？」

「那麼做很麻煩喲。用過就丟倒是還好，如果想要長期留著使喚，反而弊大於利。」

這句話從利瑟爾口中說出來，也非常有說服力。

從幕後篡奪國家的做法常常在故事裡看到，可說是反派的浪漫，竟然被利瑟爾毫不留情地批為弊大於利。確實是這樣啦，伊雷文點點頭。他絕不是追求這種浪漫的人，但心情還是很複雜。

「對於許多學者來說，研究本身就是他們的目的。支配者或許也一樣，沒有所謂的理由吧。」

「是嗎？」

「是呀。」

利瑟爾說完，忽然停下腳步。轉過下一條街，就能看見今天的落腳處了。

只差沒多久就要抵達目的地，利瑟爾卻在這時候駐足。怎麼了？二人往前走了幾步，也跟著回過頭來。

「只不過，萬一他的研究已經完成，那就麻煩了。」

換言之，那就表示異形支配者已經取得了操縱人類的技術。

按照利瑟爾的猜測，明天和支配者對峙的可能性相當高。他們至今採取的行動皆以此為目的，這一刻遲早會到來。

「支配者發動魔法的時候，我有事情要拜託你們。」

利瑟爾豎起一隻手指。

「第一，不要阻止魔法發動。」

「為什麼啊？一碰面就把他幹掉不就好了？」

「領主大人應該希望活捉，所以不行。不論怎麼說，他都是鄰國撒路思的要人。」

當然，還是有其他方法可以阻止魔法發動，又不必取他性命。劫爾他們當然也注意到了，但既然利瑟爾沒有提及，那就表示沒有必要阻止，因此他們也不再多說。

這裡沒有人會主張遵守倫理規範，也沒有正義感強烈的人在場，誰也不在乎損害是否壓低到最小限度。二人只是尊重利瑟爾的意見而已。

「那隊長，你是打算讓他發動魔法，再強制打斷嗎？」

「換作是我，一定會做好魔法發動瞬間的預防措施，絕對不讓外人妨礙。要打斷他施法恐怕很難。」

「再怎麼說，他的實力還是真本事。」

由於利瑟爾三兩下破壞了支配者的計謀，伊雷文已經徹底看扁這個人了，但對方可是位居巔峰的魔法師，名號無人不知、無人不曉。

他有辦法在發動瞬間，以多重魔法封鎖獵物的行動，甚至將發動範圍化為不可侵入的領域，阻絕所有外部干擾，奪去任何一丁點反抗的空間。

「不過，感覺大哥可以用蠻力打破魔法欸。」

「所以才要事先約好呀。」

利瑟爾筆直望向劫爾。

「不要阻止魔法發動。可以嗎？」

這些傢伙把自己想成什麼人了？劫爾不由得蹙起眉頭。

萬一對方做到那種地步，自己想必也動彈不得……吧，劫爾也不確定。至今為止，他也只有劈過才知道東西劈不劈得開，無法斷言可不可能。

他勉強點頭，利瑟爾見狀也滿意地點了點頭。

「這次讓他發動魔法，對我們來說比較方便，所以我才會這麼要求。但是，劫爾……」

「啊？」

「他施術的目標是你。」

「哇靠……」

劫爾滿臉不悅地皺起眉頭，伊雷文厭惡地喊了一聲。

「今天你打敗了石巨人，一刀的消息想必已經傳了開來。能夠單槍匹馬壓制全場的絕對戰力，正是支配者看得上眼的『棋子』。」

「大哥變成敵人太恐怖了吧，我們根本死路一條。」

「對吧？不論什麼人被操縱，劫爾都能夠阻止，但沒有人擋得住劫爾。」

利瑟爾露出溫煦的微笑這麼說道，聽得劫爾心情有點複雜。
「如果只有動作遭到操控，那倒還沒有問題。」
「反正大哥可以用蠻力自己控制行動嘛。」
「對呀。不過，實際上大概會連思考都受到支配。」
「我們要被殺到片甲不留啦。」
伊雷文語調輕佻，說的卻是不爭的事實。
即使伊雷文和所有精銳盜賊合力對抗，即使整個商業國的戰力集結起來，都無法阻止劫爾。利瑟爾確信如此，所以才特地提醒。
「所以，劫爾。不論犧牲什麼人都無所謂，只有你絕對不可以被他控制。」
「……知道了。」
劫爾下意識握緊拳頭。自己手中的劍刃，劃過利瑟爾交給他的那隻手……那觸感現在還鮮明地殘留在他手上。
「雖然不阻止他發動魔法比較理想，但如果無論如何都無法避開，那就直接破壞它無所謂。」
「嗯。」
「如果進展順利，情況又允許的話……」
利瑟爾稍微頓了頓，這一次豎起了兩隻手指。
「第二個約定。犧牲誰都沒有關係，但請你優先選擇我。」
「哪辦得到啊，蠢貨。」

「我拒絕！怎麼可能把你交出去啊！」
二人理所當然地拒絕了。
的確如此，假如毫無理由叫他將劫爾或伊雷文交出去，利瑟爾當然也會拒絕，但這次並非如此。如果能由其他人頂替，利瑟爾也不會自告奮勇。
「我這麼說是有原因的。」
「那主謀一現身，我會立刻殺了他。」
「你怎麼說那種像伊雷文一樣的話……」
劫爾那張臉像平時一樣凶神惡煞，但總覺得他好像生氣了。
這是不是劫爾第一次對自己生氣呀？利瑟爾一時間忘了現在的狀況，忍不住感嘆。這麼說確實強人所難，這一點他有所自覺。「喂。」劫爾出聲勸阻，彷彿看穿了他的想法。能不能想辦法說服他呢，利瑟爾開口。
「即使我遭到操縱，以你們的實力，一定能輕而易舉阻止我吧？」
「不是那個問題。」
「我也不打算一直受到控制，過一下子你們就可以出手阻止了呀。」
「我沒有在跟你討論時間長短。」
態度真強硬。
利瑟爾確實不是非受支配者操縱不可。他也想過放棄，但這恐怕是最有效率的方法了。
另一方面，假如說他一點好奇心也沒有，那一定是騙人的。
伊雷文從剛剛開始就一言不發，是鬧起彆扭了嗎？利瑟爾瞥向他那邊。

「他肯定混在避難民眾裡面不會錯，你們現在立刻到那邊去，把所有人全都殺——」

「伊雷文。」

他不曉得什麼時候把精銳盜賊們集合了起來，正說著匪夷所思的話。

誰想得到一場大屠殺正準備展開，不愧是前盜賊團成員。聽見利瑟爾出聲制止，他反駁了一聲「可是……！」不滿全寫在臉上。

「不可以喲。好了，精銳盜賊也解散吧。」

他招招手要伊雷文過來，也喊了精銳們一聲。

聽見利瑟爾這麼說，精銳盜賊們窺伺了一下伊雷文的臉色。自家首領看也不看他們一眼，就這麼走向利瑟爾身邊，精銳們見狀，也察覺那道命令已經撤銷，於是有點惋惜地離開了。好險。

「我知道了，我再想想其他辦法吧。」

「還是這樣最好！」

看來不可能說服他們了，利瑟爾就此放棄。

聽見這句話，伊雷文的心情一口氣好轉，踏著輕快的腳步朝店舖走去。利瑟爾正準備邁步跟過去，身後卻伸來一隻手，將他留在原地。

那隻手臂從頭部旁邊伸過來，手掌覆住他的額頭。利瑟爾任憑那隻手將自己向後拉，他的後腦杓碰到了什麼東西。

「你聽好。」

低沉的嗓音從耳畔傳來，他這才發現那是劫爾的肩膀。

按在額前的掌心壓到了他的瀏海，就這麼緩緩撫過額頭。動作有點像利瑟爾寵愛年輕孩子的舉動，但不一樣，劫爾這麼做只是為了將他留在原地。

「只有你不准袒護我。」

手掌逐漸遮住視野，利瑟爾往旁邊瞥去。只聽見冀求般的語調，看不見他的表情。視野中只看見那人的嘴唇，利瑟爾靜待那雙唇瓣緩緩吐露語句。

「絕對不准。」

利瑟爾微微張開雙唇，卻什麼也沒說，轉而勾起一笑。

「連你都擋不下的攻擊，我怎麼可能來得及反應呢？」

他有趣地說道，劫爾嘆了口氣，放開手。

利瑟爾回望了劫爾一眼，又轉向前方。走了幾步，在轉角另一端，店員正出來迎接伊雷文進門。

「不過，以防萬一……」

利瑟爾回過頭來，又補上一句話，那道嗓音扭曲了劫爾的表情。

他注意到了。利瑟爾從來不曾違抗劫爾說的話，這次卻一次也沒有點頭。

「假如我被對方操縱了，有件事情想拜託你。」

莊嚴優美的音色綿延不斷，簡直奪人心魄。

「取錯棋子了嗎……不過，原來如此。」

支配者緩緩展開雙臂。

覆蓋城牆的巨大魔法陣隨之收縮，集中到利瑟爾身上。同時，數個魔法陣圍繞著他浮現，忽明忽滅。

「這還真愉快。」

錯過了一刀這個最強戰力確實可惜，但這棋子才配得上自己使喚。而且這還是個優秀的魔法師呢，不僅能介入陌生的魔法式，還能夠加以抗衡、解放一刀。

最重要的是……支配者揚起下巴，露出愉悅得不得了的笑容。

「看來這是你們無法傷害的人。」

沒有笑容的清靜臉龐，緩緩看向支配者。

「過來。」在這聲催促下，他邁開腳步。伊雷文急忙朝著那道背影伸出手，不出所料，即將碰觸到那人的時候，一道魔法陣出現，彈開了他的手。利瑟爾沒有回頭。

「結果隊長還是照他的想法行動喔？他不是說要想別的辦法？」

「表示他決定不徵求同意了吧。所以我不是叫你抓住他了？」

「不可能啦，我剛剛完全動不了欸。」

這是灌注了支配者所有心力的魔法。

力量之強大，範圍內的人本來一根指頭也動不了才對。劫爾在這種情況下還能舉起大劍，異常的是他。那把劍一旦揮下，想必能將支配者的魔法連同城牆一起破壞殆盡。

但是，利瑟爾行動了。他立刻解析術式，以魔力加以抗衡，將劫爾換了下來。他辦到了。

「好恐怖喔。」

伊雷文嘀咕道。

劫爾態度冷靜，責怪他的語氣也只像說笑而已，臉上卻看不見平時凶神惡煞的表情。他的神情平靜無波，身周那股淩厲的氣勢足以刺痛肌膚，彷彿無數利劍朝人刺來。

那張端正的相貌，此刻可怕得令人寒毛直豎。

「（希望隊長事後不會被罵。）」

伊雷文一方面掛慮利瑟爾，同時自己眼中也蘊含著幽暗的色彩。那雙眼睛彎成一對新月，月牙中央那雙狹長的瞳孔緊盯著獵物。

「不過，看到自己重視的人被這樣搶走，我真想殺了他欸。」

「他交代過別殺。」

「哈哈，看你那副表情，這樣講一點說服力也沒有啦。」

伊雷文也一樣怒不可遏。

不過他憎恨的對象只有支配者一人，不像劫爾，已經分不清自己生氣的對象是主謀、是利瑟爾，還是他自己。

「喂，你們解釋清楚。」

沙德忿忿嘖了一聲，在二人身後開口。

「我確實聽說過主謀可能懂得操縱人類，但為什麼被操縱的是那傢伙？」

「我們也非常不滿啊！」

「那就好。」

假如劫爾他們允許這種狀況發生，沙德就有意見了。不是這麼回事就好，將那唯一一人奪回之後，他大可直接向當事人抱怨。

「不過，跟他敵對還真可怕。」

假如落入敵營的利瑟爾保有原本的思考能力，那肯定比任何敵人都還要棘手。不過，受到操縱的魔物不惜自我犧牲，從這方面的行動可以推知，支配者不太可能成功運用利瑟爾的頭腦。

因此，我方得以免於最糟糕的情況——但利瑟爾的武器可不只有頭腦而已。

「領主大人好像不知道喔？」

「什麼？」

面對沙德的顧慮，伊雷文卻付之一笑。

「隊長明明用那麼卑鄙的武器作戰，還以為自己是條雜魚。」

「……他真的這麼想？」

「是沒有覺得自己超弱啦，但戰鬥的時候他還滿顧慮我們的。」

沙德不久前才第一次目睹魔銃，眼見利瑟爾落入敵手，他產生危機感也不奇怪。只不過，對於劫爾他們來說並不是這麼回事。

為什麼利瑟爾絕不認為自己實力高強？理由很單純。二人拔劍出鞘的同時，支配者揚手一揮，示意他們下得了手就儘管放馬過來。

「好了，殲滅那些雜碎吧！」

利瑟爾回過頭來，一把魔銃忽然出現在他身前。

他沉穩的氣質銷聲匿跡，紫水晶般的眼眸幽暗陰沉。還來不及凝神細看，槍聲立即響起，支配者瞠大眼睛，狂喜不已。意想不到的武器、超乎想像的攻擊，這真是撿到好東西

了，他大喜過望。
有了這種武器，即使對手是一刀，肯定也能打到勢均力敵——但對方卻立刻擊潰了他的期待。
「隊長他有一些奇怪的誤會啦。」
連續不斷的槍響之間，一道說話聲傳入耳中。怎麼可能？異形支配者原本著迷地看著魔銃，這才朝著話聲的方向看去。
「只是因為這招對我和大哥沒用，他就以為自己實力不夠。」
「他的判斷標準通常有問題。」
劫爾他們輕而易舉躲過魔銃的攻擊，若無其事地繼續對話。
這二人保護自己免於槍擊，應該是出於利瑟爾的指示吧。沙德如此猜測，同時也領會過來。正因為有他們二人在場，利瑟爾才會覺得自己落入敵人手中也沒有大礙。
「哎呀，難得看到隊長這麼冰冷的眼神欸，該怎麼說，我興奮到都起雞皮疙瘩啦。」
「你沒救了。」
「我知道啊。」
伊雷文忽然咚地朝地面一蹬，飛奔出去。
他壓低身子掠過地面，躲過槍擊，朝利瑟爾逼近。他銳利的視線盯著支配者，穿過那人熟悉的腳邊，鑽過魔銃下方，舉起雙劍。
擦肩而過的瞬間，他看見利瑟爾的眼睛裡沒有神采，那雙眼珠帶著幽沉的顏色，空洞地映出伊雷文的身影。

「（該死，我快氣炸了。）」

剛才雖然說得輕佻，但他不可能原諒支配者。劫爾說得沒錯，他對那人著迷到了沒救的地步。

無可救藥的情緒激起扭曲的笑容，笑裡夾雜著同情。連自己都激動到這個地步了，被利瑟爾袒護的那個男人心裡，不曉得藏著多激烈的情緒？

「別殺了他。」

儘管如此，劫爾還能全心全力裝出冷靜的態度，理性真堅強。

伊雷文假裝沒聽見他拋來的那句話，握緊手中的雙劍。即使殺了異形支配者，利瑟爾大概也會原諒自己。即使帕魯特達爾和鄰國的關係因此惡化，他也只會笑著說「這也沒辦法」。

「我要殺。」

既然如此，那就沒有任何問題。眼見主謀完全反應不過來，伊雷文嘴角勾起嘲弄的笑。魔力護盾總是有辦法解決的，他收起手臂，劍尖準備刺向對方，接著——

「退後！」

聽見劫爾的聲音，他急忙抽回身體。看見好幾把槍口正對著自己，伊雷文臉頰抽搐，硬是改變了前進方向。

「真的……假的啊！」

接連幾聲爆裂音響起。伊雷文躲過所有攻擊，甩開飛過半空追來的魔銃，直退到劫爾身邊。在他離開一段距離之後，魔銃不再追擊。

劃破長空，飛回利瑟爾身邊的魔銃，一共有六把。

「我沒看過這種大陣仗啊！」

「我也一樣。」

「竟然有辦法做到這種事喔?!你解釋一下啊，隊長！」

即使對自己人也不攤牌，這倒是很像利瑟爾的作風。劫爾滿臉不悅地蹙起眉頭，看著對準這裡的六柄槍口。

「（跟那傢伙想的一樣，控制得並不完美。）」

為什麼沒有在一開始就全力發動攻擊？因為支配力量本身就不明確。

它沒有那麼強力，支配對象仍然可以執行命令以外的行動；卻也沒有那麼靈活，對象不會使盡渾身解數回應指令。操縱人類和操縱魔物的情況果然不同。

既然如此，就存在趁隙而入的破綻。

「拜託饒了我吧！吼唷，嚇死人了……靠好痛！怎樣啦?!」

劫爾邊想邊掄起拳頭，往剛著地便蹲在地上的伊雷文頭上揍了下去。

「別讓我說那麼多次。」

「我就想幹掉他啊，有什麼辦法！我又不像你那麼成熟！」

「我也沒多能忍。」

聽見他這麼說，伊雷文忽然抬頭看向劫爾。他正想開口，劫爾卻打斷了他的話。

「再二十秒。」

「啊……知道啦。」

這段對話沒有傳到支配者耳中。

沙德眉頭微蹙，刺探這段話真正的涵義。二人擋在他身前，打量著佇立原地、臉上沒有笑容的利瑟爾。對準這裡的槍口，究竟是威脅他們不許接近，還是在等待攻擊時機，又或者是——

「懂得保護主人的好棋子。」

支配者心滿意足地緩緩說道。

「不過，對上只懂得用劍的無能對手，果然還是有點不利……那我就從容離開這裡吧。」

鞋底叩叩敲響石板地面，他轉過身去。

離開之際，他又立刻矯揉造作地回過頭來。「對了，我差點忘了。」他裝模作樣地說道，露出誇飾的笑容。

「要是有人來追我，你就自殺。」

叩、叩，腳步聲漸行漸遠。

數柄槍口之一，叩一聲頂上利瑟爾的太陽穴。魔方陣輕輕搖曳，圍繞著利瑟爾浮現的眾多魔法陣忽明忽滅，發出朦朧的光輝。

「……我受不了。」

伊雷文低沉的嗓音裡混雜著吐息，沙德聽了，苦澀地在內心表示同意。忽然，他注意到有什麼東西滾落在腳邊。那是一個沙漏，看起來好像有點不對勁。

沙德立刻注意到哪裡不對勁了，沙漏的沙子正由下往上流動。這不可思議的景象教沙德移不開目光，就在那砂金般耀眼的光輝即將全部流盡的時候——

「啊，成功了。」

忽然，一道沉穩的嗓音傳來。

沙德瞠大眼睛，抬起頭來。他看見那人微微張開的唇瓣勾起和緩的笑容，原本玻璃珠般的眼瞳中，也點亮了高貴的色澤。

哐啷一聲，有如鏡子破裂般尖銳的聲音響起，包圍利瑟爾的魔法陣應聲碎裂，掉落地面化為光之粒子。同一瞬間，鮮艷的紅髮飄揚空中。

「別讓他失去意識哦。」

利瑟爾微笑叮嚀的時候，伊雷文已經朝著支配者揮下雙劍。

「什麼……怎麼可能！」

支配者連同魔力護盾一起被彈飛出去。

肉眼完全追不上對手的速度，一回神自己已經被擊飛，他還搞不清楚發生了什麼事，整個人已經被砸到城牆上，愕然看著破裂的魔力護盾。

「什、什麼……」

他無法置信。不對，為什麼支配魔法會被破解？他失去冷靜，差點顧不得現在的狀況，開始研究事發原委，於是他急忙搖搖頭，將自己強制拉回現實。

總之，必須先修復護盾才行。他正要挺起身體，這才注意到——

「你……你是……」

看見擋在眼前的那名漆黑男子，他才終於發現一件事。

那人高舉利劍，俯視自己的那雙灰色眼瞳平靜無波。看見這一幕，他感受到的是至今一次也沒有嘗過的情緒──後悔。不應該與這個人為敵。

「說過了吧，我也沒多能忍。」

這聲低喃並非說給誰聽，也沒有傳到任何人耳中。接著，大劍揮下。

儘管思緒即將停擺，支配者仍然下意識強化了前方的護盾，但一點意義也沒有。震耳欲聾的「哐啷」聲伴隨著衝擊響起，那道力量如此絕對，他差點以為被破壞的是自己的身體。

「呃……啊啊啊啊!!」

支配者連著護盾被壓在地上，石板地從他背後開始逐漸碎裂。緊接著，在他的慘叫聲之中，城牆崩塌了。

「領主大人，不好意思，災情又擴大了。」

「我會記得這全都是你害的。」

支配者和劫爾往城牆內部落下，崩塌的城牆波及伊雷文，他卻毫不迴避，主動掉進洞裡。

利瑟爾走近崩落的石板邊緣，緩緩探出頭，觀望內部情形。喀啦一聲，腳邊的石塊差點崩塌，於是他向後退了幾步。

「哇，他們很生氣耶。」

主謀的慘叫聲從城牆內部傳來，利瑟爾剛才瞥見了一眼，劫爾的劍已經完全貫穿了異形支配者的腹部。

伊雷文也跳進去了，看來慘叫聲暫時不會停息。幸好不少人追著魔物離開了城牆，而且支配者位於城牆內部，從外面看不見裡面的慘狀。

「喂，叫他們住手，這是打算殺了他嗎！」

「沒問題的，我事先交代過他們留他一命。……大概吧。」

「駁回，後半句我聽到了！」

假如這麼做能讓二人消氣就太好了，利瑟爾點點頭。沙德抓住他的肩膀怒聲譴責，但利瑟爾只是悠然偏了偏頭，露出微笑。

「對我來說，這正合我意呀。」

「什麼……？」

「他們在這邊發洩過後，也許就不會生我的氣了。」

不過，應該不太可能吧。那張清靜的臉龐露出苦笑這麼說，沙德聽了瞠大眼睛，閉上了嘴。

那陣光聽就令人不舒服的慘叫聲，現在仍然沒有停息。雖然只相處過短短幾天，但沙德知道利瑟爾不是喜歡這種殘虐舉動的人。

這意思不是說他人格高潔，只是他不會覺得凌虐有什麼意義而已。該不會……沙德轉念一想，放緩了抓著他肩膀的手。

「……你在生他的氣？是你主動讓他控制的吧。」

「被控制倒是無所謂。這算是生氣嗎……不，也許我真的生氣了。嗯……」

利瑟爾說得含糊其辭。

他善於駕馭情緒，即使出現不恰當的情緒也能立刻將之壓下。但利瑟爾卻無法明確描述現在的情緒，也沒有辦法完全駕馭它，這究竟是……？

利瑟爾伸手碰觸沙德抓住他肩膀的手。

「因為那個人竟敢說，他是我的『主人』。」

沙德有如觸電般立刻抽開手。

一股感受攀上他的背脊，那絕不是厭惡，而是碰觸到值得憧憬的某種事物，寒毛直豎的感覺。紫晶色的眼睛裡映著自己那雙紅玉般的瞳眸，他移不開視線。

「喂。」

一道低沉嘶啞的嗓音忽然傳來，緊繃而高潔的氛圍隨之散去。沙德和利瑟爾一起朝那裡看去，只見劫爾從城牆的大洞裡現身。

「已經滿足了嗎？」

「既然不能殺他，修理一頓也能消氣了。」

劫爾朝他們走近，低頭看著利瑟爾，朝他伸出手。

「至於你，那是另一回事。」

那隻手抓起利瑟爾的衣襟。沙德急忙出手攔阻，卻被利瑟爾本人制止了。

「劫爾，你不是也一樣毀約了嗎？馬上就想破壞魔法陣。」

「你不是說沒辦法的話就直接破壞？」

「我也說過，希望你盡可能讓它發動。」

「連你自己都辦不到，少說得那麼了不起。」

「我辦到了呀？」

「你指的是代替老子承受支配的惡劣行徑？」

「我覺得我這個人質發揮了不錯的效果呀？」

「囉嗦。」

看來沒什麼問題，沙德鬆了一口氣，按著眉心。劫爾沒有理會他的反應，逕自拉過利瑟爾的手臂。

利瑟爾順勢湊近，他彎下身去，額頭碰上他的額頭。只響起輕輕的「叩」一聲，實際上卻撞得有點痛，但二人都沒有別開視線。

「你正在動什麼手腳吧，現在就不跟你計較，事後給我記著。」

「我會銘記在心。」

劫爾咋舌一聲，放開了手，動作一點也不粗暴。

明明還在氣頭上，他的作風真是一點也沒變。利瑟爾微笑想道，理了理襟口，沒有踉蹌半步。接著，他忽然偏了偏頭。慘叫聲仍然持續傳來，表示伊雷文還在玩。

讓人持續發出這麼慘烈的叫聲，反而還比較困難吧？利瑟爾再次探頭向洞裡看去。

「……他還活著吧？」

「啊？你聽得到他的聲音吧？」

「嗯，我只是確認一下。」

該怎麼說呢，真是慘絕人寰。沙德也一起窺看底下的情形，忍不住露出嫌惡到極點的表情。

「好吧，反正只要維持住他的意識就沒問題了。」

「話說回來，一刀說你在動什麼手腳，跟主謀有關係嗎？」

「正是如此。不過這實在相當困難……」

利瑟爾也蹲了下來，定睛凝視著支配者。

他腳邊相當危險，不過劫爾站在他正後方，應該沒有問題。萬一出了什麼狀況，想必他會從後面拎住利瑟爾的領子。沙德也拍了拍自己蒙上沙塵的肩膀，低頭看著利瑟爾。

「他到底在做什麼？」

「誰知道。」

「我看你好像知道內情才對。」

「只知道他在做想做的事，至於是什麼事，誰知道。」

就這麼過了一會兒，突然間，利瑟爾這些行動的意義水落石出。

中央廣場的方向依然響著莊嚴的歌聲，從同一個方向傳來一陣騷動。騷動聲越來越大，群眾的聲音，然後是大地震動的聲音，遠方有影子朝著城牆湧來。

「我還是沒有辦法做到完美……啊，好像漏了幾隻。」

「不管你再做出什麼事，我都不會驚訝了。」沙德說。

「那真是太可惜了。」

那是湧入市街，引發群眾絕望的魔物。

牠們目不斜視地經過憲兵和冒險者身邊，直直往西門跑來，從崩毀的城牆魚貫衝出城外，又朝著其他城門跑去。所有人都愣愣地望著魔物跑遠。

「不是沒辦法命令牠們撤退？」劫爾問。

「所以，我下令牠們從各個城門『外側』發動攻擊。」

玩這種文字遊戲竟然有用？

這懷疑一瞬間閃過劫爾腦海，不過既然結果成功，那就無所謂了，他點點頭。畢竟迷宮見機行事的本領眾所皆知，既然是迷宮裡的魔物，牠們也懂得體察那道命令的意思吧。

「那麼，我們差不多該走了。」

利瑟爾輕輕搖頭，站起身來。沙德正指示眾人清除留在城內的魔物，聽見這句話，他也轉向利瑟爾。

「我事後再聽你解釋。」

「這樣也好。只不過，我可能會逃走哦。」

「駁回……」

「開玩笑的。」

總覺得他真的逃跑也不奇怪，沙德吐出一句苦澀的抗議，利瑟爾有趣地笑了出來。

接著，他探頭望向崩塌的城牆內側。伊雷文好像還在耍各種花招洩憤，這下子注意到利瑟爾的視線，也抬頭看了過來。

「伊雷文，我們走囉。」

「嗄，好戲才正要開始欸……」

「你還要對他做什麼呀？都已經血肉模糊了，你要好好恢復原狀哦……啊，請讓他陷入熟睡吧。」

「好啦——」

伊雷文也持有許多上級回復藥，應該可以將支配者渾身上下的傷治好。

利瑟爾拜託沙德逮捕主謀，接著望向領主官邸前廣場的方向。優美的歌聲和光輝交織的圓頂都還沒有消失。

「嘿咻！」

伊雷文輕巧地從城牆的洞穴中爬了出來，臉上帶著有點發洩不完全的表情，利瑟爾看了忍不住露出苦笑。希望他還沒發洩掉那些的情緒不會轉嫁到自己身上──想歸想，但利瑟爾也明白自己是自作自受，因此還是決定先做好覺悟。

「我們要去哪裡啊？」

「到美麗的妖精身邊呀。」

魔物大侵襲還沒有結束，不過該做的事情都做完了，三人悠哉地邁開腳步。

在三人身後，最後一隻體型龐大的石巨人不知道從哪裡走了過來，緩緩在西門蜷起身子。下一秒，牠巨大的身軀原地崩落，堵住了遭到破壞的城牆。

43

『萬一情況危急，請你大喊「——√……——」，說不定會有漂亮的大姊姊伸出援手哦。L』

男孩注意到這封信的時候，已經是進城風波隔天的午後了。

「嗯……」看見這張不知何時放在自己衣服裡的紙片，少年偏了偏頭。與其說是紙片，還不如說是一張卡片，上面繪著優美的紋樣。幼小的男孩看了，只覺得「L的寫法好帥哦」而已。

「哥哥，那是什麼？」

「妮娜。」

民眾集中避難的廣場上，有人分發毛毯和食物。

目前小男孩沒有任何不滿。只是廣場上擠滿了人，妹妹無法隨處走動，一副很無聊的樣子，當然就對這張卡片產生了興趣。

「給我看、給我看！」

「不可以弄破喔。」

聰明的男孩知道這張卡片是誰給他的。

因此他拿取卡片的動作慎重，眼神像獲得寶藏般閃閃發亮，但仍然沒有拒絕妹妹的請求。他一定是個很溫柔的哥哥。

名叫妮娜的小女孩興高采烈地端詳手上的卡片。她還小，不會認字，但好像很喜歡那張卡片優美的設計。

「哥哥，上面寫什麼？」

「上面說，如果碰到危險的話，叫我們念這個。這句不知道是什麼意思？」

男孩伸手指出那句意義不明的話，不過年幼的妹妹也不可能看得懂，二人一起歪頭看著那張卡片。這時，母親一手拿著分發的食物回來了。

順帶一提，自從城門口那次事件之後，母親總是緊緊牽著男孩的手，片刻也不放開。剛才也一樣，她是先拜託過隔壁那一家人幫忙看顧小孩子才離開的。男孩雖然覺得有點不自由，但這是他自作自受，只能放棄抵抗了。

「真是的，我知道大家都想看看領主大人，但到底有沒有搞清楚現在的狀況呀……」

「媽媽，歡迎回來！」

「嗯，媽咪回來囉。」

聽說領主現身，民眾搶著一睹他的風采，因此拖延到發派物資的速度。

母親邊碎碎念邊走過來，一看見孩子的身影立刻露出笑容，摸了摸小男孩的頭。她客氣有禮地謝謝隔壁一家人幫忙看顧小孩，這才注意到女兒正全神貫注地看著一張卡片。

「哎呀，這是什麼？漂亮的大姊姊……該不會是什麼色色的……」

「不、不是啦！」

男孩拚命否認。

雖然不知道「色色的」指的是什麼，不過從母親的態度，他也看得出來那是非常糟糕的事情。他不希望救命恩人遭到別人誤解。

「那個，那張卡片是城門口救了我的人給的！所以不是什麼奇怪的東西！」

「哎呀，原來是這樣。」

母親讚賞地低頭看著女兒手中的卡片。

以她為人母的立場，本來應該加以懷疑才對。雖然是恩人，對方再怎麼說都是素未謀面的冒險者，而且又把奇怪的東西交給了自己的兒子。

但是，她心裡完全沒有這方面的疑心。那張沉穩的臉龐、柔和的說話聲，再加上誠實高雅的眼神，懷疑那個人反而是一種罪惡。

「媽媽，這上面寫什麼？是文字？還是圖畫啊？」

「嗯……？」

男孩鬆了一口氣，接著將妹妹交還給他的卡片拿給母親看。

會不會是暗號啊？男孩有點期待，但如果是暗號，媽媽應該也看不懂吧。在心跳加速的男孩面前，母親爽快地笑了。

「這是樂譜喲。只有兩個小節而已，短短的樂譜。」

「樂譜？」

「是啊，樂譜就是記錄音樂的符號。上面也沒寫歌詞，真的只有音階而已呢。」

信中插入了一句樂譜，上面的「大喊」，指的應該是大聲唱的意思囉？

唱歌就會有人來幫忙嗎？男孩頭上冒出問號，偏了偏頭。母親纖細的手指，滑過短短幾公分的五線譜與符號。

「這是Zio、Fiu，這是……」

母親唇間流瀉的聲音聽起來好陌生，像歌曲的一部分一樣高低起伏，十分悅耳。只有寥寥幾個音，雖然男孩從來沒有看過樂譜，也一下子就背起來了。

「哦……」

「媽媽也不知道這是什麼意思耶。」

母親看起來也很納悶，妹妹有樣學樣地偏著頭。男孩點了個頭，將卡片收進口袋。雖然不明白這是什麼意思，但他一點也不懷疑恩人說的話。

既然卡片上寫著，要他碰到危險的時候念出這段話，男孩下定決心，時機到來的時候一定要大聲喊出來。面臨生死關頭，小小的羞恥心根本不值得在意。

幾小時後，發揮決心的時刻來臨了。

爆炸聲從西邊傳來，天搖地動的巨響逐漸逼近。母親緊緊抓著男孩和妹妹的手，握得他們生疼。

避難民眾仍然聚集在廣場上，由於男孩他們後來才進城，位置理所當然偏向廣場外側。正因如此，即使男孩還很矮小，仍然從驟然起身的人群之間看見了眼前的景象。

「是魔物！」

「女人、小孩進到官邸裡面避難！動作快！」

那是他們昨天才剛剛目睹的大群魔物。牠們露出利牙，踏碎街道，挾帶絕望席捲而來。數量龐大的魔物塞滿整條街，像洶湧的浪潮，男孩只能緊緊握住母親顫抖的手。

母親拉著他的手，想盡可能帶他們遠離魔物，他看見淚水在母親眼眶裡打轉。聽見周遭大吼的聲音，妹妹不明就裡地哭出聲來。一切宛如慢動作般閃過眼前，他感到害怕，但不知為何沒有掉眼淚。

『不過，守護到最後一刻，才是真正的守護。』

眼前似曾相識的光景，忽然喚醒了那雙溫暖的手抱起自己的記憶。

我要守護到最後一刻才行——千鈞一髮之際，男孩這麼想著。我要變強，那個人說我不用害怕，說他尊敬我。這一次，我也做得到。

因為，有人把守護家人的方法交給我了。

「呃……唔……」

他發不出聲音，嘶啞的嗓音微微顫抖。

但男孩忍住恐懼，緊緊握住母親的手，回握的溫度給了他力量。魔物已經逼近到幾棟房子的距離，他大大張開嘴巴。

「『——√……——』（救救我們）!!」

下一瞬間，地面颳起一陣金黃色的光輝。

男孩不知道發生了什麼事，他看傻了眼，無論是那陣柔和的金黃色光輝，還是眨眼間出現的、那五位女子的背影都太過美麗。

所有人都忘記現在的狀況，倒抽了一口氣。太美了，腦海中除此之外浮現不出任何語彙，人群呆立於原地。

魔物朝地面一蹬，往人群襲來，五位女性擋在避難民眾和魔物之間，緩緩張開雙臂，好

像要憑著僅僅五人的力量，封鎖這寬敞的街道一樣。

「唔哇……！」

下一秒，音波宛如轟鳴般響起。她們口中唱出雄壯的音量，音色優美，彷彿人聲演奏出來的交響樂。緊接著，一道光之繭由下往上包覆了人群。

男孩目睹迫近的魔物而乾涸的雙眼，到了這時候終於湧出淚水。

「你看，那些魔物……！」

聽見母親的敦促，他往那個方向一看，發現撲來的魔物被光之障壁彈開了。

周遭也注意到這件事，這才瞭解那是保護他們的障壁。人們紛紛流下安心的淚水，緊緊擁抱深愛的人，只有舉劍應戰的憲兵不知所措地打量著那幾位女子。

「……發生什麼事？」

「不知道……」

「我們是不是動手剷除魔物比較好……」

「不行，要是我們輕舉妄動，說不定會分散她們的注意力……」

最重要的是，他們實在不太敢靠近那些女子。

她們美麗的相貌超越了人類的認知，美得令人不敢輕易碰觸。布條封住了她們的眼睛，卻無損於她們的美，反而因為藏起部分面貌而顯得更加神秘。

絕世的美女，極致完全的美。那種美近似雕像，美得反而不會勾起俗人的欲望，就連與她們來往都教人惶恐。

「你剛剛喊的，該不會是……」

「咦，我好怕，媽媽怎麼辦……」
自己說出口的話語，怎麼可能呼喚這些女子現身？他不敢相信。
男孩瀕臨各種極限，他完全忘了對魔物的恐懼，顫抖著身子聽從憲兵的避難指示。

「話說回來，隊長的火槍原來不是只有一把喔？」
「那種用法很累人呢。」
還以為那是他的王牌，沒想到只是因為累人才不在平常使用。劫爾嘆了口氣。
話雖如此，想必這也不是唯一的理由。利瑟爾不像劫爾他們那樣，擁有從正面戰勝任何對手的實力，因此不讓對方得知實際戰力是很重要的。
「輕鬆簡單就被你們躲過，我實在有點受到打擊。」
「哪有，我嚇了一大跳欸！啊，不過我還滿想再看你用那招的說。」
「有機會再說囉。」
三人以平常的步調，從西門走向官邸前廣場。
路上偶爾會看到憲兵在討伐離群的魔物。剛才利瑟爾特別留意不要遺漏強大的魔物，因此憲兵看起來也沒有陷入苦戰，倒是每一次利瑟爾一行人經過他們身邊，憲兵總是要多看一眼。
「想到這歌聲即將停止，總覺得有點捨不得。」
「不合我胃口。」
「我也是欸。」

廣場近在不遠處，一行人已經接近到必須仰望光之圓頂的距離。

「她們看起來那麼文靜，竟然能發出那麼大的聲音喔。」

「那不是單純的音量，我想應該是魔力共鳴之類的吧。」

「是喔。那她們為什麼還在唱啊？」

「附近有魔物吧。」劫爾說。

利瑟爾支配魔物的技術並不完美。

萬一從旁遭人攻擊，牠們的意識會輕易轉向攻擊者。妖精的魔法也可能被牠們視為一種敵對行為，或許有些魔物還因此逗留在附近。

「我果然還是比不上專業的。」

「嗯，畢竟人家是支配者嘛。」

「那可是支配者啊。」

假如異形支配者還健在，他一定會展現出完美的操縱技巧，一隻魔物也不遺漏。

最強魔物使可不是虛有其名，利瑟爾佩服地點點頭。

「啊，看見了。」

視野豁然開朗。眼前是幾位神秘的女子，她們宛如向天祈禱般展開雙臂，站在無數的避難民眾前方。這些女子難以接近，利瑟爾一行人卻若無其事地走向前去，眾人的目光紛紛集中在他們身上。三人毫不在意地在她們面前停下腳步，妖精口中奏響的旋律仍然綿延不斷。

感覺到她們布條遮掩下的眼瞳似乎看向了這裡，利瑟爾露出感謝的微笑。

「——……，……（謝謝妳們鼎力相助。）」

他沉穩的聲音理應被層層疊疊的歌聲蓋過，那幾位女子卻一下子全都噤聲。

同時，光之圓頂也逐漸瓦解、消散，有如細雪般從空中飄落下來。突如其來的寂靜刺痛耳朵，一股耳鳴不斷的感覺，使得避難民眾和憲兵之間一陣騷然。

「——……——√（已經沒有魔物了，妳們怎麼還繼續唱呢？）」

「……——（哎呀？）」

交談的聲音宛如歌聲。

雙方的對話交織出優美的音樂，演奏出一首不間斷的歌曲。這就是古代語言，語言本身即擁有強大的力量。

在遙遠的往昔，這種語言被廣泛使用，不過到了現在，只有擁有龐大魔力的妖精們才有辦法正確使用古代語。利瑟爾說的古代語，只是以對話為目的的聲音而已。

「——……√——……（原來他們是因為害怕魔物才求救呀。）」

美麗的笑靨綻放開來，如繁花、如寶石，那是任何事物都難以比擬的美。

經過利瑟爾的翻譯，劫爾他們聽了臉頰抽搐。這些妖精就是這樣。她們看起來是纖柔的弱女子，普通男人看了，大概擔心伸手一碰就會將她們碰壞，但劫爾和伊雷文完全不這麼想。

「這些傢伙還是一樣沒有危機意識欸。」

「不需要吧。」

她們居住在魔力聚積地，那裡沒有人入侵，她們僅從豐碩的自然資源當中採擷需要的分量，維持安穩的生活。由於妖精純潔的種族特性使然，她們排斥負面的情緒，因此內部就連一點微小的糾紛都沒有。

這樣的生活，持續了數百、數千年。就像生物不必要的機能會逐漸退化一樣，她們喪失危機意識也是理所當然的。

畢竟對於她們來說，即使是魔力聚積地當中經過龐大魔力強化的魔物，都完全不構成威脅。

「√——……——（我們一直覺得很不可思議，不知道大家為什麼在哭泣呢。）」

「……——√（對於唯人來說，魔物是相當駭人的威脅呀。）」

看見路邊的小石塊，人怎麼可能會感受到性命威脅呢？對於妖精而言就是這麼回事。

「還好隊長有塞紙條給那個小鬼。」

「這傢伙實際上也被人操縱了嘛。」

二人投來別有深意的目光，利瑟爾假裝沒發現。

那個男孩相信自己寫在卡片上的話，發揮勇氣求救，必須向他道謝才行。利瑟爾稍微環顧了一下避難群眾，不過沒有找到小男孩的身影。

「——…………（我們聽見可愛的孩子用悲傷的聲音求救，一時之間忍不住……）」

「……——，√——（這本來也是我想拜託妳們的事情，非常感謝。）」

妖精纖細潔白的手輕輕按住臉頰，優美的唇瓣間漏出心疼的嘆息。

就連這個小動作，也不由得引人注目。她們是珍視小孩勝過一切的種族，但所有妖精都是女性，不會懷胎生下小孩。據說，不知居於何處的妖精之王是妖精當中唯一的男性，但是她們一次也沒有見過那位王者。

「啊！」

「啊。」

忽然，避難的群眾當中傳來一聲輕呼。

利瑟爾朝著聲音的方向看去，看見一個面熟的男孩撥開人群冒出頭來。他微微一笑，招手要男孩過來。男孩背後揹著妹妹，心神不寧地留意著周遭的目光，不過還是朝這裡走了過來。

「你讀了我寫的信？」

「是、是的。那個，謝謝大哥哥！」

「應該道謝的是我才對，你一定很努力吧。」

利瑟爾跪了下來，握住男孩的手。妹妹從他背後探出臉來，男孩聽了利瑟爾的話睜大眼睛，不過立刻露出笑容，點了點頭。

看起來他們都沒受傷，利瑟爾微微一笑。這時，一位妖精的唇間忽然流露出歌聲。

「嗯，這個嘛……」

「隊長，她說啥？」

「她問我，可不可以跟這兩位小朋友說說話。」

妖精是珍視小孩的種族，但是她們身邊沒有孩子。美麗的女子們看著男孩和小妹妹，溫婉的舉止當中蘊藏著期待。利瑟爾明白她們的心情，不過……

「現在還是請她們先忍耐一下——」

「那、那個！」

男孩忽然出聲說道。
「我、我也想跟大姊姊說謝謝！」
「我也要！」
利瑟爾眨眨眼睛，看向男孩和他背後的妹妹。
這是他的真心話。男孩的表情有點緊張，想要模仿哥哥的小女孩則滿面笑容，二人的眼神中確實也帶著一點好奇。利瑟爾見狀，高興地瞇起眼睛笑了。
他偶然抬頭一看，這對兄妹的母親正站在避難民眾當中望著這裡。利瑟爾微微偏了偏頭，徵詢她的同意，只見母親急忙點點頭。
「太好了，那就請你們跟大姊姊做好朋友吧。」
接著，利瑟爾口中也唱出音調。
他站起身來，妖精們便悠然走向前去，高興地接近男孩和小妹妹。她們摸摸孩子的頭，撫摸他們柔軟的臉頰，男孩漲紅了臉，妹妹則笑出聲來，妖精們看起來也相當滿足。
「還真飢渴。」劫爾說。
「畢竟這些傢伙幾乎是為了小朋友跑來的嘛。」
「實際上，這也是她們幾百年來第一次接觸小孩子吧。」
「啊……隊長，你是說那個吧，小孩某天突然出現在祭壇上？」
妖精無法產下子嗣，那她們如何延續種族？
她們的孩子會突然伴隨著光輝出現在聚落的祭壇上，沒有任何預兆。沒有人知道這是為什麼，妖精自己也不知道，不過小孩會被當作聚落中所有人的孩子來疼愛，在百般憐惜中撫養長大。

「但是二十歲之前，妖精小孩的成長速度也跟普通人一樣嘛。」

「她們一定很想念小孩子吧。」

「動輒活上一千年，人數哪可能隨便增加。」

「劫爾，你說得太直接了……」

男孩被妖精抱進豐滿的胸脯裡，整個人僵在原地，三人望著這情景悠哉地閒聊。

這時候，抱著男孩的妖精忽然抬頭看向利瑟爾，嬌嫩的唇瓣緩緩動了起來。

「——√……——（我們也很喜歡你那種可愛的說話方式喲。）」

「——……——（榮幸之至。）」

看來在妖精們眼中，利瑟爾他們三人也一樣是庇護的對象。

自己跟母語人士實在不能比，利瑟爾面露苦笑。妖精們看了，也露出優美的微笑，彷彿在說「我們可不會隨便允許所有人這樣親近」。

甘甜的紅茶（高級品）、甜美的點心（高級品）、午茶三層架（高級品）、晶亮的銀器（高級品），全都是打動少女心的極品，妖精當然也不例外。她們優雅地笑出聲來，儘管遮著眼睛，仍然沒有妨礙她們舉止高雅地享用下午茶。

對她們來說，最美好的應屬乖巧坐在同一桌、身穿禮服的幼小孩童了。天真活潑的孩子固然可愛，端莊有禮、一副小大人模樣的孩子也同樣惹人憐愛。

那孩子是伊雷文口中那位「萬能過頭的店員」的兒子。美麗的女子們讚不絕口地誇他可愛，對他疼愛有加，那孩子臉上儘管帶著孩子氣的天真笑容，仍然完美地款待座上嘉賓。看來他確實繼承了父親的血脈。

利瑟爾和小男孩道別之後，委託憲兵處理善後，並請沙德為妖精們準備了歇息場所。至於他自己，此刻正在面對沙德本人極度煩躁的脾氣，跟背景飛舞著美麗花瓣的隔壁房間真是天壤之別。

「請你解釋清楚。」

沙德的美聲低沉有磁性，假如說這人是妖精之王，自己大概也會相信吧。利瑟爾邊在內心點頭，邊思索自己面臨現在這種狀況的原因。

他確實沒告訴沙德魔物會攻進城內，但他提過城牆可能會遭到破壞。他確實沒說自己會遭到主謀操縱，不過事先提過主謀很可能通曉操控人類的魔法。他確實沒有提及妖精的存在，但事前他也告訴過沙德，避難民眾那邊應該不會有問題。

「我的意思是，你明明可以阻止所有事情發生，卻沒有這麼做，到底是為什麼？」

「各位真的太抬舉我了。」

「駁回。你不會說你辦不到吧。」

沙德瞇細了那雙聰敏的眼眸，利瑟爾見狀露出苦笑，啜飲了一口招待的咖啡。

如果說接待妖精的是兒子，在這裡擔任侍者的就是正宗鼻祖了。這位店員只照顧他們一個晚上，端給伊雷文的咖啡卻不忘加上滿滿的牛奶，辦事機靈得令人佩服。

「我也不打算凡事都靠你解決。只有傻子才會絕口不提自己有多無能，反而質疑別人為什麼沒有做得更好。你立下的功勞已經超乎期待，我沒有任何怨言。」
沙德排遣焦躁似地嘆了口氣，接著又深深呼出一口氣。
「我只是想問你這麼做的原因。」
一旦決定著手做一件事，利瑟爾看起來不像是會草草了事的人。
因此，他必須知道背後的原因。假如利瑟爾刻意迴避某些事情，那一定是因為這麼做對商業國不利。
比方說，為什麼他沒有將魔力增幅裝置全數破壞？為什麼知道主謀是異形支配者的時候，沒有立刻逮捕他？儘管異物已經排除，但魔物大侵襲還沒有結束，沙德必須盡可能採取對策。
「大侵襲那邊沒關係嗎？」
「我全權委託憲兵總長指揮了。現在魔物的行動已經恢復正常，不會有問題。」
「太好了。那麼，我們就慢慢聊吧。」
利瑟爾似乎領會了沙德想說什麼，他微笑點頭，然後將杯子放到桌上。
「您想問什麼，請儘管問吧。」
「那我要問！為什麼不一開始就把主謀幹掉啊？」
伊雷文撐著手肘，立刻理所當然地插嘴問道。
平常他正打算開口，劫爾就會立刻往他頭上揍下去，叫他「看看場合」。但劫爾現在坐在利瑟爾的另一側，沒有人可以阻止自由奔放的伊雷文。
沙德皺起眉頭。不過，反正聽聽利瑟爾的答覆也不吃虧，他硬是說服自己冷靜。

「隊長，雖然你說會危及到避難的人，但一瞬間殺掉他不就解決了？」
「被你殺掉就傷腦筋了。」沙德說。
「口誤啦，我是說，打爆他的頭之類的。」
還是很駭人聽聞。
「事前沒有調查清楚就攻擊敵方的大本營，是很危險的喲。」
沒有錯，以伊雷文的實力，趁夜抹除對方的意識也不是什麼難事。即使支配者混在避難民眾當中，花點力氣追查一樣可以把他揪出來，但利瑟爾卻沒有這麼做。
為什麼嘛，伊雷文噘起嘴唇。利瑟爾輕撫著咖啡杯的把手，開口回答。
「干涉魔力裝置的時候，我調查過了。假如異形支配者死亡，或是在非自願的情況下喪失意識，龐大的魔力全部都會用於強化魔物。」
「那會很恐怖嗎？」
「強化魔物，可是魔物使最厲害的本領哦。而且支配魔物的施術者是難得一見的天才，還有許多高階魔物受到他操縱呢。」
「啊……」伊雷文領略了他的意思，回想起在城牆上看見的大群魔物。
確實出現了不少迷宮深層的魔物，不過利瑟爾努力把牠們擊殺了。
「那種層級的魔物萬一再經過強化，恐怕只憑一頭魔物的力量，就能夠破壞城牆。」
那會是最糟的情況，沙德嘖了一聲。
只是一道西城門遭到破壞，損失就已經難以估計。萬一全方位都遭受同樣攻擊，那可不是應接不暇而已。唯一能夠阻止魔物的只有主謀，要是他已經昏倒，那就無計可施了。

「魔力裝置上也有陷阱？」
「很可惜，是的。」
「那確實沒辦法破壞。」
劫爾本來想提議「既然這樣，為什麼不破壞裝置」，聽了利瑟爾的答案，也乾脆地接受了。
「但隊長不是破壞過魔力裝置嗎？」
「因為那個陷阱在所有裝置都無法作用的時候才會發動。」
「是什麼樣的陷阱啊？」
「大爆炸。」
沙德不由得板起面孔。
「你還真敢破壞前兩個裝置。」劫爾說。
「根據我的猜測，破壞一定數量是沒有問題的。你想想看，裝置也有可能被路過的魔物破壞掉呀。」
為了應付這類意料之外的狀況，所有魔力裝置都彼此相連，即使欠缺一、兩部裝置，剩餘裝置仍然可以互相支援，正常發揮作用。拜此所賜，利瑟爾即使破壞了兩部裝置，也幸運地沒被支配者發現。
由於裝置彼此相通，爆炸的時候也是運用凝縮的龐大魔力，一口氣引爆所有裝置。屆時魔物勢必會全數炸飛，不過商業國的外牆附近，恐怕也一樣會灰飛煙滅。
「而且我想，留著這些裝置說不定還有用處。」

「為什麼？」

「萬一城牆遭到破壞，感覺可以運用那些裝置展開魔力護盾。」

這人究竟從什麼時候開始，就已經考慮到城牆受損的問題了？

沙德已經明言，不論利瑟爾做出什麼事，他都不會再感到驚訝了。到了這時候，他才終於明白自己這句話真正的涵義：一旦不再驚訝，剩下的反應就只有錯愕和無奈而已。沙德理解了劫爾時不時嘆氣的原委。

「你引他出來是為了加快事態發展，那為什麼要破壞城牆，讓魔物攻進城裡？」

「領主大人，您是不是以為我什麼事都辦得到呀？」

「大抵的事情你都辦得到吧。」

「您不稍微懷疑一下嗎……也許我試圖阻止，卻失敗了？」

「駁回。」

沙德哼笑一聲，利瑟爾有點失落。

他平時就這麼覺得了，有時候沙德的舉止有點粗魯，利瑟爾在心裡嘀咕道。他擁有貴族最低限度的教養，不過也許是不在他人面前露臉的緣故，並沒有那麼講究。

沙德本人一定也覺得，禮儀只要做到不受人指責的程度就好了。工作方面他明明毫不妥協的。

「您太抬舉我了。」

「嗯，畢竟是隊長嘛。」

「別人這麼想，大多都是你自找的。」

難以接受。

「——……√——……」

這時，一陣澄澈的音色，忽然在房內輕柔地迴響。

妖精們在隔壁房間享受下午茶，既然特地將歌聲傳到這裡來，肯定是有什麼事。所有人一瞬間豎起耳朵，接著徵詢般看向利瑟爾。

「她們稱讚令郎很可愛，年紀還這麼小，卻完美替她們斟了紅茶，她們很高興呢。」

「這點小事，做到是應該的。感謝貴賓的誇獎。」

聽見利瑟爾轉達的話語，站在一旁待命的店員微微一笑，行了一禮。

看他兒子的年紀，小手端起茶具組應該還搖搖欲墜才對，店員卻說這是應該的。超乎想像的表現，不曉得是這種嚴格的教育使然呢，還是該歸功於遺傳自血脈的濃厚天分？

利瑟爾佩服地想道。他正準備轉達店員的感謝，才微微張開唇瓣，卻又閉上了嘴。

「各位這麼安靜，我有點不好意思耶。」

「你不是習慣受人矚目了？」劫爾說。

「完全不一樣呀，這就像在眾目睽睽之下唱歌一樣。」

嘴上說不好意思，但利瑟爾看起來一點也不害臊。伊雷文詫異地看向他。

「隊長，我不懂你羞恥心的標準在哪欸，你平常不是都一副滿不在乎的樣子？」

「平常？」

原來如此，只是有沒有自覺的問題而已嘛。劫爾和伊雷文點了點頭。

利瑟爾儘管心裡納悶，不過還是沒有追究，開口將回應送到隔壁房間。他模仿妖精的做法，以魔力構築出傳導聲音的路徑，隔著一面牆壁勉強能夠傳達。

「話說回來，關於魔物侵入城內的事……」

這傢伙平常到底都做了些什麼事？沙德一面感到好奇，一面將話題拉了回來。

他差點分神去想這件事了，一定是因為克服了最艱鉅的難關，現在心情鬆懈下來的關係。他灌了一口咖啡，集中精神。

「關於這一點……」

利瑟爾尋思似地輕觸唇邊，開口說道。

「主要是因為，我們不能奪走支配者的意識。只要還能思考，他隨時都有辦法破壞城牆。」

「……啊，原來如此。你的意思是，他可能已經重新設下機關了？」

「啥？」

「主謀不是說了？等到我方筋疲力盡的時候。」

聽見伊雷文的疑問，劫爾簡單答道。

異形支配者趁著避難的時候，設下了一開始炸毀西城門的那道魔法，因此設下魔法想必不需要太多時間。打從支配者來到城牆上的時候，城牆就已經註定會被他炸毀了。

而且正如劫爾所言，從某個時間點開始，異形支配者就已經打算親臨西門，這也就代表市區遲早會遭到魔物蹂躪。

「既然魔物一定會攻進城內……」

利瑟爾瞥了劫爾一眼。

「……所以我才想，落入對方的支配當中奪取控制權，是最快的方法，災情也可以減到最輕呀。」

「所以？」

看來這招行不通，利瑟爾放棄了。

既然劫爾交代「事後給我記著」，利瑟爾總想盡可能在他算帳之前找到免死金牌。不過，看來就算有正當理由，劫爾也不會因此原諒他。

前一晚劫爾也說過了，不論有什麼理由都一樣，所以他不接受這個藉口也是理所當然的吧。

「你又沒把握一定能奪取成功。」

「所以我才事先請你過了三分鐘就阻止他呀。」

「隊長，差一點點就超出時限了欸。」

「在這麼短的時間內成功奪取了控制權，應該誇獎我才對吧。」

啪一聲，劫爾的手背打到利瑟爾額頭上。一如往常，聲音響亮，卻一點也不痛。

「嗯？話說回來，阻止他的方法應該是破壞掉所有裝置對不對？」伊雷文問。

「是呀。魔力如果沒有經過強化，是不足以支配人類的。」

「不會爆炸？」

「引發爆炸的魔力，也全部用在我身上了。」

操縱人類的困難程度可見一斑。

實際上，異形支配者取得利瑟爾這個棋子之後，也沒有繼續操縱魔物了。正因為他放棄了魔物的支配權，利瑟爾才能在短時間內奪取成功。

「……你被支配之前也未免準備得太周到了。」沙德說。

「萬一就這麼一直被支配下去，那就傷腦筋了呀。」

「你別被支配不就好了？」

利瑟爾這麼做一定有各種考量，對於商業國而言，或許這也是最好的做法。

但是，這些對劫爾他們來說一點關係也沒有。不論災情擴大，還是發生任何事情，二人的優先順序都不會改變。

「我也有一些意見，但這件事還是交給你左右那兩個人處置吧。」

「我是有在反省的。」

「駁回。你應該要後悔才對。」

利瑟爾也知道自己有錯在先。

組了隊伍卻擅自行動確實不妥，而且，他也沒有遲鈍到不明白劫爾他們怎麼看待這件事。因此，利瑟爾甘願接受責備。

「假如我這麼做對這個城市一點幫助也沒有，那我會後悔的。」

「……嘖。」

但他多少還是會垂死掙扎一下。

「那麼，您是否還有其他疑問呢？」

「不，已經夠了。我大致明白了。」

那太好了。利瑟爾說著，微微一笑，望向窗外。

「那麼，就讓我實現約定吧。」
「約定？」
「我告訴過您，會在今天之內解決這件事吧？」
「駁回。這約定早就實現了。」
異形支配者已經逮捕，相關事務也全數處理完畢。
只剩下一場普通的魔物大侵襲，討伐也進行得相當順利，沙德想不到還有什麼約定。
「我不是說過了嗎？您會很忙的。」
利瑟爾維持面向窗外的姿勢，目光朝沙德的方向瞥來。
不必說，沙德現在已經忙死了。但他判斷這次面談比什麼事都更加重要，所以才以疾風怒濤之勢解決了各項要務，特地安排一段時間與利瑟爾談話。
在沙德眼前，利瑟爾將交握的雙手擱到桌上，悠然一笑。
「今晚您不會有餘暇安眠的。」
利瑟爾雙唇吐露出簡短的音節，下一瞬間，渾厚的聲之洪流衝擊耳膜。
沙德瞠大眼睛，透過窗戶，他看見奇蹟般的景象。無數劍刃飄浮在空中，形象有如海市蜃樓般飄搖不定——數量驚人的光刃。
『——√——……——……Sia!!』
響起一段有如交響樂終曲般強勁的旋律，光劍隨著歌聲落下。
那光景恍如流星墜地般壯麗，人們只能抬頭仰望。大侵襲畫下了唐突的句點，戰士們愣愣地放下武器。必須迎戰的魔物已經不復存在，光刃貫穿了一切，眾人看得出神。

寂靜籠罩全城。利瑟爾閉上眼睛，沉浸於優美旋律的餘韻之中，對真正尊貴的存在，致上由衷的敬愛之情。

「√……——（在此向妳們致上由衷的感謝與敬意。）」

宛如嘆息般吐露的心意，一定準確傳達到妖精耳中了。

從隔壁房間傳來的音色溫暖柔和，她們想必不覺得這有什麼特別，又重新開始享受下午茶時光了吧。

利瑟爾緩緩睜開眼，眨了幾下眼睛，接著忍俊不禁地笑了。

「…………」

在他眼前，沙德撐在桌上的那隻手掩著臉龐，默默無語。

「你是想快速解決這件事，早點去泡溫泉吧……」劫爾說。

「被你發現了？」

「畢竟隊長到商業國來也沒什麼事嘛。」

「是呀，現在也沒有辦法觀光。」

聽見三人若無其事的對話，沙德緩緩抬起頭來。

那頭光潤的黑髮蓋住臉龐，形貌駭人，小孩子看了都會嚇到哭出來。即使他是美男子，這副模樣還是一樣可怕，那張臉上簡直能感受到殺意。

「這麼說來，我有一件事，無論如何都想請教領主大人……不知道這次我賣了您多少人情呢？」

利瑟爾卻不為所動，乘勝追擊，語氣顯得刻意。

「你該不會……」

「啊，我不小心說出來了嗎？」

竟然挑這種時機，真不留情面，劫爾嘆了口氣。

看利瑟爾處處幫忙商業國，劫爾也隱約有所猜測，事實果然不出所料。他不會說利瑟爾是沒有好處就不會行動的男人，但可以獲得好處的時候，利瑟爾也不會放過機會。

「你有什麼目的？」

「我的目的只有一個。」

沙德煩躁地撥起瀏海，牢牢瞪著利瑟爾，神色中帶著幾分警戒。

「我想知道一件事情。」

利瑟爾緊接著道出的內容，確實等同於特級機密。

怎麼可能告訴你——若是以前，沙德一定會這麼回答。但利瑟爾確實立下了相應的功勞，經過這次大侵襲，他也知道不應該與利瑟爾為敵。

而且，還不僅如此。沒想到自己也有明白雷伊心情的一天，沙德心想，響亮地嘖了一聲。

「……還不夠，差了一點。」

不過，沙德好歹也是商人之城的領主，能抬價的時候他也不會手下留情。

聽見這句試探，利瑟爾卻點頭表示贊同。這情報確實價值不斐，但利瑟爾這反應彷彿看穿了自己的本意，沙德有點不是滋味。

「那麼，請容我獻上這東西補足吧。」

「什麼？」

利瑟爾將一副眼鏡交到沙德手中。鏡片沒有度數，帶著綠松石般美麗的深綠色。

「這是阻絕認知的眼鏡，戴上它，周遭就認不出您是誰了。它的效果相當優異，甚至碰見熟人也會被當成陌生人看待。如果您想像以往一樣到街上視察，有了它不是正好嗎？」

「沒想到隊長開到的尷尬迷宮品會派上用場欸。」

「什麼尷尬，這可是迷宮深層開出來的高級迷宮品耶。」

「雖然除此之外根本沒用。」

聽著三人的對話，沙德掩住的嘴角勾起笑容。

一敗塗地。自己想必一輩子都贏不過眼前這號人物了，這麼一想，心情反而輕鬆許多。

他收下眼鏡，插在胸前的飾繩上。

「足夠了嗎？」

不如拿去跟雷伊炫耀吧——竟然產生這種難以置信的想法，看來自己的情緒也相當高昂。沙德心想，筆直回望利瑟爾投來的微笑。

「我就同意吧，成交。」

接著，一陣急促的腳步聲逐漸朝這裡接近。

憲兵總長呼喚自己的聲音傳入耳中。這也不意外，沙德點點頭。魔物突然間全數殲滅，他必須向不知道內情的人交代才行。該怎麼解釋才好？

誠如利瑟爾所言，他今晚大概不用睡了。但無所謂，反正心情如此浮躁，即使沒有事情要辦，他也睡不著。

「應付大侵襲辛苦了，領主大人。」

「駁回。初次見面我就說過了吧？」
沙德站起身準備離開，他走向房門，伸手握住門把。
「祝您度過美好的夜晚，沙德伯爵。」
聽見沉穩的嗓音如此回應，沙德唇角勾起一道淺淺的弧。走出房門時，那道笑容已經消失無蹤。

44

魔物大侵襲畫下了句點。

這是前所未有的狀況。王都派遣的增援人手都還來不及抵達，大侵襲卻已經結束，再加上民眾目擊疑似妖精的女子出現……想起接下來的麻煩事，及早解決也不是沒有壞處。

沙德邊想，伸向文件的手仍然沒有停下。他已經幾天沒睡，雖然最重要的是商業國和這裡的居民，但這和那是兩回事。

「採取了那麼多行動，麻煩事卻置之不理？一群任性的傢伙……」

沙德對著已經不在這裡的利瑟爾一行人啐道。

回想起來，劫爾那時候說過，利瑟爾是想早點解決這件事、早點出城。簡而言之，他對普通的大侵襲沒有興趣，但又不能在大侵襲打得如火如荼的時候將一刀這個最強戰力帶離商業國……所以就把大侵襲解決了。

竟然為此拜託妖精幫忙，一口氣殲滅魔物，只能說這人真是瘋了。

「要不是有他在，災情不曉得會有多慘重，現在的結果很值得感激啊。」因薩伊說。

「我知道。」

「再說，那小子基本上也沒忘記為別人著想嘛。」

「我說了，我知道。」

利瑟爾出城之後，將整個商業國以魔力護盾包覆了起來。

像之前說的一樣，他運用剩下的魔力裝置動了些手腳。拜此所賜，城牆的修繕工程相當順利。

而且利瑟爾雖然找來妖精，卻完全沒有介紹沙德與她們會面。這麼一來，不論外人怎麼說，沙德都可以藉口說那是冒險者個人找來的幫手，堅稱自己完全不知道這回事。

「主謀怎麼了？」

「封住他的魔法，關在牢裡啦。不過，即使不封魔法，他也一樣什麼也做不了囉。」

他想起支配者被伊雷文摧殘到支離破碎，又重新恢復的模樣。

現在，異形支配者連一根指頭也動不了，沒有什麼危險性。不知道伊雷文到底對他做了什麼，當時伊雷文邊說著「大概只剩這瓶有效啦」，一邊遞了解毒劑過來，但是一服下解毒劑，支配者又被摧殘得更悽慘了。雖然毒確實是解開了沒錯。

「哎呀，即使換成一般的大侵襲，領主還是很忙碌嘛。提早解決最好啦！」

因薩伊哈哈大笑。沙德微微皺起眉頭，卻沒有否認。

「不過打從大侵襲開始，你就一直把那小子掛在嘴邊啊。」

「……沒事就出去。」

因薩伊揚起一抹意味深長的笑容，走出房門。沙德見狀，響亮地嘖了一聲。「這我有所自覺。」他小聲嘀咕了一句，沒有人聽見。

這時候，利瑟爾在旅店房間內，和劫爾相對而坐。

一行人送了妖精回去，正準備按照先前所說，好好泡個溫泉休息。現在他們才剛進旅店，二人面對面坐在各自的床上。利瑟爾帶著至今最嚴肅的表情，劫爾則面無表情，雙臂環抱在胸前。

伊雷文隨便往利瑟爾身後一躺，興味盎然地看著這一幕。

「這一次能夠成功搶在支配者之前行動，毫無疑問是書本的功勞。」

利瑟爾的語氣不像勸說，反而帶著幾分懇求。

但劫爾連眉毛都不動一下，那張端正的臉龐默不作聲，不為所動地凝視著這裡。利瑟爾慎選措辭，開口說道：

「既然平時累積的知識，在關鍵時刻能幫助自己，表示這是有必要的吧？」

「是啊。」

「那麼……」

「那又怎樣？」

略微沙啞的低沉嗓音，不由分說地壓下了利瑟爾的氣勢。

凡是嘴上的爭論，利瑟爾無疑能贏過大部分的對手。他知識淵博，又懂得以話術控制對方的情緒，這方面的技巧其他人望塵莫及。

最重要的是，事前他會想盡辦法，避免在不利的狀態下與人爭執。

「我真的在反省了。」

「喔？」

現在，利瑟爾形勢不利，毫無疑問是因為他有錯在先。

「禁止讀書，我真的有點受不了……」

「所以？」
利瑟爾放棄了。
「這次我大概也站在大哥那邊吧——」
「伊雷文……」
「你用那種聲音叫我的名字也不行喲。」
低頭往旁邊一看，床上的伊雷文已經爬到利瑟爾身邊，仰頭望著他。他翻身仰躺，正露出喉嚨咯咯笑。
利瑟爾垂下眉頭笑了，伸出指尖，撫摸他震動的喉結。也許是會癢吧，伊雷文立刻抓住了利瑟爾的手，改往他手上蹭來，利瑟爾沒有阻止。
「只有我們在的時候，你真的撒嬌得很直接耶。」
「嗯啊——」
利瑟爾望著他心滿意足的模樣，接著重新面向劫爾。
「一個星期，對吧？」
「還不是因為你耍賴，嫌一個月太長。」
「再短一點……」
「啊？」
他放棄了。劫爾的表情兇惡至極。
但是，他從來沒有長達一個星期不讀書的經驗，包括在原本的世界也一樣。利瑟爾明白自己太恣意妄為，因此心甘情願接受懲罰，可是這實在太痛苦了。

但劫爾是不會妥協的，絕對不會。

「我不覺得我能撐到一個星期……」

「可以啦，隊長，你不是有銅牆鐵壁的理性嗎？」

「銅牆鐵壁？」

「被那些妖精邀請共浴，我看世界上大概沒幾個男人有辦法拒絕喔。」

帶有神秘的美貌，美得令人不抱欲望的妖精。

一行人將她們送到魔力聚積地前方的時候，她們說：「哎呀，想泡溫泉的話，我們這邊也有呀。難得都到了這裡，怎麼不一起泡個溫泉再走呢？」利瑟爾卻沉穩地告誡她們：「淑女輕易裸露肌膚不好喲。」這種男人的理性，不是銅牆鐵壁是什麼？

妖精們不可思議地反問「為什麼」，利瑟爾卻無比冷靜地說服了她們，冷靜到劫爾和伊雷文甚至懷疑這人的性慾是不是全掉光了。男人這樣子沒問題嗎？

「怎麼可以不糾正對方的單純，讓女性蒙羞呢。」

「人家都說好了，隊長幹嘛在意那麼多啦。」

「即使對方不排斥，我們也沒有色心，這種行為還是不太合乎分寸吧。」

妖精當中只存在女性，也不會懷胎生子，她們的常識和利瑟爾他們的常識有所差異，所以才會如此邀約。但既然異性共浴對於雙方來說都不是常情，還是應該避免這種行為。

利瑟爾認為這是紳士該有的舉止，伊雷文倒是相當惋惜，劫爾也覺得他的反應像個老頭子。

「也是啦，我們在魔力聚積地也不可能放鬆休息嘛……但隊長竟然可以拒絕女人，卻不能沒有書，這我真的不懂欸。」
「要不是這樣，罰他不准看書就沒效果了。」
「效果太好了。」
利瑟爾苦笑道。好了，接下來會怎麼樣呢？劫爾反手往床上一撐。
來到這邊以後，利瑟爾離開書的日子，恐怕也只有剛開始的兩、三天而已。不對，為了確認文字差異，他那幾天說不定也在什麼地方翻過書了。這麼想來，利瑟爾還真是無人能及的書痴。
老實說，劫爾的怒氣已經平息了，而且他發怒的對象本來就不是利瑟爾。這懲罰的目的，只是希望利瑟爾往後不要再做出同樣的事而已。
「（這樣處罰他可能也沒意義就是了。）」
只要利瑟爾覺得有必要，想必他往後仍然會毫不遲疑地這麼做。當然，相信他會盡可能確保自身安全再行動。如果經過這次懲罰，利瑟爾能把這手段保留到最後非不得已才使用，那就謝天謝地了。
附帶一提，劫爾也是單純感到好奇，想知道利瑟爾離開書會變成什麼樣子。
「別背著我們偷看書啊。」
「要是打算偷看，我一開始就不會反對了呀。」
「欸，我們去泡溫泉啦，好不好嘛？」
伊雷文蹭著利瑟爾的手撒嬌，鬧得發慌似地插嘴說道。
溫泉還是太燙了，他一個人沒辦法泡。利瑟爾表示贊同，站起身來，劫爾也順應他的邀約起身。

或許能稍微窺見這位沉穩男子折騰難耐的模樣，真令人期待。他愉快地瞇細眼睛。

閒談

大家好，我是利瑟爾大人的直屬書記官。

現在，我在國王陛下身邊負責處理雜務。

如果將「絕對王者」這個詞彙具體化，一定就是我們國王的模樣吧。

滿溢而出的威光、聰敏的眼瞳，嗓音裡蘊含支配萬物的絕對權威，只是經過陛下身邊，就會在那逼人的霸氣之下不自覺屈膝下跪。陛下的銀髮帶著星光般的色澤，一雙琥珀色的瞳眸有如明月，存在感卻宛如太陽的化身，是無可挑剔的王者。

眾人對陛下只有敬畏，沒有恐懼。平民同時懷著親近感與敬愛，我們這些臣下則是獻上憧憬與敬意，眾所皆知，國王陛下是歷代最優秀的君主。

嚴格教導這位陛下帝王學的，正是利瑟爾大人（過程中沒有使用任何暴力手段）。

國王陛下從小古靈精怪，即使是獨當一面的成年人也拿他沒轍，絕不可能乖乖聽從導師的話。不，當時我完全沒有機會見到國王陛下，所以這只是我聽到的傳聞而已。

當時利瑟爾大人年紀仍輕，我也不清楚他為什麼會被拔擢為王儲導師。不過現在回頭想來，所有人都會同意利瑟爾大人是適任人選吧。

雖然作風太過自由奔放，看不太出來，但國王陛下其實是相當優秀的明君。

雖然有時候會跑出王城，不過陛下會事先將職務處理完畢，所以沒有造成任何問題。我想，這有一部分應該也是利瑟爾大人協調的結果。

國王陛下處理眾多政務的模樣看起來輕鬆嫻熟，跟他的年紀一點也不相稱，這無疑是利瑟爾大人的教育成果。既然利瑟爾大人有能力培育出如此優秀的君王，而這樣的能人又突然消失無蹤，這也就代表……

「陛下，軍事單位的預算比往年還要少啊。」

「平常利茲會配合其他單位調整預算吧，不是不可能辦到，自己想辦法。」

「陛下！財務人手不足，政務幾乎要停擺了！」

「去找其他單位借人力。碰到這個時期，一般是利茲從什麼地方撥人過去吧，現在你們靠自己啦。」

「陛下……商路上有盜賊出沒，但是來不及應付……」

「太不知變通啦，學學利茲，去跟傭兵合作。不准跟我說你們連一個門路都沒有啊！」

「陛下，鄰國的國王說沒有收到平常在換季時節會送過去的美酒，問我們出了什麼事。」

「我哪知道！不是交代過利茲只要討好老子一個人就好嗎，那傢伙到底在幹嘛！」

……代表我們大難臨頭了。

「真受不了，沒事扯老子後腿，無能的飯桶！」

室內終於恢復寂靜，國王陛下煩躁到了極點，好恐怖。

這也是沒辦法的事。今天來請示陛下吩咐的人，全都不是國王陛下的親信。不對，除了捎來某鄰國消息的那位以外。

這些人沒有受到實力至上的國王陛下重用，卻擁有足以踏進此處的權位，是群尸位素餐的老人。哎，這跟國王陛下一點關係也沒有，但是……

「這些人對利瑟爾大人的搜索預算挑三揀四，竟然還敢說得這麼厚臉皮，真不知感恩，無恥也該有個限度吧。他們什麼時候才會注意到自己沒有活著的價值啊？」

「……沒想到你這傢伙說話這麼刻薄，講得倒是沒錯啦。」

當然刻薄了，利瑟爾大人可是我的救命恩人呀。

國王陛下隨手撥亂那頭耀眼的銀髮，咋舌一聲。聽得出陛下的心勞。

「要不是利茲阻止，老子早就把他們全幹掉了。」

「利瑟爾大人阻止您嗎？確實如此，以陛下的作風，看不順眼的瞬間就會將對方連著宅邸整間炸掉了。」

「你是懷恨在心喔？」

我絕對沒有懷恨在心，只是偶爾會夢見自家爆炸而已。

「秉性再怎麼無恥，他們的辦事能力跟影響力都還可以，再怎麼說也是老屁股嘛。」

「他們確實握有各種引人反感的人脈呢。」

「所以啦，利茲就說，『反正隨時都可以消滅這些人，不如在接班人獨當一面之前巧妙利用他們，比較省事』。」

省事。

利瑟爾大人個性沉穩、溫柔，卻不太像是和平主義者。

畢竟，他的所有行動都以「對國王陛下有利與否」為判斷標準，為了幫助國王陛下不擇手段……應該吧。因為利瑟爾大人不會留下任何證據，又做得太不著痕跡，我也沒有辦法掌握所有來龍去脈。

最重要的是，利瑟爾大人會肯定國王陛下的一切。

以前，國王陛下曾經肅清國內的某位領主。後來事跡敗露，大家才發現那個領主非法調高貿易關稅，從商人身上榨取錢財。

至於國王陛下「肅清」的手段，則是把那個領主龜甲縛，只穿一條內褲吊在港口。領主是個中年大叔，畫面慘不忍睹。

然後，陛下不曉得從哪裡搬來大量的蟲蛀番茄，整整裝了十個木箱，還很周到地在高高吊起的領主正下方，設置了一面「請自由丟擲不必客氣」的看板。他自己也一顆接一顆把番茄往領主身上砸，邊砸邊放聲大笑，然後才凱旋歸來。

陛下在這方面一向毫不馬虎，這是光明正大地找碴。

『利茲，我把看不順眼的領主吊起來啦，之後交給你處理。』

『證據呢？』

『沒留下。嗯，任誰都看得出來是老子幹的啦，但沒有證據。』

『那就太好了。請您泡個澡歇息一下吧。』

這時候，利瑟爾大人已經安排新任領主接下崗位了，辦事真是迅速。

順帶一提，後來利瑟爾大人藉著國王陛下的傳送魔術到現場一看，領主還吊在那裡，全身被番茄汁染得通紅，沒有人放他下來。看來商人們對領主怨恨深重。

隔天，「國王捍衛正義，討伐惡霸領主！」的消息就傳了開來。關於這件事，利瑟爾大人一句也沒有責備國王陛下。

「這些事辦完，我到研究所一趟。」

「好的。」

國王陛下迅速將各單位提出的案件分派完畢，開口對我說。

研究所位於王城一角，是隸屬於國家的優秀魔術師致力研究的場所。現在，那裡是搜索利瑟爾大人的最前線。

最近，國王陛下時常到研究所露面，跑出王城的次數也少了。就像暴風雨前的寧靜一樣，某種恐懼確實盤踞在我胸口，但我仍然目送陛下離開，然後呼出下意識屏住的氣息。

以傳送魔術移動到目的地之後，我叫住了一個男人。這傢伙閉嘴不說話的時候，渾身散發著一股憂鬱氣質。

「喂，差不多也該連通到利茲那邊了吧，臭人妖。」

「呵呵，討厭啦，叫人家哥哥大人。」

「你老實回答老子的問題啦。」

他是我如假包換的親哥哥。這男人熱愛魔術，愛到放棄王位繼承權，當上了研究所所長。

當初要是這傢伙繼承王位，我就樂得輕鬆了。還說什麼「多虧有個優秀過頭的弟弟，還有小利瑟爾幫忙，就用不著人家上場啦——」先去死一遍啦。

不過看來他還是有點才華的，這傢伙曾經幫利茲改裝出可以使用的魔銃，現在也全權負責指揮搜索，屢次有所斬獲。

「我們不是從小利瑟爾的房間找出魔力渣滓，然後建立世界背面的假想接點了嗎？幸虧有這麼充裕的預算，最適合的魔石也弄到手了，所以我們就以那個魔石為媒介，把魔力渣滓的紀錄寫入其中，然後模擬……」

「講結論。」

「今天，就看你的表現囉。」

這就表示——

突然消失無蹤的那個傢伙，明明說好要一直待在我身邊，卻什麼也沒說就平空消失，怎麼找都找不到的那個微笑、手掌的溫度、頭髮的觸感、甜美的眼睛，還有嗓音——每一次回想起來，他不在身邊的事實都令人煩躁。

這早就超出了我的忍耐極限。不巧我不像那傢伙那麼知足，只是思慕就能感到滿足。

「現在馬上開始。」

「走這邊喲。」

聽見我這樣催促，臭人妖也微笑帶我往前走。

我們再怎麼說都是兄弟手足，他也知道我已經忍到極限了。雖然這點讓人不爽，但現在不是說這個的時候。

我被帶到一面像鏡子的東西前面。但鏡子裡沒有映照出我的身影，它飄浮在半空，旁邊圍繞著各種魔術陣和魔石。

「這是魔石？」

「對，是你拿來的那個。這種東西在市面上才買不到呢。」

臭人妖撫摸那塊像鏡子一樣的魔石。

當時聽說需要品質良好的巨大魔石，我確實跑去弄到了這東西。地點是棲息著大量高危險性魔物的山谷，平時禁止進入，而且還是別國的領地。

「來，你站在那邊吧。」

我站到層層疊疊的魔術陣中央。

「你要做的事情只有兩件喲。第一，就是把你那像笨蛋一樣龐大的魔力，注入到我們用幾百個魔術陣固定下來的通道裡。」

「你說笨蛋是吧，事後給老子記著。」

「呵呵。第二件事情，就是找出小利瑟爾。」

「啊？」

現在我們不是正準備做這件事嗎，這話是什麼意思？

「通道的終點設定在小利瑟爾的耳環上……更準確地說，是你龐大過頭的魔力。」

我交給利茲的耳環有兩隻。

一隻是收納魔銃用的耳環，另一隻則灌滿了我的魔力。兩隻耳環都是我親手交給他的，那傢伙一定會配戴在身上。

「那隻耳環本來就會呼應你的魔力，所以一定會互相牽引。只要你強烈地、強烈地思念，它一定有所反應，不要錯過那一瞬間了喲。」

強烈地思念。我微微點頭，放出魔力。

我看見臭人妖急忙退開，同時大量的魔術陣放出煩死人的眩目光芒。

瞇起眼睛往臭人妖的方向一看，那傢伙兩眼發光，正往手上的紙張振筆疾書。

「竟然能驅動這麼大量的魔術陣，雖然人家本來就相信你辦得到了……！啊，即使把全世界的魔術師聚集在一起，這種規模的魔力也撐不到一分鐘……！有你這樣的弟弟，人家真是太幸福了！」

恍惚的表情真受不了，周圍學者們的目光也一樣。這些傢伙以為老子是實驗體啊？實在太惱人了，於是我抬起一隻腳，狠狠踢到地板上。響起砰一聲震撼五臟六腑的爆裂音，那些傢伙聽了總算回過神來，各就各位。

但臭人妖還是直盯著我看，我決定不要再管這傢伙了。

忽然間，周遭的魔術陣一同開始轉動，眼前鏡子般的魔石發出淡淡的光芒。

接著，它啪地一聲裂開，裂縫中漏出眩目的光輝，照亮整間研究所，光線強烈得睜不開眼睛。

「——喂！」

「就是現在！終於連結到那一側的世界了，你快找到小利瑟爾吧！」

我閉上眼睛，感受到什麼東西的氣息。

不曉得是那一側的野獸、人民，還是植物，無數微小的氣息。我揮開那些隱隱約約的氣息，尋找利茲。

「利茲。」

臭人妖說要強烈地思念，事到如今，這根本用不著他說。

聽見自己口中漏出懇求般的聲音，我嘖了一聲，加強釋放魔力。既然只有渴求還不夠，我一一挖掘出記憶中的那道身影。

第一次見到他的時候。

『初次見面，殿下。』

我討厭那些接二連三派到我身邊的導師，那一天，聽說又有新的導師要來，我於是逃之夭夭。一大早我就甩開侍衛，跑到自己的秘密基地，結果利茲已經在那裡了。

那傢伙沒說他就是導師，每天都到那裡露面。一開始，我好像也看他不順眼，但不管我做什麼他都沒有追究，只是微笑以對，後來我就越來越中意這個人了。

有一天才注意到，其實我在不知不覺間，從他身上習得了各種知識。

『要是你是我的導師該有多好啊。』

聽見我這麼說，那傢伙才揭露他的身分。那時我想，這個人個性真差勁。

『利茲，我們到外面去嘛！』

『等到今天的課程結束之後，當然沒問題呀。』

『耶！』

即使是一般人會阻止的提議，那傢伙也沒有攔阻我。

不論我要去的是敵國，是危險的溪谷，還是單純到城下逛逛，只要我開口邀約，他總會跟來。利茲基本上以維護自身安全為重，卻願意相信我，毫不遲疑地點頭。

他一次也沒有拒絕過與我同行。

『欸，我常常拉著你到處跑，你不會嫌煩喔？』

『如果您需要我，那就是我無上的幸福了。』

聽見我這麼問，利茲由衷露出高興的笑容。

從前也好、現在也罷，我一向覺得利茲這麼說是理所當然，但這不表示我聽了不會開心。看見我心滿意足的模樣，利茲被逗笑了，伸出手溫柔地梳理我的頭髮。

『欸，利茲，你看這個！』

『您怎麼把魔銃拿出來，發生什麼事了嗎？我知道殿下不受後座力影響，之前看過您使用囉。』

『不是啦。你看好囉，只要像這樣，用傳送魔術把魔力弄進去，就可以重複使——』

那是我第一次被罵。

臉頰上被打了一巴掌，我愣住了，沒發現手中的魔銃已經掉到地板上。

我第一次看見他不帶笑容的表情，第一次看見平時一向溫柔的眼睛細瞇起來，染上責備的色彩，第一次聽見他吐露的嗓音不再溫和。

『咦，什麼……利茲？』

我無法大聲怒斥他放肆，也無法道歉詢問自己做錯了什麼，那是我人生中第一次感到茫然自失。那時候經歷的好多事情，都是生命中第一次。

『我應該教導過您，改造迷宮品是很危險的吧？』

『──但這樣一來，你也可以用啊！』

發射時的衝擊力道也許可以想辦法解決，當時說話語氣還很正常的老哥這麼告訴我。那就只剩下殘餘彈數的問題了。如果需要的時候隨時可以使用，它一定會成為優秀的武器。

『還不是因為你說那種莫名其妙的話，什麼你實力不夠，跟我出去不太好……所以我才特地幫你準備武器的欸！』

『是我的錯嗎？』

雖然知道那只是玩笑話，但我還是不希望利茲以後再也不跟我出去。還以為他看了會開心的。

『……對啦！』

現在回想起來，對迷宮品這種不可能解析的東西動手動腳，丟掉小命的可能性確實不低，簡直像抽籤決定生死一樣。但當時的我沒有注意到這件事，挨罵使我大受打擊，挨他的打令我絕望，礙於自尊心，我又無法坦率道歉。

『反正都成功了啊，你閉嘴收下不就好——』

『既然如此，我就沒有辦法待在您身邊了。』

我瞪大眼睛。

『殿下，我無法容許任何會陷您於險境的人物，繼續在您身邊逗留。』

我馬上注意到，我傷了那傢伙的心。

他臉上浮現強顏歡笑的表情，笨拙到連我都看得出來那笑容是假的。

『打了您非常抱歉，殿下。一定很痛吧？』

『啊……』

利茲的手伸了過來，但還沒有碰到我，那隻手就握成拳頭，收了回去。

那傢伙又道了一次歉，走出房門。我無法去追他，後來老哥跑來，才發現我一直呆立在原地。平常我嫌老哥煩人，總是嘖一聲打掉他的手，但那天卻在那隻手的敦促之下，用我還無法正常運轉的思緒，一點一點說出事情始末。結果就被揍了……雖然我躲開了啦。

那天一回過神來，我已經在自己的房間了。明天就沒事了——我毫無根據地這麼想，閉上眼睛，卻整晚無法成眠。

期待化為泡影，隔天利茲沒有來訪。老爸告訴我，導師換人了。錯愕之下，我帶著無法壓抑的衝動，一抬手就往眼前特大張的桌子打下去。

可能是我下意識注入魔力的關係，桌子被打個粉碎，木片在半空飛舞。「快去給我道歉！」老爸訓道，把我揍到整個人快要飛出去，要不是這樣，我大概會把王城轟到半毀出氣吧。

『……利茲呢？』

『嗨，殿下。您好像傷害我們家兒子很深哦？』

『……回答我啦，臭大叔！』

我從以前就不擅長應付那傢伙的老爸，即使一樣露出笑臉，他的笑容也跟利茲完全不一樣。

大叔笑著，默默指向他們家的書庫。我急忙朝著那座素有「大圖書館」之稱，聞名各國的巨大書庫跑去。

在那裡看見的光景、交談的對話，我一輩子不會忘記。在這之前，我從來沒看過那傢伙失去平常心的模樣，以後也沒再見過，但直到現在，我還記得他那副模樣帶給我多大的打擊。

我終於發現，自己一直都在依賴利茲。我想，那大概是我第一次對王位產生興趣，有了那個地位，我就能君臨於利茲之上，能給他庇護。

『陛下，恭喜您即位。』

『嗯。』

各種典禮、儀式等等緊鑼密鼓的行程結束之後，利茲捎來一句祝賀，我卻高興不起來。利茲是王儲導師，換句話說，我即位為王，就代表他的任務結束了。從此以後他不再是導師，而是我的臣下。

只是無數臣下當中的其中一人，而不是唯一的導師。以利茲的地位，未來必定會成為我的親信或是重臣，但這樣還遠遠不夠。

『利茲，我說啊……』

『是？』

『你都無所謂喔？』

感覺好像只有我單方面在乎這件事，有點令人火大。聽見我這麼問，利茲微微一笑，看起來有點不好意思。

『我是您的人，而您是我的王，這些都和從前一樣，沒有改變呀？』

『我不服氣。』

那雙眼睛露出忍俊不禁的笑意，看得我皺起了臉。是把老子當成小鬼喔？這時，我忽然想到一個妙計，並立刻決定付諸行動。我帶著幾分報復心態，在加冕典禮上，向眾人堂堂宣布。

創建宰相之位，並任命利茲為宰相。聽見意想不到的宣言，群臣一片譁然，我毫不在乎他們怎麼想，衝著利茲露出無畏的笑容，看見利茲露出了沒轍的苦笑。

讓我覺得「真是贏不過他」的，就只有那傢伙一個人。實際上，在我成為國王之後，我們之間改變的也只有稱謂而已。看見他一如往常的態度，我稍微有點安心，這是秘密。

發生了好多事，跟利茲有關的一切，我一點也不曾忘記。

還記得敵國發動戰爭的時候，我聽從那傢伙的建議，用傳送魔術接連將士兵送往戰場，結果大獲全勝。

有一次微服出遊玩過頭，被國策顧問那個老頭訓話，叫我要懂得自重，那傢伙還陪我一起挨罵。

跟利茲喝酒的時候，他個性大變，跟平常完全不一樣，隔天竟然還什麼也不記得，看得我大爆笑。

有一天，我硬是從利茲身上汲取魔力，灌注到耳環當中，然後把那耳環刺到自己的耳朵上。

有一次我毀了海賊的巨大戰艦，結果利茲說他本來想要完好無傷取得那艘船。有一次我釣到河裡傳說中的守護神，拿去給利茲看，結果利茲叫我把牠放回去。有一次有刺客想暗殺我，告訴他這件事的時候，那傢伙告誡我不要玩過頭了。

即使我在利茲眼前，作勢殺掉他的母親，那傢伙仍然對我——

「找到了。」

捕捉到了，有一道沉穩纖細的魔力，就依偎在我的魔力旁邊。

為了不錯失目標，我加強釋出魔力。我從來沒有動用過全力，在此刻解放全身龐大的魔力，絕對不能錯過它。

城堡開始搖晃，魔術陣的強光令人目眩，我把足以蒸發一個國家的魔力全部灌注到眼前的鏡子裡。

「等一下……！哎喲，王城會被你炸掉啦！人家叫你不要……喂笨蛋，叫你住手是聽不——」

「炸掉就炸掉算了!!」

為了找回那傢伙，即使這個國家消失我也不會遲疑。

「利茲！」

鏡子裂開一道巨大的缺口。

我集中魔力，硬是將它撐開。就差一點了，利茲就在那道光的彼方。然後，在那道縫隙的另一頭，我確實看見了那雙再熟悉不過、百般思念的紫水晶眼眸。

「陛下。」

我將裂隙擴展到極限，緩緩收斂魔力。彷彿受到那道甜美的嗓音吸引似的，我的喉嚨也不由自主發出聲音。

「利————」

「嗨，連上了嗎？」

我差點毀滅世界。

裂隙逐漸閉合，我們在裂縫完全消失之前四目相望，不曾別開目光。我緩緩閉上眼睛，將那雙眼眸的餘韻烙在腦海。

利茲看起來過得很好。沒有受傷，微笑沒有蒙上陰影，對我的忠誠心也沒有絲毫動搖。

我從來不覺得終於窺見那一側的世界時，看到的會是他的遺體，但還是鬆了一口氣。

「小利瑟爾看起來很有精神呢，這樣人家就放心了。不過，暫時沒辦法連接第二次了呢。」

「啊？」

「你看，這個不可能復原了喲。」

我順著老哥的手指，看向眼前的鏡子。

魔石慘不忍睹地從正中間裂成兩半，臭人妖說得沒錯，看起來不可能重複利用了。太脆弱啦。

「請你再去採魔石過來吧，下次最好找個更大的。」

「據我所知那是最大的啦。話說回來……」

「咦？唔咕！」

「竟敢對著老子這樣笨蛋笨蛋地罵，你還真帶種啊？」

我抓住老哥的臉，把他整個人舉起來。是以為狀況混亂，老子就會當作沒聽見喔？

「是說那個大叔跑哪去了？看老子還不砍他頭……」

「唔咕咕咕咕……（他回去了，看起來很開心喔。）」

「老子沒問你啦。來人啊，把那個臭大叔拖到老子面前！」

我不會原諒那傢伙的，絕不。就算我那時候傷害了你兒子，你也沒必要到現在還找老子麻煩吧？心眼有夠小欸，怪獸家長。

「用搏命的決心，把利茲給我找回來。別忘了是誰選中你們來到這裡的，怎麼可能辦不到！」

「「遵命！」」

眾多研究者異口同聲回答。我衝著他們笑了笑，盼望著再會的那一天，朝著陽光底下邁開腳步。

毒蛇與懦夫的一夜惡補

「我要把我的所有絕活……全部傳授給你……！」

好了，這傢伙要玩什麼把戲咧？我一屁股坐到作業檯上，晃著兩條腿。

這裡是道具店，隊長他們都回去了，賈吉就在我眼前。他應該很怕我才對啊，被他叫住的時候真是太驚訝啦。我的身分明明沒有敗露，這個平凡氣質的男生碰到我，卻不知道為什麼總是退縮到不尋常的地步。

「（嗯，既然是隊長的熟人，這種反應也不意外啦。）」

叩一聲，腳跟踢到了作業檯，我看著那個口中念念有詞的傢伙。

「首先是，嗯……移動過程中的……不對，還是魔道具比較優先……」

他好像已經在擬訂各種計畫了。

那傢伙臉上充滿幹勁，應該是因為那份熱情的關係，恐懼也不知拋到哪去了吧，不難想像。我有點想回去了。

「你是想說什麼啦，反正不就是希望我們一路上不要讓隊長不方便嘛。」

「對、對呀。」

「我也不打算讓他不方便啊。」

我一臉受不了地說完，賈吉聽了眨眨眼睛，看向這裡。

就算他聽了覺得意外也無所謂。如果他那樣想，頂多就是從此假裝沒看見這個人，交談的時候隨便敷衍過去，除非必要不跟他來往而已。他是隊長的人，所以我不會對他怎樣。

不過，他好像沒有那樣想。

「這我也知道呀……」

這傢伙很懂嘛。看見他一臉不可思議的表情，我吊起嘴角。

我們來到店面深處的起居空間，這裡感覺也可以接待客人。

我坐到椅子上，賈吉坐在對面，正露出拚死拚活的表情死命說服我。

「但是，怎麼可以讓利瑟爾人哥直接從瓶口喝水……！」

「不就是喝個水而已，你隨他愛怎樣喝就怎樣喝嘛！」

這傢伙很恐怖欸。

倒不如說，他根本不打算讓隊長露營吧，野外露營還把水從瓶子裡倒到玻璃杯有啥意義啊？直接喝好嗎？就算是隊長，這點小事一定沒問……應該沒問題吧，只是會邊喝邊一副很稀奇的樣子而已。

「像椅子之類的，我也希望你們可以帶去……」

「你不要拿那麼講究的椅子過來啦！」

「而且怎麼可以沒有桌子，碗盤也是……」

「放在腿上不就好了！不對，露營用碗盤太搞笑了啦！」

完蛋了，連我的常識都要被他扭曲了。

如果賈吉完全沒有野營相關的知識，那也就算了，可是他以前還雇用隊長他們，駕著馬車到過商業國欸，不可能不懂。商業國他應該也來回跑過很多次了。

可是卻這副樣子。這個人現在到底是在教我什麼東西啦？

「稍微有點野營風格他還比較開心吧，你看隊長的個性。」

我試圖及早修正他的路線，賈吉聽了哀傷地垂下眉毛。

稍微交談一下很難不注意到，這傢伙的奉獻心只是一種自我滿足。這確實是出於好意沒錯，實際上他也幫上了隊長的忙，所以表面上看起來才會好像勤快地在為隊長付出一樣。事實上，這傢伙只是在做自己想做的事而已。

就算隊長不喜歡他這麼做，甚至拒絕他，這傢伙一定也不會停止付出。一旦隊長失望，一切就結束了，不過那一天大概不會到來吧。

「（隊長還真寵他。）」

看透了這一點還接納、寵愛這傢伙，隊長真不是蓋的，不愧是習慣被人服侍的人物。

「而且三餐只要食物好吃，其他隨便怎樣都好啦。」

「但是，劫爾大哥不太……」

我撐著手肘，差不多聽膩了，這時賈吉說到一半，帶著期待的目光看了過來。

「啊，該不會——」

「不可能。」

我朝他揮揮手。

食物當然是好吃最好，但只要買現成的就好了。在城外肚子餓的時候，我也是隨便獵點東西吃，要不然找輛馬車襲擊就解決了。煮東西我大都是叫其他人負責，但只要會切塊、拿去烤，就足以填飽肚子了。

「反正也只是三、四天而已，沒差啦。」

「是利瑟爾大哥要吃的東西耶……？」

「隊長從來沒抱怨過食物怎樣啊。」

不對，他沒抱怨過反而還比較不正常。

不管是陌生的食材還是調味方式，隊長的反應都只是一臉不可思議而已，從來沒看過他嫌東西不好吃。再怎麼不挑食，也不可能一點排斥感都沒有吧，要是我一定抱怨個沒完。

「我、我會教你煮的！」

「不要。」

但我無法，麻煩死了。

「……無論如何，都不行嗎？」

「只有隊長聽你這樣拜託就會妥協好嗎。」

我知道這傢伙不是故意撒嬌，這只是他自然的舉止。一個大男人撒起嬌來這麼適合，倒也是很有問題啦。

賈吉又拜託了一下，我嫌煩隨便敷衍他，後來他就放棄了。那傢伙嗯嗯啊啊沉思了一陣子，然後猛地站了起來。

「如果只是切一切、拿去烤，你應該會吧……！」

「算是吧？」

「那，我來煮切一切拿去烤就可以完成的料理！拜託你在旁邊看！只要在旁邊看就好了！」

我撐著臉頰，看著賈吉幹勁滿滿地離開座位。

他走到位於房間一角的小廚房。廚房以吧檯隔開，是個整潔的小空間，賈吉開始在裡面叮鈴噹啷地準備器皿和廚具。

「嗯？」

那個地方本來有廚房嗎？呃，不過既然現在看到廚房，那一定是本來就在那裡嘛。

「伊雷文，你也到這邊來吧。」

聽見賈吉的招呼，我也走近吧檯。

我聽他的話坐了下來，看見吧檯另一側擺滿了各種食材。按照賈吉的說法，現在他會開始一一烹調那些食材吧。

「我會用野外露營常用的食材，一道一道做下去。你好好看著，記住完成的樣子，要在露營的時候做給利瑟爾大哥吃哦。」

「這些我可以拿來吃喔？」

「好是好，但你要專心看啦。」

賈吉回看我的眼神有點訝異，不過既然只要在旁邊看就好，這點程度我是不排斥啦。機會難得，我也想讓隊長吃點好吃的嘛。然後希望他會感謝我，對我說聲「伊雷文，謝謝你。」那種優越感真是受不了欸。

「利瑟爾大哥是不是說他不挑食？」

賈吉把平底鍋放上火爐，把切片的鹽漬培根放進鍋裡。

「目前是沒看過他不吃什麼東西啦。」

「那太好了。調味方式也沒有特別的偏好嗎？」

「他不像大哥，好像不管甜的、辣的都可以接受。」

大哥不吃甜的。

把巧克力之類的拿給大哥，他就會擺出不爽到極點的表情，所以我才故意作勢拿給他啦。順帶一提，大哥只是不愛吃甜膩的東西，一般調味有點偏甜的料理他照吃不誤。

「啊，不過他好像不能吃太辣的欸。」

「你說利瑟爾大哥？」

培根濺著油花，逐漸煎成金黃色，賈吉在上頭用單手靈巧地打了一顆蛋。他戴著隔熱手套的那隻手，拿起不知何時放在火邊烤好的圓麵包，拿刀從側面剖開烤得酥脆的麵包皮。

麵包發出酥脆的沙沙聲切成兩半，培根撒上胡椒鹽，跟太陽蛋一起放上麵包，再灑上橘色的什麼醬汁，最後夾在一起。

「之前帶他去吃號稱超麻辣的料理，結果隊長就僵住了。」

「僵……？」

「僵住了。」

剛開始的一、兩口，他吃得很正常。

隊長自己也邊吃邊說「沒想到我還滿能接受的」，結果才剛說完，他手邊的動作忽然停了下來，整個人僵在原地不動。「那個……後勁……」隊長就說了這麼一句，然後沉默不語，可見應該相當痛苦吧。

那時候隊長還打算勉強吃完自己的份，但大哥嘆了口氣，從旁邊跟他交換了盤子。大哥好像不怕辣。

「不要太辣應該是沒問題啦。」

「那麼辣的我應該也不敢吃……啊，對了，這個隨便夾點野菜也很好吃哦。」

賈吉把麵包盛到盤子上，擺上吧檯。

我拿起麵包，毫不客氣咬了一口。賣相普普通通，沒想到還滿好吃的。帶點酸甜的醬汁和麵包，應該都是他自製的吧，真是勤勞。

「像史塔德呀，辣的東西他還是一臉無所謂地吃下去耶。」

「那傢伙有味覺喔？」

賈吉帶著一言難盡的表情閉上嘴巴。

「他分得出好吃或不好吃，但確實是好不好吃都無所謂的感覺……」

「是喔，我對這情報完全沒興趣。」

賈吉往小鍋子裡骨碌碌滾進一顆糖球。

再加進一點點水，喀啦喀啦地攪動，糖球逐漸融解。我坐在椅子上，探頭看著鍋子，嗅了嗅空氣裡甜膩的氣味。

「不過最近，他跟利瑟爾大哥一起吃飯的時候看起來很開心喲……大概吧。」

「那張面具臉的喜怒哀樂你看得出來喔？」

「偶、偶爾啦，隱約感覺得到。」

那傢伙板著一張怎麼看都面無表情的臉，真虧他看得出來欸。

是因為認識久了，還是因為他招牌的鑑定眼光咧？隊長不知為何也看得出那傢伙的心情，恐怕是後者吧，表示看在內行人眼中就是有辦法分辨。

我對這沒啥興趣，看懂那傢伙的心情又沒好處。

「欸，那傢伙為什麼跟隊長那麼親啊？」

融化的糖球在鍋底形成焦糖色的砂糖，散發出香噴噴的味道。不會燒焦嗎？我看著糖粒這麼想，這時賈吉將牛奶一點一點注入鍋子裡。

牛奶以小火咕嘟咕嘟溫熱，溶解了鍋底的砂糖，最後倒進馬克杯中。

「不知道耶，一注意到的時候他們已經很要好了，所以我也不太清楚……」

賈吉把杯子放到吧檯上，杯中微微冒出一股甜香。

「天冷的時候記得煮這個哦，也可以加入巧克力之類的。」

「一般天冷的時候都喝酒啦。」

「利瑟爾大哥說他沒辦法喝酒。」

「真假？」

賈吉也叨念過，萬一隊長被雨淋濕的話怎樣之類的，意思就是叫我在那時候煮這個給他喝吧。

本來想叫他不要給隊長喝這種小鬼才喝的東西，沒想到隊長竟然不能喝酒喔。說起來是滿意外的啦，但總覺得聽到了不錯的情報。

這傢伙明明怕我，這種地方卻很粗心欸。他大概覺得我不會加害於隊長吧，不過這和那是兩回事啊。

「只不過，史塔德他……該怎麼說，對利瑟爾大哥好像充滿了興趣……」

他把幾粒巧克力盛到小碟子裡，端上桌來。我沒把它融進牛奶，直接拿來吃。

「興趣喔。」

「史塔德對美食、對其他東西都沒興趣耶，很難得吧？」

賈吉眼睛閃閃發亮，邊削甘藷皮邊徵求我的贊同，但我只是傾了傾手上的馬克杯。怎麼可能理解咧，我跟那個死面具男又沒有熟到會覺得意外，而且也不知道他遇到隊長之前是什麼樣子。

我確實在公會見過他幾次，接委託的時候說不定也有過公務上的對話，但我們的交流就只是這樣而已。

「那你咧？」

「？」

聽我這麼問，賈吉露出不可思議的表情看向我，不過手邊的動作一刻也沒停下來。

甘藷經過水煮、蒸熟，然後壓成泥狀。賈吉把薯泥揉成球形，捲上切成薄片的鹽漬培根，放到火爐上烤，烤得培根表面滴下油脂。

「你對隊長有興趣嗎？」

肉汁烤焦的滋滋聲傳來，我又把一塊巧克力扔進嘴裡。

賈吉將烤得酥脆的培根擺在砧板上，然後皺起眉頭，好像有點苦惱。他大概注意到我這問題的言外之意了：是不是因為有興趣，所以才這麼親近隊長？

「我嗎，嗯……」

喀哩，菜刀將砧板上的東西一塊塊切成合適的厚度。

切面露出甘藷刺激食欲的淺黃色。培根薯泥整齊盛到盤子上，淋上之前那個橙色的醬汁。這種醬好泛用喔。

「我比較像是尊敬吧……」

我把他端出來的盤子拉到面前，拿叉子把薯泥連同培根整塊叉起來。一放進口中，就嚐到鬆鬆軟軟、酥酥脆脆的口感。培根的肉汁恰到好處地滲進薯泥裡面，上頭的淋醬濃淡適中，調配出可口的滋味，好好吃。

「說起來滿普通的嘛。」

「是呀……雖然這麼說有點不好意思，該說他是我理想中的大人嗎……」

賈吉露出軟綿綿的笑容，一副害羞的樣子，手卻已經開始做起下一道料理了。

這傢伙真厲害欸，眼睛完全沒看手邊的動作還有辦法削水果皮，而且果皮還全部連在一起沒削斷，難怪隊長誇他烹飪手藝好。但我是不會想做這種事啦。

「你想成為隊長那種人？」

「也、也不是這麼說啦……！」

轉眼間他已經把水果切成一口大小，慌慌張張端了出來。

「該怎麼說呢，只是覺得這樣的人很棒而已！」

「是喔？」

「總是沉著冷靜又溫柔，整個人的氣質又很優雅……」

「論烹飪技術，你還比他厲害欸。」

「？利瑟爾大哥不需要這種技術呀。」

這傢伙的幻想美好過頭了，不過隊長也一樣啦。

「然後呢，這個魔道具是……」

我超想睡，而且聽都聽膩了。

這傢伙一直講，到底要講到什麼時候啦？還要拿多少魔道具過來啦？

有些迷宮品，像是「內部其實很寬敞的帳篷」，還有「生出的火能長效維持柴薪的魔石」之類的倒是還好，很實用嘛，連我都想要。

「然後呢，這個枕頭只要拍一拍，就會變得蓬鬆柔軟……」

枕頭!!這種東西!!

有必要嗎?!就算有必要，也不要特地把這種迷宮品拿過來開講座教我怎麼用啦！

「哎，伊雷文，專心聽我說呀！」

還啪搭啪搭拍著桌子，一副都是我不對的樣子！

這傢伙真的怕我嗎？我看他狀態超好啊？還是因為狀態超好所以才不怕我？我已經搞不懂啦，這傢伙的熱情太驚人了。

「受不了啦，我要回去了。」

「啊，等等……！」

我二話不說從位子上站了起來，走向店門。背後的賈吉好像正要開口說什麼，我假裝沒聽到。

然後我握住門把一拉。門把發出咔嚓一聲，轉到一半就停住了。我又咔嚓咔嚓試了幾次，門板還是文風不動。

「啥？」

沒有鑰匙孔，也沒有機關。那為啥打不開？

「真的假的……」

我嘴角抽搐，抬起腿全力往門上一踢。

門板動也沒動。我的力氣是沒有大哥那麼誇張啦，但踢得這麼大力，普通的門早就被踹開了才對。我又踢了幾次，那扇普通的木門還是連一點吱嘎聲都沒有。

「嗄?!」

「別、別這樣……!」

聽見賈吉慌張的聲音，我拔劍朝著門板砍了下去。

「……這是怎樣，連一道傷痕都劃不下去欸!」

「這個嘛，因為是我自豪的商店呀。」

賈吉害羞地說，但這根本不是害羞的時候，我又沒在誇你。

你的商店，所以咧?太莫名其妙了很恐怖欸，隊長救我……

「我也有點太拚命了……休息一下吧，我再煮東西給你吃。」

強烈感受到這傢伙連休息時間都硬要訓練我的烹飪技術。

算了，能吃到好吃的是不錯啦。這也是為隊長好，只能放棄抵抗了，既然這傢伙是隊長的自家人，我能反抗的方法也有限嘛。

作為交換，我下定決心，一定要讓隊長全力誇獎我。

那時候我還沒想到，這場魔道具講座竟然會一路持續到黎明。不過實際野營的時候，我盡情被隊長感謝、誇獎了一番，就不跟他計較了啦。

後記

認為「女性角色就該是超級性感美女」的各位讀者，久等了，梅狄登場了。直到現在我還在思考，讓她登場真的好嗎？

老實說，身為寫作者，我還是喜歡有女人味的女生。舉止溫柔、態度婉約，笑起來楚楚可憐，也許有點不坦率、有點個性，但依然可愛討喜。團長和梅狄她們都有點超出常軌，事情怎麼會變成這樣呢？

我認真思考原因，最後得出一個結論：我無法接受這麼美好的女孩子被利瑟爾他們耍得團團轉。我想好好珍惜她們……利瑟爾他們做不到啊……

某方面來說，我還真不信任利瑟爾他們。我是作者岬，承蒙各位關照了。

回想起來恍如昨日，接到《休假。》系列書籍化提案的時候，我正在某遊戲裡讓梅狄扮演打魔物的獵人……

那個遊戲很不錯吧！可以自己設定容貌細節，非常有趣！梅狄還會調配藥水，感覺生存率最高，所以我決定讓她成為獵人！

談起梅狄，我想說的還是「她的想法只是她自己的想法」。利瑟爾他們的意見也一樣，角色本身的想法和我完全無關，梅狄對男人的喜好也跟我合不來。

利瑟爾他們有著各不相同的思考方式，彼此交流，今後我也會好好寫出他們在這個過程當中培養出來的羈絆。

順帶一提，上一次我針對遮眼屬性發表長篇大論，結果出版社說字數太多了，所以這次的後記稍微短了一點。

這一集，利瑟爾一行人的休假生活也順利呈現在各位眼前，在此向出版過程中提供協助的所有人致謝。

謝謝sando老師，雖然我寄過去的角色表含糊不清，老師還是將梅狄她們畫得這麼美。「梅狄和妖精都是巨乳！」儘管我提出這種只有一部分特別具體的要求，老師還是心胸寬大地實現了我的願望。

這一次，聽說周邊商品也會與書籍同時發售。謝謝TO BOOKS出版社包容我的各種任性，耐心陪伴我走到今天，也謝謝總是像天使一樣溫柔的編輯大人，真的非常感謝各位。

最後，謝謝拿起這本書的你。希望我全心全意的感謝能夠傳達給你！

二〇一八年十二月　岬

國家圖書館出版品預行編目資料

優雅貴族的休假指南。3 / 岬著；簡捷譯. -- 初版. --
臺北市：皇冠, 2020.05 面； 公分. --（皇冠叢書；
第4843種)(YA！；60)
譯自：穏やか貴族の休暇のすすめ。3
ISBN 978-957-33-3529-0（平裝）

861.57 109003968

皇冠叢書第4843種
YA！060

優雅貴族的休假指南。3

穏やか貴族の休暇のすすめ。3

Odayakakizoku no kyuka no susume 3
Copyright © "2018-2019" Misaki
Chinese translation rights in complex characters arranged with TO BOOKS, Inc.
Complex Chinese Characters © 2020 by Crown Publishing Company, Ltd.

作　　者—岬
譯　　者—簡捷
發 行 人—平雲
出版發行—皇冠文化出版有限公司
台北市敦化北路120巷50號
電話◎02-27168888
郵撥帳號◎15261516號
皇冠出版社(香港)有限公司
香港上環文咸東街50號寶恒商業中心
23樓2301-3室
電話◎2529-1778　傳真◎2527-0904
總 編 輯—許婷婷
責任編輯—謝恩臨
美術設計—嚴昱琳
著作完成日期—2018年
初版一刷日期—2020年05月

法律顧問—王惠光律師
有著作權・翻印必究
如有破損或裝訂錯誤，請寄回本社更換
讀者服務傳真專線◎02-27150507
電腦編號◎515060
ISBN◎978-957-33-3529-0
Printed in Taiwan
本書定價◎新台幣320元/港幣107元

• 皇冠讀樂網：www.crown.com.tw
• 皇冠 Facebook：www.facebook.com/crownbook
• 皇冠 Instagram：www.instagram.com/crownbook1954
• 小王子的編輯夢：crownbook.pixnet.net/blog